振兴路上

江苏省作协第九批重大题材文学作品创作工程
南京艺术基金2022年度文学图书类资助项目

章剑华 孟昱 著

江苏人民出版社

图书在版编目（CIP）数据

振兴路上／章剑华，孟昱著. 一 南京：江苏人民
出版社，2023.1
ISBN 978－7－214－27527－1

Ⅰ．①振… Ⅱ．①章… ②孟… Ⅲ．①纪实文学—中
国—当代 Ⅳ．①I25

中国版本图书馆 CIP 数据核字（2022）第 171930 号

书　　　名	振兴路上	
著　　　者	章剑华　孟　昱	
责 任 编 辑	强　薇	
封 面 设 计	薛顾璨	
责 任 监 制	王　娟	
出 版 发 行	江苏人民出版社	
地　　　址	南京市湖南路 1 号 A 楼，邮编：210009	
照　　　排	江苏凤凰制版有限公司	
印　　　刷	南京艺中印务有限公司	
开　　　本	652 毫米×960 毫米　1/16	
印　　　张	23　插页 7	
字　　　数	276 千字	
版　　　次	2023 年 1 月第 1 版	
印　　　次	2023 年 1 月第 1 次印刷	
标 准 书 号	ISBN 978－7－214－27527－1	
定　　　价	78.00 元	

（江苏人民出版社图书凡印装错误可向承印厂调换）

目 录

引　言

两个年份紧紧相连

两座里程碑高高耸立

2021 年，中国共产党成立百年

2022 年，党的二十大胜利召开

两个年份风光无限

两个目标无缝衔接

2021 年，我国小康社会全面建成

2022 年，中国式现代化全速启程

伟大征程波澜壮阔

乡村振兴势在必行

它是对全面小康的巩固提升

也是建设现代化的必然要求

它是我国盛世历史的重要标志

也是新时代乡村发展主要动力

如今，现代化建设高歌猛进

当下，乡村振兴千帆竞发

在乡村振兴的道路上
有这么一个村庄
与大名鼎鼎的华西村相邻
却曾是远近闻名的落后村
村级经济负债累累
村民生活困难重重
曾几何时，民心思进
奋起直追，十年巨变
一个充满江南特色的新村拔地而起
一个流淌幸福之泉的村庄名声大振
产业兴旺，生态宜居
乡风文明，治理有效
生活富裕，村民幸福
好一派乡村振兴新气象

又一个全国文明村

在乡村振兴的道路上

有这么一个村级班子

曾经威信扫地

一度陷于瘫痪

全村上下怨声四起

上级组织高度关注

老班子在民怨沸腾中黯然而退

新班子在民主选举中脱颖而出

刮骨疗伤，改进作风

踏石留印，埋头苦干

用实际行动赢得村民信任

用全新思路改变村庄面貌

建成乡村振兴的坚强堡垒

成为村民拥护的过硬班子

在建党百年之际

党中央的表彰鼓舞人心

全国先进基层党组织的称号

映照了初心承载着新的使命

在乡村振兴的道路上

有这么一个村党委书记

曾是远近闻名的民企老板

更是腰缠万贯的千万富翁

面对乡亲们的企盼

听从党组织的召唤

放下自己的企业

放弃高额的收入

毅然决然回到家乡

担当起振兴乡村的重任

以民心为舵

用民意作桨

排除阻挠

克服困难

与班子成员肩并肩

与全体村民心连心

为乡村振兴甘洒热血献春秋

为村民幸福俯首甘为孺子牛

他，不愧为全国最美村官

他，不愧为党的优秀干部

假如你想知道这个村庄

假如你想了解这个班子

假如你想认识这个书记

假如你想借鉴他们的经验

那好

就让我们一起去寻访吧——

第 *1* 章
令人忧虑的抛物线

有一座小山，因为太小，故而没有什么名气，但名字还是有的，叫鸡笼山。它位于江苏无锡江阴市周庄镇与华士镇的交界处，是砂山西麓外延分支，海拔30余米。相传古时，这里时有锦鸡出没，被天神关进笼子里，因山形似此笼而得名鸡笼山。又传周庄之名的起源或亦与这鸡有关。据说此地原为曹庄，适逢明正德皇帝朱厚照微服出巡，与护卫走失，只身闯入此山。时正精疲力竭、身乏腹饥，一周姓人家见此，心生怜悯，盛情杀鸡款待。正德皇帝深受感动，言谈间，得知户主儿子苦于家贫，尚未成婚，当即下旨，令本地曹御史将女儿许配给周家完婚。于是，周家就此发迹，大兴土木，更名周庄，繁衍于此，延续至今。

至近代，关于鸡笼山的描述，诗人沙曾达曾作《泰清寺》云："寺建砂山号泰清，禅参弥勒佛争迎，鸡笼龟岭东西接，众水潆洄远岸平。"是意砂山如伏龙，东有龟岭，西有鸡笼，首尾相望，且龟示长寿，鸡为凤凰，龟凤相伴伏龙，乃人间一奇景也。

如把视角再拉近些，那里的地形地貌更加显而易见。鸡笼山横卧于两个村之间，山北边的村庄是鸡笼山村，南边的正是命途多舛的山泉村。

关于山泉村村名的由来，民间流传着这样两种说法：一说在 20 世纪 80 年代，讨论村名时，众人各抒己见，却始终无法形成共识。正巧七大队里有一位村主任名叫李山泉，故有人提议，"山泉"这个名字很好听，有山也有泉，很符合江南的韵味，干脆就定此名，当即便有多人附议。于是，大家一合计，山泉村的名称就这样敲定下来。又一说是从前，鸡笼山上有一泓泉水汩汩流淌下来，直至村里，泉水清澈甘甜，可供村民作日常之用。因感恩自然之赐，故村民取名山泉村。两种说法孰真孰假，抑或还有其他关于村名的假说，目前已不可考。

在历史上，山泉村地属无锡江阴的周庄。虽然江阴的周庄比不上昆山古镇周庄的名气，但也处于太湖平原，同样历史悠久，素有"三吴襟带之邦，百越舟车之会"的美誉，钟灵毓秀，文化源远流长。据考古发现，早在 6000 多年前，就有先民在此定居。据传，2400 多年前，孔子的七十二弟子之一——言偃来到周庄，见到这里的人们渔猎耕织，一派祥和，暗叹此地"仓廪实而知礼节"，心生无限欢喜，遂决定在此定居施教，黄河文明也由此渗入周庄。"民亦劳止，汔可小康"，自古以来，这里的人们就有追逐小康的梦想，并在生活演化中，形成了男耕女织、勤劳致富的悠久传统。到明代，这一带的民间土布编织行当已相当兴旺，至清代时，更是一度进入鼎盛时期。据史料记载，当时当地可日产土布千匹，销往大江南北甚至东南亚各国，成为闻名遐迩的纺织之乡。延及近现代，这里一直享有"江南布码头"之盛誉。

山泉村明代属清化乡，清代属华墅镇，民国 23 年（1934 年）属泰清乡，1951年归应河乡，1955年划入周庄乡，1958年周庄撤乡建社，隶属周庄公社，按照生产队序列编号，定名为七大队。1983年5月，周庄公社重改名回周庄乡，后到1985年12月，周庄撤乡建镇，设立了周庄镇，七大队也同步更名为山泉村，成为独立的行政村，下辖江缪家基、七房桥、赵家浜、薛家桥上村、薛家桥下村、唐家巷、老新村等7个自然村，有500多亩粮田。

回首历史，山泉村的发展一直按部就班、稳步前行。正如村外围绵绵不绝流淌的张家港河与华士河，波光明净，接续向前，透着无限生机。

20世纪70年代，山泉村的发展迎来第一次飞跃。时任七大队党支部书记李阿青是个头脑活络、敢想敢干的领头人，他并不一味地满足现状，为了尽快提升七大队的全员生活水平，他在组织队员勤耕劳作的同时，苦苦思索着突破之道。

七大队与北边的鸡笼山村之间横卧着鸡笼山，虽然山不大，但有着可观的矿石资源。当时，按照权属划分，山北面的资源归鸡笼山村，南面则归七大队。靠山吃山，靠水吃水，李阿青敏锐地看到了鸡笼山矿石资源的价值，他勇破桎梏、大胆实践，率先成立了江阴市山泉采矿厂，集中组织七大队富余劳动力挖石头、炸石头，并运送出去售卖。因先人一招，抢占了先机，生意顺风顺水，此举为七大队带来了极其可观的收入。

赚到第一桶金，李阿青信心更足，趁热打铁，又陆续开办了饲料加工厂、纽扣厂、缝纫布厂等工厂。受彼时国家发展环境和经济水平的限制，虽说是厂，但其实都是些零散作坊式的生产车间，并没有形成科学完整的规模和体系。

1978 年，七大队的发展迎来了重要的历史契机，当年 12 月 18 日—22 日，党的十一届三中全会在北京举行。全会重新确立了实事求是的思想路线，决定将全党的工作重点和全国人民的注意力转移到社会主义现代化建设上，提出了改革开放的任务，并指出实现四个现代化是一场广泛、深刻的革命，要采取一系列新的重大的经济措施，对经济管理体制和经营管理方法进行认真改革，在自力更生的基础上积极发展同世界各国平等互利的经济合作。党的十一届三中全会的召开是一次伟大的转折，对全社会各方面几乎都产生了广泛而深刻的影响，农村自然也不例外。

党的十一届三中全
会公报

　　1982 年 12 月 31 日，中央政治局讨论通过的《当前农村经济政策的若干问题》中指出，党的十一届三中全会以来，我国农村发生了许多重大变化。其中，影响最深远的是普遍实行了多种形式的农业生产责任制，而联产承包制又越来越成为主要形式。联产承包制采取了统一经营与分散经营相结合的原则，使集体优越性和个人积极性同时得到发挥。这一制度的进一步完善和发展，必将使农业社会主义合作化的具体道路更加符合我国的实际。这是在党的领导下我国农民的伟大创造，是马克思主义农业合作化理论在我国实践中的新发展。

　　实行改革开放后，国家的各项配套政策陆续推行，生产发展的环境变得宽松，市场松绑后显得异常活跃。周庄公社下属的各村庄均开始陆续推行家庭联产承包责任制，农民的创业意愿和产业的发展潜力被迅速激活。在七大队周边，一些嗅觉灵敏的生产队已经涉足螺丝生产、五金加工等工业领域。李阿青掌握信息后，立刻认识到，这是一次难得的历史机遇，在这波势头正猛的发展浪潮中，七大队不能也决不应该落伍。这般谋划着，他当即着手对生产队现有的生产资源和要素进行重新整合，在分析了当时的生产环境和市场需求后，开始筹建规模更大的毛纺染整厂。

　　与那个年代大部分工厂一样，受计划指标的约束，设备短缺是头等难题。如何破解这一难题，李阿青动起了脑筋。经过多方打探，他了解到八大队有人在苏州的一家毛纺厂做副厂长，厂中正有自己所需的设备，顿时大喜过望，急忙找到八大队的好友，请他帮助牵线搭桥。然而，简单沟通后，便遇到障碍，对方明确表态，不能直接提供设备，不仅是因为经济实力达不到，而且政策也不允许。话虽已挑明，但李阿青并没有轻言放弃。对想做事的人来说，任何挑战最终都会成为他们成功路上的垫脚石。

李阿青眼神一转，有了主意，既然不能给，那就自己造。于是，通过与副厂长几度恳谈，最终商定，在对方厂拆洗及维修设备的时候，七大队可以派人到现场观摩，对照拆下来的零件一个个画图，再把图纸带回队里生产、加工、拼装。听起来似乎天方夜谭，但正是靠这样的韧劲，一趟趟跑、一点点摸，不断调试与修正，最后竟然真的成功组装出了所需设备。这项破冰之举，不仅有力推进了办厂的进程，也极大地激发了队员们的办厂信心。

除了设备，队里还面临着原材料匮乏的问题。由于七大队没有分配指标，生产所用的钢丝布始终批不下来。不过，有了前期的成功经验，李阿青信心满满，与好友再次踏上漫漫攻关之旅。历经波折，费尽口舌，最终与上海一家国营厂谈妥。该国营厂负责人答应从每次批下来的材料中分给他们一部分，方才解决这个燃眉之急。

就这样攻克一个个困难，跨过一道道坎坷，李阿青带领七大队成员劈波斩浪、勇往直前，克服种种障碍，使毛纺染整厂顺利于1980年8月正式投产。纵观七大队几十年的发展道路，这是历史性的一步，具有里程碑式的意义。尽管当时的毛纺染整厂规模很小，仅一条生产线，每天产量只有40匹布，但由于起步早，竞争小，需求大，所以市场相当可观。当年底，该厂净利润就达到120万元。

根据当年统计数据，1980年老百姓的月平均工资是64元左右，对那时的人们来说，120万元简直就是一个天文数字。

一时间，七大队的发展像是点燃了助推器，集体经济总量迅猛蹿升，在当地率先摆脱了贫困，成为远近闻名的明星村。那个时候，周边一带青年男女结婚，都会请本队五六个青壮年到女方家去抬嫁妆，而七大队参加抬嫁妆的小伙子，个个穿着自己村办厂生产的呢子衣服，让旁人格外羡慕。更被人津津乐道的是，七大队不仅自己发家致富，还不忘"先富带后富"，主动与邻近的九大队结对子，为该队二十多位队员提供就业岗位，帮助他们改善生活水平。

回望过去，那段时期恰如千舟竞发、百舸争流，除了七大队，周庄公社的其他各大队也都紧抓政策红利，找准自身定位，相继开办工厂，在你追我赶中大大推动了周庄经济的发展。在1983年5月，周庄公社改为周庄乡时，就已是响当当的亿元乡了。

望着七大队日益蓬勃的经济形势和各工厂热火朝天的生产势头，李阿青十分欣慰。同月10日，他功成身退，到龄后光荣退休。

半个月后，根据周庄乡党委安排，七大队新的党支部书记领命上任。

正当七大队队员们对新书记充满期待，纷纷摩拳擦掌准备再续辉煌时，发展的指针却突然被调拨了方向。一些敏锐的村民隐约发现，村里似乎有些不一样了。

新书记上任后，面对着几年来村里积累的丰厚家底，仿佛看到了堆金叠玉的宝矿，一股财大气粗的底气油然而生，骄傲自满、畏难享乐的不良情绪相伴滋长。基于对经济环境的不甚了解，以及对本大队发展重心的错误定位，抑或是急功近利的政绩观作祟，这位村书记刚上任不久，就大肆盲目地上马各类工厂项目，顺便从中攫取些利益，肥了个人口袋。至于厂长或负责人职位，村书记则全部安排给身边的亲信好友担任，逐步形成了固化的利益阶层。这些厂长或工厂实际负责人同样是一丘之貉，在各自掌管的厂内只手遮天，工人待遇高低、福利多少、晋升快慢全凭与自己关系的亲疏远近，使得一股股歪风邪气在厂内、村内肆虐弥漫。

1985 年，周庄改乡设镇后，七大队随之更名为山泉村，成为独立的行政村，村委的行政自主权尤其是财政权得到进一步释放。站在新的起点上，村书记劲头更足，胃口也更大，短短几年内，没有科学系统的调研论证，甚至不屑于像模像样地走个过场，多个工厂便在不切实的口号中拔地而起。

只是，铁定的市场规律从不顾及任何人的脸面。特别是在 20 世纪 90 年代初，民营企业崭露头角后，凭借灵活的体制和管理优势，给村办企业带来了重大冲击。在许多人意料之中，村内这些无根无基的工厂大多数未能持久，一般一至两年就关门大吉，成为消失殆尽的炮灰。原本殷实雄厚的村资产在如此大手笔的反复挥霍行为面前，没有任何抵抗之力，很快亏空见底。曾经前途闪耀的毛纺染整厂也由于管理不善，拐入下坡路。

这般几年下来，村里的集体口袋瘪塌了，但村书记自己的腰包却以肉眼可见的速度囊囊地鼓起来，这种莫大的甜头令他对办厂之事乐此不疲。为了争取贷款开办新厂，他不惜将村里唯一的道路权抵押给银行。在他任期的十年里，山泉村表面一派繁荣，厂房林立，除了毛纺染整厂，还先后成立了轴承滚子厂、毛纺织厂、编织厂、环境保护设备厂和化工厂等，总产值近 5000 万元。但村民都知道，这些数据华而不实、外强中干，面对庞大的贷款数额及高额利息，微薄的村底毫无承受力。在泡沫般繁华的背后，是漏洞百出的管理体系、身负巨债的村级账目、脆弱不堪的发展模式，山泉村已处在崩溃的边缘，危如累卵。

与之形成鲜明对比的是，那个阶段，正是周边村庄如华西村、向阳村、三房巷村等高速发展的黄金时期。如1993年，华西村引进大型中外合资项目组建了华西集团公司，当年的工农业总产值就已超过11个亿。就这样，曾与华西村并肩、与三房巷村媲美、与各个先进村赛跑的山泉村，远远地被甩在末位。和李阿青在任时的盛况相比，村民们心里产生了巨大落差，进而迸发出强烈不满。他们轮番结队到镇党委反映情况，请求党委领导立刻采取措施，早日改变现状。镇党委研究再三后果断决定：换人！

1994年4月，新一任党支部书记到山泉村上任。

在改革开放实行家庭联产承包责任制后，七大队曾被划分为七个工区，并以工区作为新的核算单位。这位新上任的党支部书记就是工区长出身，主要分管农业。上任伊始，他有感于村里江河日下的发展颓势，暗下决心要扭转现状，但由于自身政治素养不高、文化水平偏低、个人自控力也较弱，不久便沦陷在权力的泥淖中，摒弃了初心，也忘却了使命。在担任村书记的日子里，他成日不理村务、贪图享乐，过度追求奢靡生活，把村资产当成摇钱树，并与前任村书记同出一辙，将工作重心放在兴办企业、兴修水利、兴建厂房上，大力推进多项建设工程，想办法从中捞取好处。眼看着村里的集体资产被挥霍败光，老实巴交的村民除了惋惜，更多的是心痛，以及无可奈何的愤慨。

不过，颓落的事实似乎又有了转机。

1993年底召开的党的十四届三中全会通过了《中共中央关于建立社会主义市场经济体制若干问题的决定》，指出社会主义市场经济体制是同社会主义基本制度结合在一起的，建立社会主义市场经济体制，就是要使市场在国家宏观调控下对资源配置起基础性作用。江泽民同志在闭幕会上发表讲话指出，全会通过的《决定》，是我们在 90年代进行经济体制改革的行动纲领。

为推动中央精神落实落地，1994 年 4 月 26 日，国家经济体制改革委员会制定了《1994 年经济体制改革实施要点》，包含了"继续深化农村经济体制改革"的重要任务，提出了"稳定和完善以家庭联产承包为主的责任制和统分结合的双层经营体制"，"进一步深化乡镇企业改革，继续完善乡镇企业经营机制，进行产权制度和经营方式改革的探索"等具体措施。

为响应国家号召、落实各项政策、激发市场活力，各类村办企业纷纷转制为民营企业。山泉村自然也不例外，村委借机甩掉了企业这个"烂包袱"，摇身一变，从经营方变成了收租者。正当村民们暗松一口气，以为情况会有所好转时，却失望地发现，本应从此有稳定租金收入的村庄，依然一穷二白。

原来，许多改制后的民营企业虽然租用了村里的集体土地和设施设备，但村企双方并没有明确的收租标准，更没有协议、合同等法律凭证。对于土地费、电费、水费、污水处理费、设备租赁费等款项，收取金额的多少完全取决于企业与村委的密切程度，关系好的可以少交甚至免交，关系不好则要多交，且遭遇百般刁难。在经济利益的驱使下，企业主无不竭尽所能对村委班子阿谀奉承、极力讨好，由此导致不正之风更加盛行。为了避免村民知情后激化矛盾，村委班子想出了一个点子，干脆将村内资产情况锁入黑箱，成为严防死守的秘密，以致到最后，除了村委主要领导，没有人知道村内当年的实际营收和财政情况。

　　无心做实事，自然也不会费心去管理。随着经济社会的发展，落户村里的企业越来越多，但村域内的厂区缺少规划，随意设置，几十个以纺织印染为主体的工厂见缝插针，布局犬牙交错，场面杂乱无章，统筹治理的难度也同步增加。有人这样形容山泉村："开门见工厂，噪声耳边响，污水遍地流，灌水不通畅。"这种"厂村不分开，厂田一墙隔"的落后布局，造成了严重的生态环境问题，极大制约了相关企业的业务拓展和经济发展，也给村民的正常生活带来诸多不便与困扰。虽然村民住宅基本都进行了二轮改造，但只是治标不治本，布局分散、功能不全的大格局依然制约着山泉村，村委那些质量不高的应付性作为，实在难以满足村民开展生产、改善生活之需。

　　在几十年持续的经济滑坡后，山泉村的村级集体经济收支倒挂，村民收入锐减，集体福利所剩无几，村民生活大不如前，甚至出现不少返贫户。与曾经的意气风发相比，那段时间，悲戚无助的苍凉感笼罩在每位村民的心头。

　　时代洪流滚滚向前，不会因为任何力量而停下前进的脚步。就在

山泉村旧居

山泉村发展举步维艰之时，相似的历史再次上演，与之相邻的村庄都在改革开放大潮中勇立潮头、奋力搏击，实现了经济大发展、面貌大变样、生活大提高，无不呈现出一派欣欣向荣的新农村新景象。与华西村的政治荣耀、向阳村的经济领跑、三房巷村的美丽风貌相比，山泉村越发显得破落衰败。在这片 2.3 平方公里的小村庄内，江南水乡的宁静恬然消失殆尽，取而代之的是雨泣云愁般的凝重。

到 2008 年时，山泉村已形如枯木，经济发展停滞，村内鲜有活力，夹在各个先进村中间，成为当地经济发展高原上一处扎眼的洼地。

比经济落后更为严重的是，村里人心涣散，村民怨声载道，干群关系紧张，村级考核垫底，全村上下弥漫着失望、悲观、埋怨的情绪。长期受这样的环境浸染，村民性情也愈显暴戾，邻里之间甚至家庭成员间，常常为了细枝末节的小事而吵得鸡飞狗跳，甚至大打出手。村委会几乎不再作为，形同虚设，村民家中遇到事情没人管，村里道路年久失修也无人问，对企业肆意排污影响生态的恶劣行径更是装聋作哑。本应代表村民利益、为村民发声的 40 多名村民代表，经过几轮筛选和更替，已转型为村委的专属"亲友团"，普通村民彻底丧失了知情权、参与权、建议权等基本的政治权利。同一片土地上，逐渐衍生出两个势不两立的群体。

村委没有号召力，群众便没有向心力，眼见村庄如此，稍有能力的村民都举家迁到周庄镇区或市区，村中只剩下老弱病残 1000 多人。由于村况日趋式微，房屋租金骤降，吸引了大批低收入的外来务工人员到此租住，总数多达 4000 余人，占村常住总人口的 65% 以上，远超本村人口。如此失调的人员比例，致使本地和外地居民之间经常发生尖锐摩擦，各类矛盾也严重激化。日常中，村里私搭乱建、吵闹、打架、偷菜等的情况接连不断。有时一天之中，警车要开进村十多趟。

由于各种矛盾和问题交织，村委已无心也无力正常开展工作，干脆两手一摊，放任不管，山泉村的发展陷入了严重的恶性循环，已有日暮途穷之势。周围已经发展起来的村庄，纷纷把山泉村当成反面典型，每每谈及，均是一副鄙夷的神情，似乎山泉村坠入了万劫不复的深渊。甚至有的毗邻村为了以示区别，在两村交界处专门立起了硕大的牌子，赫然标明"对面是山泉村"，如同躲瘟神一般避之不及，生怕与之沾上半分关联。残酷的现实场景，深深刺痛了山泉村民的自尊心。

回观这一路，跌跌撞撞，饱经沧桑，有自豪，也有痛心，有辉煌，也有落寞。山泉村前几十年的发展轨迹，划出了一条令人忧虑的"抛物线"。

第 **2** 章

寻找"领头羊"

几十年来，山泉村从云端坠入谷底，曾经的样板村、先进村变成了落后村、问题村。这种反差既点燃了村民们的不满情绪，也引起了周庄镇党委的高度重视。镇党委多次召开专题会议，商讨如何解决山泉村这个棘手问题，并最终形成共识：该村落后的原因固然是多方面的，但根本症结在于村领导班子出了偏差，尤其是没有一位好的"当家人""领头羊"。上梁不正下梁歪，要尽快改变山泉村的窘况，就必须要选出一位愿意奉献、真正为民的村领导。

思路有了，但如何落地却是更大的挑战。镇党委考虑到，现任村两委班子把持山泉村多年，已形成固定的利益集团，更有甚者，还可能滋生出了根深蒂固的派系势力，若处理不好，极容易引发恶性事件。这又要求镇党委必须谨慎行事，不能轻举妄动。

好在没多久，一个时机悄然来临。

2006 年，山泉村老书记即将到退休年龄，2007 年又恰值村两委换届年，镇党委研究后，觉得这是一个大好机会，决定趁此一举调整村两委班子，并当场部署了物色接班人的工作。

然而，令众人没料到的是，镇党委的决议不胫而走。老书记听闻甚是着急，即刻找来村主任商量。几人一拍即合，紧接着开始紧锣密鼓地谋划对策。对镇党委的意向人选，他们费尽心机地分头去做工作，不断吹风劝说，将村内现存问题无限放大，大肆渲染接任后可能出现的严重后果，令对方心生怯意，加之多数人本就对村务工作并不热心，如此几番后，果真无人愿意接手这个烂摊子。

眼见其他村的候选人都已陆续落实，而山泉村仍旧悬而未定，镇党委不禁有些焦头烂额。在这个节骨眼上，胜券在握的老书记闲庭信步地来到镇里，找到党委领导。他首先作了严肃的自我检讨，对自己在任时的所作所为进行深刻剖析，对山泉村由盛转衰的残酷事实深表痛心，紧接着郑重表态，自己今后一定会改进作风、踏实工作，带领村民齐心协力改变山泉村落后的面貌，希望镇党委能再给他一次机会，续任村书记，将功补过。

那天，镇党委临时召开会议讨论，场面十分激烈。有人认为，江山易改本性难移，鉴于以前的表现，老书记的保证不能够轻信，否则就是对村里的老百姓不负责任；而有人则提出，俗话说浪子回头金不换，老书记既然坦白地承认了不足，说明愿意改过自新，应当给他这个机会，人心总是向善的。两种截然不同的观点相互碰撞着，僵持不下。

商讨许久，会议定了调子，无论是从工作态度还是业务能力上来说，原则上不应该再留任老书记。但目前的情况比较特殊，眼下确实找不到合适的接班人选，如若从现任班子里随意挑人换上，说不定会造成布袋换麻袋——一代不如一代的情况，那样会更难收场。当前形势，只能做权宜之计，暂时同意老书记的请求。

会后，镇党委一位领导受命找老书记谈话，传达了会议决议，并再三叮嘱对方，一定要彻头彻脑转变作风，将带领村民发家致富作为今后的头等大事，万不能再辜负组织的信任和村民的期待。老书记连连点头称是，当即信誓旦旦地作了保证。

老书记意气风发地回村后，立即召开全体村民大会，煞有介事地宣布："前一段时期，村委的工作思路和方向可能出现了一些纰漏，导致工作重点不太明确，工作成绩不太突出，给大家造成了一些困扰。我也了解到，有些人还为此到镇里去上访反映情况，具体是谁我就不明说了。不过要肯定，这是好事，我们的工作应该接受大家的监督。针对这个现象，镇党委也专门找我谈话，要求村委要及时了解和掌握村民的心声动态和诉求，尽全力给予解决。同时，镇领导们也再三强调，凡事都要守规矩、按程序，不能再把矛盾越级上交。所以，今后大家如果有什么意见建议，可以直接到村委反映，我们一定认真听取改进。我也向大家承诺，今后村委一定做到手上抓牢工作，心里装满乡亲，脚下马不停蹄，带领大家共同发家致富。"

这一番意蕴丰富的宣言取得了预期的效果。老实巴交的村民们看到老书记慷慨激昂的表态，欣喜相望，均以为村领导已决意改变，纷纷沉浸在对未来美好生活的热切向往中。希望点燃后，民怨也随之冷却下来，山泉村的村民们以千百年来所秉持的纯朴善良，满心期待着村委承诺后的变化与作为。

孰料，一段时间后，大家失望地发现，村庄并没有改变原先的发展轨迹，村委也丝毫没有改头换面的实际举措，反而变本加厉。之前那些令人振奋的承诺就像阳光下五光十色的泡泡，看起来光鲜亮丽，却转眼就烟消云散。

2008 年，由于村委的不作为、乱作为，导致在征地补偿过程中村民的合法权益受到严重损害，村内矛盾急剧激化。村民们忍无可忍，再次爆发了来势汹汹的上访潮。大家频繁组团前往镇里诉苦，声讨村领导班子。

接连几次下来，山泉村持续民怨沸腾、群情激愤的状态似一把灼灼烈火，让镇党委意识到了问题的严重性。了解原委后，镇领导下定决心，必须排除万难，立刻更换班子，不能再拖下去了。

按照镇党委的安排，由时任分管工业的副镇长胡仁祥负责物色山泉村新的村书记人选工作。

胡仁祥在镇里工作多年，对山泉村的情况了如指掌。他非常明白，如今的山泉村形势严峻，要选出一位被村民们认可，并且有能力扭转颓势的村书记，难度无异于蜀道登天。

这日，胡仁祥又坐在办公室，反复翻看着几位初筛出的村书记候选人资料，却始终感觉不甚合适。正苦闷间，一阵紧促的敲门声骤雨般响起，未等应答，只见十余位怒气冲冲的村民们鱼贯而入，个个面现愠色。

胡仁祥太熟悉这种场景了。他置笔起身，苦笑着把众人引到隔壁会议室。刚坐下来，村民们便你一言我一语，竹筒倒豆子似的捅开了话题。

一位村民义愤填膺地说："胡镇长，你是不知道，现在村里的干

山泉村
旧照

部，生活可不要太滋润。我们专门观察过，他们每天上午八点多到办公室，屁股还没坐热就去对面的面馆吃东西，然后回办公室喝茶，再给某个企业老板打电话，让他们安排午饭。吃完午饭又到澡堂洗澡、打牌、搓麻将，然后再找个老板安排晚上喝酒，一醉方休。这哪是村干部，简直是土皇帝嘛。"

一人接着道："现在村里老一辈流传着一句话，叫'七大队，吃光了'，村子都被他们败坏掉了。"

另一位村民愤懑地敲着桌子说："还有，现在村里的厂子都转制了，连土地也出让了，按理说应该有不少收入，但钱到哪里去了？没人知道，村里实际上就是个空壳子。"

"村委完全搞的是家天下那套，大事小事全都暗箱操作，就被那么七八个人攥在手里。账目从来不公开，财务向来不见底，公款吃喝，公车私用更是家常便饭。恳请镇领导严查，这帮村干部的屁股底下没有屎才怪呢！"

"现在村领导个个富得流油，每人专门配了一辆车，走到哪里都是前呼后拥。可怜了我们这些老百姓，有的人连吃饭都要精打细算，还有人生病了也不敢去医院，凭什么生活的差距这么大？"

"我们强烈要求改选村班子，撤换村领导，选出我们信得过的村干部和村班子！"

"对，换人！换人！"

一语未平，一言又起。村民们的怒意化成波涛汹涌的巨浪，铺天盖地向胡仁祥袭来。面对情绪激动的村民，胡仁祥静静地听着，未置一词。

这种情况，他早习以为常。近几个月来，村民们集中上访已成为常态，有时几人，有时十几人，有时几十人，反映的问题各异，但落脚点却出奇一致：更换村委领导。

刚开始时，受村民情绪的感染，胡仁祥也时常怒气横生，不过几次下来，他心里平静了许多。但冷静并不等于冷漠，他内心依然沉痛无比。之所以选择安静地当一名听众，是因为他知道，自己动怒毫无意义，只有尽快找到合适的村书记接班人选，才能从根本上解决村民们的问题。

很快，村民们七嘴八舌地发完牢骚，将话语权还给胡仁祥，等着他的回复。

胡仁祥叹口气，诚恳地和村民们掏了底："不瞒大家说，村里的情况镇党委已经清楚地掌握了，陆钢书记十分重视，开了许多次会，专门讨论这个问题。但关键是，目前我们找不到合适的人选呐。镇党委的心理预期很明确，这位新任的村书记既要有相当突出的管理能力，又要熟悉村里的情况，最重要的，是要对村子有感情，否则随意换个人，也是治标不治本，很难改变现状。我和大家说实话，现在问题就卡在这里。我们也正在努力寻找，一旦有合适人选，我向大家保证，立马调换村书记。"

听到胡仁祥这番推心置腹的话，村民们感觉到镇党委确实上心了，不好再多说什么，现场也逐渐安静下来。

一位村民想了想，开口道："胡镇长，不瞒你说，其实我们私下也在讨论新书记的人选。"他停下来看看大家，又接着说，"要说合适的人选，也不是完全没有，关键还是要看镇里愿不愿意动真格，能不能下狠心。"

"噢?"胡仁祥面现喜色，立刻来了兴致，迫不及待地问，"你们有人选了？快说说看，是谁？"

村民耸耸肩，亮开底牌："远在天边，近在眼前，他就是从山泉村走出去的李全兴，李总。"

在周庄镇乃至整个江阴市甚至无锡市里，李全兴都是较有名气的人物。他是万事兴集团的董事长，也是远近闻名的企业家和亿万富翁。

"李全兴？"胡仁祥颇觉惊诧，似乎有些意外。

这位村民见状，以为对方不了解情况，便解释道："胡镇长，我是赵家浜村的，和李总一个村子。我们关系一直很好，我有事没事也会到他的公司去坐坐。李总对乡亲们很热心，逢年过节都会回来看望老人和困难人家，既送钱又送物，在我们村里的口碑和人缘特别好。镇领导不是要找德才兼备还要对村子有感情的人吗？我认为他就是。"讲到激动处，村民一根根掰着手指头数道，"你看，他能经营好那么大的集团，管理能力肯定是毋庸置疑的；他对村里人的关心我们都看在眼里、记在心里，德能品行也是有目共睹的；而且他是村里人，对村子也有感情基础，不正符合要求吗？"

胡仁祥闷不做声，脑中快速地盘算思考着。村民停了停，见对方没有反应，又接着说："胡镇长，我们其实很早就和他提起过这事，希望他能回村带大家打个翻身仗，但你也知道，他毕竟还有万事兴集团那一大摊子，精力有限，所以当时委婉拒绝了。这是人之常情，我们不好勉强，也能理解。可你看看现在，村委那帮'畜生'简直就是蛀虫、祸害，把村里弄得乌七八糟，我们实在没有办法，都快活不下去了。现在除了李总，真的没人能拯救村子了。"说着，村民的声音竟有些哽咽，"但我们人微言轻，知道自己说话分量不够，不敢也不好意思去对李总提要求，所以我们商量来商量去，还是希望镇党委能替我们做主，出面邀请李总回村主持工作。如果李总回来了，那我们心里就有底了。"

"是啊，是啊，你们一定要把李总请回来呀。"村民们异口同声地附和着。

胡仁祥的眼神飞速掠过村民们沧桑的面庞，听着他们热切的呼声，陷入了沉思。

其实，村民们并不知晓，在前两年，镇党委就已将李全兴列为新书记的第一人选，还专门找他谈过话，希望他能够回村力挽狂澜，但被他以集团发展正处于关键期为由回绝掉了，坚决不留商量的余地。再到后来，此事也就不了了之。

胡仁祥望着村民们目光中流露的企盼，实在不忍心打破大家这份美好期待，便没有告诉他们这些插曲，只是郑重地表态："大家的心愿我知道了，但这事不是我能做主的。不过我向大家保证，会尽快向陆书记反映。请大家相信镇党委，一定会圆满解决这件事。时间也不早了，你们先回去吧，一旦有消息，我会立刻告诉大家。"

村民们点点头，齐齐向胡仁祥表示感谢后，陆续离开了。

时已入秋，周庄镇处处弥漫着桂花的香气，在柔和晚风的扶送下，吹进了一间半敞着窗的屋内。

街上已华灯初上，房间里亦灯火通明。胡仁祥正伏案在办公桌前，一页页翻阅着搜集的李全兴资料，边看边记边想。直至夜色更浓时，他才直起身子走到窗前，眺望着空中的黑云，若有所思。

次日晨，胡仁祥就向陆钢作了汇报。

陆钢了解到情况,颇有顾虑地说:"李全兴这个人是不错,我也一直很看好他。可是以前找他谈这事的时候,他拒绝得很干脆,现在又去找他,是不是不太合适?"

胡仁祥笑道:"陆书记,此一时非彼一时,我们没有退路了,只能硬着头皮上。你也知道,最近这段时间,山泉村的村民上访频率剧增,这可不是什么好现象呀,它是给我们发出的预警信号。依我看,那个村子现在就是个定时炸弹,随时都可能'轰'一声,卷起漫天尘烟。有能力拆除这个炸弹的,除了李全兴,我想来想去也确实没有其他人了。而且,退一步说,这都两年过去了,保不准他的想法有变呢?"

陆钢觉得胡仁祥分析在理,嘱咐道:"那先这样,你尽快去探一下他的口风,争取做通思想工作。如果他能答应,那就最好。"随后又感叹道,"我还是觉得难啊。"

胡仁祥点点头:"好,我立刻去落实。不过,还有个问题摆在面前,我们不得不提前考虑清楚。"

陆钢问:"什么问题?"

胡仁祥苦笑着说:"我昨天翻看资料才猛然发现,李全兴竟然不是党员。那么按照规定,他就不能当村书记。"

"啊?"陆钢始料未及,"这倒是个大问题。"他闷头琢磨了一会儿,很快语气轻松道,"也不难,既然不能当村书记,那就先干村主任,一样可以主持工作,党委给授权就可以。眼下最主要的,还是要看李全兴的个人态度,究竟愿不愿意回村去大干一场。"

胡仁祥站起来,干脆利索地回道:"交给我,我去找他谈。"

离开前,陆钢再次嘱咐:"越快越好!"

胡仁祥担任领导干部多年，深知谈话是讲究技巧的，但该如何去和李全兴谈？鉴于山泉村刻不容缓的紧迫形势，他没有时间再去细细研磨一个完美方案。当天下午，他便约李全兴在一个休闲茶馆见面。

两人虽谈不上有多熟悉，但也算相识多年。简单的寒暄后，胡仁祥便饶有兴致地问起了万事兴集团当前的发展状况及未来规划。

李全兴对这次突来之约十分好奇，知道一定有事相谈。但对方毕竟是镇领导，既然不主动提，自己也不便冒昧去问，只好对胡仁祥的提问一一作了详细回答，并对镇领导的关心表示感谢。

按照预定节奏，胡仁祥大致了解了集团近况后，随即把话题引向山泉村，将村民生活窘迫不满、近期频繁上访、痛诉村委劣行、请求更换村领导等事如实相告。

"太不像话了！"李全兴听得火冒三丈，握紧拳头愤愤地说，"我以前也有所了解，只是没想到现在越来越过分，简直无法无天了！"

胡仁祥见对方情绪已到，趁势劝道："李总，我实话和你说，民意至此，镇党委早已决意要撤换现任村领导，但问题是新的村领导人

村庄旧貌

选迟迟无法落地。昨天傍晚，我又接待了一批上访村民，大家向我吐露了心里话。其实，大家对你的呼声很高，都希望你能回村带着大家一起干，大伙相信你。当时聊到这事，许多乡亲的眼眶都红了。"他随意摆弄了一下茶杯，又补充道，"当然，镇党委也是这个意思。现在除了你，没有人能破这个局了。"

"回村？"李全兴虽觉意外，但经过两年前的那次谈话，潜意识里已经有了思想准备。他面色凝重地摇摇头道："胡镇长，虽然对村里的情况我真的很痛心，也非常感谢领导和乡亲们的信任，但这事恐怕不行。现在集团正准备上市，各项工作千头万绪，每天早上一睁眼，就有一大堆事务等着我处理，我精力实在顾不过来。再者说，我都离开村里二十多年了，回去的次数也不多，其实对村务并不熟悉。"

胡仁祥见李全兴毫不避讳地亮明想法，心中"咯噔"一下，心有不甘地争取道："你先别急着表态，考虑考虑再说。"

这次，李全兴回答得更干脆："胡镇长，我确实走不开，就不考虑了。"稍停片刻，又道，"我知道，现在乡亲们的日子确实不乐观。如果镇领导觉得有这个必要，我愿意捐资一千万，专门给村里修路，建一些基础设施，改善大家的生活环境，也算我为村里作一些贡献吧。"

胡仁祥满腹心思地摇摇头，略显消沉地说："这不是钱的事。"

李全兴也沉默下来，闷头抽着烟。

第一次谈话，胡仁祥虽然结结实实碰了壁，但他并没有放弃，李全兴言语中流露出的炙热感情让他还保留着一丝希望。他暗自鼓劲，一定要有"三顾茅庐"的执着和"精诚所至"的恒心，用最大的诚意去感动对方、说服对方。他也相信，重情重义、为人正直的李全兴，一定会作出对山泉村来说具有历史性意义的抉择。

回到镇里，他步履匆匆迈进书记室，向陆钢作了汇报。

对于李全兴再次断然回绝，陆钢似乎并不意外。他靠在椅背上，抿一小口茶，将茶杯轻轻放回桌面，平静地说："将心比心，李全兴的顾虑和苦衷我都能理解，也应当理解。毕竟万事兴集团凝聚了他几十年的心血，我觉得换作谁都会做这样的决定。但话又说回来，我们作为镇领导，为官一任，就要造福一方。从大局讲，现在全市全镇新农村建设都进行得如火如荼，只有山泉村还是死水一潭，毫无起色，这与上级政策要求不符；从小处说，村里几千名老百姓的生活还不尽如人意，不满和牢骚的声音越来越大，这与我们'为人民服务'的初衷也相违背。所以我们不能也没有资格轻言放弃，还是要积极争取说服李全兴回村工作，让山泉村起死回生，这既是对老百姓负责，也是对组织负责。"

胡仁祥听得神情严肃，认可道："是的，于情于理、于公于私我们都要全力把这事办成。我想过了，这次算是预热，先让李全兴好好消化一下，过两天我再找他谈谈。"

陆钢微笑着摆摆手说："你暂时不要找他了，我想到一个更合适的人。"说完，他抓起手边电话，拨通一组号码，"请你来一下。"

胡仁祥不解地望着陆钢，问："是谁?"陆钢笑笑，并未回答。

很快，敲门声响起，门被推开，时任镇党委组织委员的钱丽英走了进来。

陆钢请胡仁祥重新扼要地介绍了同李全兴初次沟通的情况后，言语恳切地说："钱委员，你是分管组织工作的，平日里和李全兴接触多，也算熟络，所以我思来想去，还是请你代表镇党委再找他谈一次话，做做他的工作。请务必转告他，镇党委知道并理解他的顾虑与苦衷，但他回村工作是众望所归、民心所向，希望他能胸怀大局，以造福村民为重。"

"原来是这样。"钱丽英微微点头道，"据我了解，他的集团近期是有上市计划。"她深吸一口气，"这事的确挺有难度，不过请放心，我一定全力以赴。"

第 **3** 章

人生大幕这样拉开

就在镇党委领导为如何说服李全兴而大费苦心时，李全兴的内心也正发生着微妙的变化。虽然他早已打定主意，无论如何也不会丢下苦心经营的集团，而跑去接手垂暮笼罩的村子，因为不管怎么看，这都是个得不偿失的选择。但时隔两年，胡仁祥的话像是携着历史记忆，与现实深切呼应，搅起一股波澜，让他再也无法平静。

当日傍晚，万事兴集团董事长办公室内，李全兴长久伫立在窗边，遥望着缓缓下坠的夕阳，思绪翻飞。层层被风掠过的晚霞四处荡漾，像是触动了回忆的开关，在这个安静的空间，他眼前像放电影似的，一幕幕往事穿过时间，浮现出来。

1965 年 11 月 19 日，李全兴出生在山泉村（当时叫七大队）下辖的赵家浜村，家中有一个大他两岁的姐姐。父亲在队里开拖拉机，母亲则在乡里做纺织女工。因爷爷奶奶早逝，双亲既要照料子女，又要赚钱养家，生活相当艰苦。好在父母均乐观豁达、勤劳持家，在老两口的齐心努力下，日子还算过得去。

只是天有不测风云，在李全兴 5 岁的时候，父亲为了多赚钱，农忙后跑到乡里打零工，帮人开拖拉机运输修路材料，怎料一次突遇颠簸，竟连人带车栽进路边的沟壑里，当场摔断三根肋骨。那时，队里没有医疗条件，看病只能到乡里。为了父亲的身体，同时方便母亲照顾家人，一家人不得已搬到乡里，租了一间简易房，拼凑了两张床，姑且算是有了安身之处，四口人就挤在这样一个狭小的空间内生活。由于那段时间，父亲须卧床休养，暂时丧失了劳动能力，家中生活一度变得非常窘迫。每日看着母亲既要照顾父亲，又要起早贪黑地上班，李全兴心中就很不是滋味。从那时起，幼年的他心中便埋下一颗种子：要尽早赚钱，替父母分忧解难。

在母亲悉心料理下，父亲的身体状况逐渐好转，可依然无法下地劳动。大队书记见这家人属实不易，动了恻隐之心，主动帮助他们疏通关系，将李全兴父亲安排到乡办的钣焊厂做仓库保管员。父亲有了收入，家里生活终于在艰难中有了起色。

在乡里那几年，李全兴在中心小学度过了自己的求学时光，也意外领略到了村里从没见过的商业氛围，尤其是盛极一时的商业社、供销社等，令他大开眼界。

然而好景不长，命运的捉弄未曾停手。李全兴13岁时，母亲不幸得了肺结核，为改善呼吸环境，同时也为了降低生活成本，一家人被迫又搬回村里，父亲则每天骑着自行车去上班。又减少了一份收入来源，家庭经济状况再次直线下降。

穷人的孩子早当家，接二连三的不幸遭遇，让李全兴更加坚定了早日赚钱养家的念头。勉强念完初二上半学期，他说什么也不愿意念下去了。春节过后，他就跑到生产队跟着插秧，赚工分。父母多次劝阻无果，见他主意已定，只得无奈随他去。

李全兴固然有满腔热情，但残酷的现实还是给他当头一棒。由于年纪小，他在队里做学农，只能拿三分工。干了一年，他不满的念头愈演愈烈：凭什么自己和别人干的活一样多，赚的工分却要大打折扣？

当时，七大队党支部书记李阿青已经开办了山泉采矿厂，李全兴得到消息便兴致勃勃地跑去咨询，却被告知自己年龄太小，不能进厂。失望之余，他想起有个叔叔在厂里做带班长，转头偷跑去找他，恳请他将自己安排进采矿厂做工，多赚些钱补贴家用。叔叔看到稚嫩懂事的李全兴，心疼之余亦很是喜欢，一口答应下来。就这样，李全兴从农田来到矿厂，赚的工分也从三分变成八分。在采矿厂，李全兴眼疾手快，肯吃苦嘴又甜，深受大家喜爱，被大人们亲昵地称为"小八路"。第二年，他就换了工种，开始赚十分工。

李全兴17岁时，适逢七大队办的毛纺染整厂招工。由于父亲负责乡钣焊厂采购工作，在当时物资普遍短缺的情况下，通过熟人帮助毛纺染整厂购买到一些原材料，故厂里对李全兴父亲非常感激。借助这层关系，李全兴顺利进入毛纺染整厂，成为一名脱水工。相比采矿厂搬石头的工作，脱水工作几乎不费力气，这也让李全兴的思想有了第一次重要转变——原来赚钱可以不用累死累活。

这几年间，父亲还利用担任采购员的便利，东拼西凑借了些钱，购置了钢筋、板砖等建筑材料，在家中盖起二层楼房。由于手头拮据，原规划的三间两层，只是先盖了一层，一年多后第二层盖了两间，东面一间成了露台。尽管如此，这在村里也是相当醒目的景观了。父亲感慨地对李全兴说："儿子，有了这套楼房，你以后讨老婆应该没有问题，我这辈子的使命算是完成了。"

18 岁那年，李全兴眼看未来没有了后顾之忧，对当下生活也比较知足，他便心情愉悦地在毛纺染整厂安心度过了两年时间。其间，他又被调去做散毛染色工作。总体来说，那段时期的工作和生活都比较惬意。

不多久，又一次机遇降临。那天，母亲兴高采烈地回到家，激动地告诉父亲，根据纺织厂的政策，满二十年工龄的老职工可以享受一个社办工的名额，只要通过考试并且缴纳两千元集资款即可成为社办工。社办工在当年可是身份的象征，老夫妻反复商量后，觉得机会难得，决定让李全兴进纺织厂，成为社办工人。李全兴对此本无兴趣，但见父母满腔热情，不忍拒绝，只得遵从父母意愿，同意参加考试。父母拿出家中仅有的一千多元钱，又想方设法凑到了两千元。

就在一家人以为万事俱备的时候，突如其来的障碍却拦在了面前。李全兴去报名时被告知，成为社办工最少要有初中毕业证。他当场傻了眼，自己连初二都没有念完，哪里来的毕业证呢。

父母听到李全兴带回来的消息，陷入了艰难的沉默。父亲眉头紧锁，烦躁不安地来回蹓跶，像是在进行痛苦的抉择。少顷，他涨红了脸说："我去找人问问看。"李全兴知道父亲最好面子，从不开口求人，心里难免有些过意不去。他一把拉住父亲，劝阻道："要不算了吧。"父亲瞪了他一眼，没有理睬，独自出了家门。

后来，李全兴得知，父亲找到他当年就读初中的老校长，垂下了从不肯低头的脑袋，又搭上了不少物品和好言好语，才总算补办到一张毕业证书。

有了敲门砖，李全兴顺利进入纺织厂做了一名平车工，主要工作内容是对厂内的布机进行平整、维护和保养。相比之下，这里的工作

李全兴青年时期

比以前更轻松，不过工钱也相应地减少了，这让李全兴多少有些不甘心。为了赚更多的钱，他主动申请三班倒，白天空闲时，就帮助在乡里开肉店的舅舅到江阴拉猪肉。一般是凌晨四点骑车从家出发，六点前，将满载二百多斤猪肉的自行车再骑回乡里，跑一趟可以赚一块钱。每日如此，风雨无阻。

想到这里，李全兴心里泛过一丝苦涩。那种一门心思想赚钱补贴家用的冲劲，至今让他记忆犹新。虽然现在生活水平有了质的飞跃，但他从未忘记那段缩衣节食、铭心刻骨的少年生活。

20岁时，李全兴的思想迎来第二次转变。如今回忆起来，他称其为人生中最重要的转折点。

那段时间，他在乡里认识了几位年轻人，一次偶然机会，了解到这几人正在做生意。说是生意，其实就是四处收购废钢铁，然后高价卖到钢厂，从中赚取差价。

这种"剪刀差"的操作模式若放在当下，实属稀松平常。但在当时，这却是一条绝妙的致富思路，李全兴大受启发。他在闲暇之余，便开始琢磨起这件事，并尝试投入实践。

经过一段时间观察寻找，他终于在周庄水泥厂下属的型钢厂门口，找到一些废弃的边角料，随手掂了掂，觉得质量还可以，就揣起一块到回收站咨询，得到的回复是收购价每吨330元。他随即返回型钢厂，打听到出售价是每吨310元。

李全兴蹲在厂门口，掰着手指头算起账：每吨20元的差价，再扣除运费和人工费，几乎没有利润可图。他不免有些困惑，为什么别人可以赚钱，轮到自己却不行了呢？这其中一定有门道。于是，他买了几包烟去请教懂行的老师傅，得到指点后，又去和双方谈，最终谈妥收购价每吨300元，卖出价每吨335元。

李全兴粗略一比画，感觉可行，心里乐开了花。说干就干，他向队里租了几辆拖拉机，又请几位好朋友帮忙，一番倒腾下来，只花三天时间就赚到了1600元！这在当时可是巨款，相当于他在纺织厂五年的工资总和！

就是这笔极其简单的业务重新绘就了李全兴的人生线。他突然意识到：原来在外面赚钱竟如此简单。

尝到甜头后，李全兴再没有安安稳稳上班领死工资的念头了，一门心思想去做生意。经过慎重考量，他于次年离开了纺织厂。

初出茅庐，旗开得胜。凭借活络的头脑和敢想敢拼的干劲，外出闯荡不久，李全兴就有了丰盈的积蓄，将家里因缺钱而迟迟没有建完的小楼盖完整了，并且还增盖了一层。家庭生活红红火火，生意往来顺顺畅畅，李全兴瞬间成了村里的明星人物，惹来众多羡慕的眼光。

只是，生意场上有着一条铁律：随着商机从神秘转向透明，进入此领域的人数也会成倍向上增长。李全兴的悠闲日子并没有享受多久，倒卖废钢铁的生意就陷入瓶颈，人群一窝蜂地拥入，导致行业竞争越来越激烈，收售价格不断浮动，再加上免不了的关系打点和人情支出，利润空间几乎被挤压殆尽。

面对市场剧变，李全兴非但没有手足无措，相反异常沉稳。冷静地研判形势后，他果断地做出一个大胆的决定：转移阵地。

在那个年代，皮夹克风靡一时，无数弄潮尝鲜的人们都以身穿皮夹克为时尚之举，但同时，皮夹克的保养也是个颇为麻烦的问题。市面上几乎没有专门的保养店，基本上都需要消费者自行涂油料理。在这样的大环境中，一次偶然的聚会中，李全兴无意间听身边两位朋友聊天，谈起计划投资生产专门盛装皮夹克油的塑料瓶。他心念一动，敏锐察觉到这定是个好项目，便主动要求合伙。经过几次商讨后，决定每人出资两千元，共凑六千元作为启动资金。

钱的问题解决了，几人又面临着新问题。那时还没有私人成立公司的概念，三人该以何种身份对外营业？思维活跃的李全兴又动起了脑筋。他想到村里有张山泉五金厂的营业执照，便找到负责人商量，谈妥以挂靠的形式，挂名为山泉五金厂塑料分厂，并在队里租下一间二十来平方米的房屋用做车间，另购置了二手空压机、挤出机，自制了锁膜机等机械设备。

随后的事情再次证明了李全兴过人的市场意识。当年，塑料分厂的销售额就达七万元，净利润为一万五千元。次年，销售额直接翻一倍，达到十五万元，着实令身边人瞠目结舌。

远超预期的业务量给了大家莫大的信心，三人像做梦似的喜不自禁，沉浸在对厂子未来发展的美好畅想中。

然而，心情是火热的，现实却是冰冷的。随着销售额越做越大，工厂应收账款也逐渐增多，最后竟有三分之二的欠款收不回来，成了坏账。这可急坏了三位合伙人。眼看原本富裕充盈的资金变得入不敷出，三人的创业热情如坠冰窖，在经济窘境的重压下，互相之间的矛盾摩擦也愈演愈烈，最终迅猛迸发出来。经过几次商讨解决方案无果，两位合作伙伴干脆提出解散，并私下相约把厂里的设备及存货进行变卖或抵款，拿到钱后各寻出路，只给李全兴留下了三环化工厂的七万元应收款。

李全兴得知情况时，惨淡的现状已赤裸裸地摆在眼前，他的心瞬间跌入谷底。但事已至此，他必须强迫自己打起精神、面对现实。为了讨回应收款，他没有更好的办法，只能硬着头皮，天天到三环化工厂催债，甚至有时一天跑好几趟。厂长经常闭门不见，唯独一次凑巧碰面后，厂长口头答应先付两万元，但始终不见钱款到账。

李全兴没有气馁，打定主意要和这个厂磨到底。功夫不负有心人，他的执着打动了一位姓马的老会计。这天，当又见到灰头土脸、神情落魄的李全兴时，马会计仿佛看到自己的孩子，心情很酸涩，实在不忍心再看着这位年轻的小伙子为讨回原本就属于自己的钱款而苦苦奔波，决心帮他一把。

马会计把李全兴叫到办公室，心疼地说："小伙子，这段时间你很不容易，我都看在眼里。我知道上次厂长答应给你两万元，但一直拖着不兑现。其实账上是有这个钱的。反正我也快退休了，我就直接付给你。"

李全兴瞪大眼睛，不敢相信这是真的。直到马会计将两万元现金交到他手上，他才回过神。捧着来之不易的钱，他喜极而泣，含着眼泪向对方深深鞠躬。

马会计眼含笑意，为他鼓劲："加油，你会成功的。"

有了两万元入袋，李全兴总算恢复一些元气，但伤痕累累的惨痛经历让他再也不敢碰油瓶这个行当了。

一路不通百路通，关键是要求新求变求突破。

李全兴很快发现，那时国内刚刚开始流行喝酸奶。铺天盖地的广告和身边越来越多享用的人群，让他有充足的理由作出预测：不久后，市场上对酸奶瓶的需求量一定会有井喷式增长。他当机立断，就干这个。

决定入手后，他即刻开始钻研，发现制作酸奶瓶需要一种重要的原材料——高密度聚乙烯。但令人头疼的是，他手中现有的两万元资金不足以大批量采购所需原材料。巧妇难为无米之炊，困境之下，他不得不再去探索其他路径，同时也想办法尽快将三环化工厂剩余的五万元追讨回来。

也许是精诚所至金石为开，也许是好运降临，经过打探，李全兴意外发现，本地就有个塑料物资贸易公司，专门生产这种高密度聚乙烯。更加巧合的是，这个厂与还欠他五万元的三环化工厂身出同源，均属江阴化工物资公司。

这仿佛是上天专为他铺设的一条路。得知这消息，他顿觉柳暗花明，一个绝妙的主意应运而生，思路刹那间通畅了。随后，他几经周折，托尽关系，终于联系上江阴化工物资公司的负责人。

负责人客气地接待了他，随后问道："费这么大工夫找我，究竟什么事？"

李全兴简要地向对方介绍了事件原委，并恳请他能出面帮助协调此事。

负责人满脸疑惑地问："需要我协调什么？"

李全兴言辞恳切地说："贵单位是大名气、大品牌公司，在社会上有目共睹，因此我对贵单位下属的工厂也有充分信任，对这笔债务的安全性并不担心。我也是生意人，他们资金一时周转不过来，我能理解。只是，我现在实在是走投无路了，否则也不会四处打听，冒昧登门打搅。五万元对贵单位可能不算什么，但对我来说，却是身家性命。"

对方急忙打断道："你的情况我很同情。不过，三环化工厂虽然隶属物资公司，但它是独立运营的，我们有规定，不能随意插手干涉。何况，债务问题都是由各厂自行承担，我们也不可能强逼着下面的厂去履行债务。"

李全兴听明白对方话中含义，赶紧解释："你误会了，情况我明白，我也不是这个意思。"

对方更加疑惑："那你找我究竟是什么事？"

李全兴如实说出了自己的想法，最后恭敬地询问："这样处理，你看合适吗？对贵单位来说，这既能解决债务，也能提升销售额。"

"噢？"负责人眼前一亮，赞叹道，"这是个好主意。"

不久后，李全兴的构想就圆满落地了。按照他的建议，物资公司负责人出面协调，首先安排塑料物资贸易公司替三环化工厂拨付给李全兴价值五万元的高密度聚乙烯材料，同时将三环化工厂对李全兴的五万元欠款转移到贸易公司名下，变成公司内部账款。

一番操作下来，各方面皆大欢喜。

最头疼的原材料问题解决了，李全兴便开始热火朝天地备战生产。

酸奶瓶的市场走势与李全兴的预期并无二样，需求量在短时间内急剧攀升。生意最好的时候，每天都有许多厂商上门，排队等着拿货，工人们即使忙得成天加班连轴转，也依然供不应求。

不过，李全兴很快发现，这个行业也存在缺陷，它是有季节性的。由于那个年代家庭储存条件和物流运输条件都不够成熟，只有春秋季温度适宜时，酸奶才能大批量上市。而到冬夏季时便门可罗雀，尤其是夏天，酸奶瓶堆满仓库也鲜有人问津。

转眼又到八月，正是酷暑时节，四处翻滚的热浪狂虐着，像是要融化这座江南小镇。李全兴头顶着炎炎烈日，汗流浃背地站在仓库门口，似乎对高温无动于衷。他望着囤积成山的酸奶瓶，记忆里泛起摸爬滚打十几年的辛酸，心中很不是滋味。现在，销售停滞、工厂停工，但场租费、人工费却一样不能少。收支严重倒挂让他心急如焚，他不由暗想，这恐怕也不是长久之计。

夏过秋来，几场秋雨落过，江南的酷热便消退了七七八八。随着天气转凉，李全兴的生意开始好转。在紧张有序开展生产的同时，他也在思索着其他出路。

十月份的一天，秋高气爽，舒适宜人。李全兴与几位好友相约小聚，闲谈之中，他惆怅地谈及对酸奶瓶厂发展的担忧："现在的市场就像过山车，时好时坏，剧烈颠簸，一不留神就会被甩下车，弄得我提心吊胆，总感觉这样下去不是办法。"

江南模塑厂的一位朋友安慰道："做生意嘛，难免跌宕起伏，哪有一帆风顺的呢？"

李全兴摇摇头："如果是偶然性波动倒也正常，我也能接受。可按照目前的形势，一年四季中固定有两个季节要歇火，这还了得，平常赚的那些钱全要贴进去了。"

那人感慨道："酸奶瓶可不就是这样吗，能有什么好办法呢？"

李全兴苦笑着说："是啊，到底是模塑厂好，生产汽车配件，还是省里第一家中外合资公司，产品不愁销路，一年四季都能卖。要不是这边市场基本饱和，我都想改你们这行了。"

孰料言者无心听者有意，李全兴的牢骚让对方突然想起什么，他猛地一拍大腿，兴奋道："你倒提醒我了，我想起来一件事。听说沈阳金杯公司现在与日本丰田合作，正在推行汽车零部件生产的国产化，不知道有没有机会，反正你有现成的机器设备，如果有兴趣，你可以过去看看。"

正所谓穷则思变，朋友的话撩动了李全兴。极度渴望改变现状的他翻来覆去考虑一宿，觉得机不可失，应该要把握住。打定主意后，他安顿好厂里的生产任务，带着朋友透露的信息，怀揣着憧憬，立刻买票，只身前往沈阳。

奔波中的李全兴无暇料到，他人生中最精彩的大幕，已缓缓开启。

第 4 章

几经磨难万事兴

　　孟子云：天将降大任于斯人也，必先苦其心志，劳其筋骨，饿其体肤，空乏其身……那一次，李全兴可算是真正体会到了。他在江南温润几十年，还从来没有到过东北，对那里的冷完全没有概念。他坐在火车靠窗口位置，即便已关紧窗户，也依然觉得刺骨冷风似有预谋地"飕飕"往身体里钻。再加上沿途吃的东西也不习惯，腹中隐隐作痛，经受了一天一夜的颠簸后，他头痛欲裂，刚下火车就病倒了。

　　在这人生地不熟的地方，李全兴不敢逞强。他拖着沉甸甸的身体，就近找了个旅馆住下来，昏天黑地睡一整天后，精神才稍微恢复一些。

　　翌日晨，他感觉身子有些力气了，吃完早饭便迫不及待地找到金杯厂。多番打听后，了解到这项业务由该厂配套处具体负责，又匆忙摸了过去。

　　李全兴向配套处负责人说完自己的来意后，对方有些奇怪，跷着二郎腿，上下打量着他，开口便问："你是个体户吗?"

　　李全兴明白对方的意思，急忙解释："我不是个体户，是队办企业。我是代表集体来的，我们厂在江苏江阴，叫山泉五金厂塑料分厂。"说完，从包里掏出准备好的营业执照递过去。

"噢!"对方快速扫过一眼，点点头，算是认可了，继续道，"我们的确正寻找配套生产厂家，你有兴趣的话，可以先拿一些零配件回去研制，如果能生产出来，并且符合标准，我们就可以合作。"

李全兴见有希望，生怕对方反悔，想也不想，一口答应下来："没问题。"

见李全兴底气十足，对方也不再多问，起身从柜子里拿出八个塑料件递给他。

李全兴看到零件，心里登时慌了，心跳骤急，只觉得脑瓜子嗡嗡响。原来，对方给的是注塑产品，而自己厂里的设备是吹塑机。简单来说，注塑是像倒水一样向里灌，一般是实心的，而吹塑则是像吹气球似的朝里吹，一般是空心的。因此，无论所需机器还是制作工艺，都完全不是一回事。

李全兴后背急出了汗。"这可怎么办? 是不是要如实相告?"他脑中快速分析着形势。思来想去，他觉得这个机会太难得，实在不忍放弃。

显然，对方并没有察觉到李全兴的细微变化，又接着从抽屉里取出图纸，补充道："这些是生产汽车需要的配件，给你看看。我们的合作模式大致是这样的，你第一次生产的产品叫首台份，如果首台份验收合格，接下来就是五台份，然后是五百台份，以此类推，越向后越多。不过丑话要说在前面，如果你研制出的产品不符合验收标准，那前期投入的研发成本我们是不承担的。"

李全兴虽然心里七上八下，但为了给对方留下好印象，还是爽快地应下来。他腰板挺得笔直，豪气道："那当然，这没问题。"

　　李全兴将配件装入贴身的内兜里，扣紧衣服，喜忧参半地踏上返程的火车。喜的是，他终于争取到这个机会，如果把握住，前景定然一马平川；忧的是，当前硬件设施严重匮乏，既没有注塑机，也没有现成的模具，这两者加起来起码需要十几万，而自己全部家当拼凑起来也只有五万元左右。面对如此大的缺口，这可怎么办？

　　李全兴看着窗外飞驰而过的风景，目光越来越蒙眬。难道要与这个难得的机遇失之交臂？想到此，他的心情愈加沉重。

　　俗话说，危机中往往蕴含着转机。李全兴外出闯荡多年，始终抱着这个信条。既然常规思路行不通，那就只能不走寻常路。火车到站时，他已经酝酿出一个别出心裁的计划，即集中有限的财力先研制模具，模具出来后，再找地方代加工产品，以节省下买设备的钱。

　　抱着这样的想法，李全兴开始四处打听。令人振奋的是，当天便有人告诉他，张家港有个既有注塑机，又有研制模具能力的厂子，很符合他的需求。李全兴欣喜万分，与对方取得联系后，立刻前往实地考察。

　　厂负责人热情接待了李全兴，并细致地向他介绍厂里的生产能力和专业特长。整体情况了解下来，李全兴感到十分满意，心中不由感慨，这个厂宛如为自己量身定做的。

　　参观完，李全兴迫不及待从公文包里摸出金杯厂的零配件交给对方，开门见山道："这种模具你们能研制吗？"对方捏在手里看了看，信心十足地回道："难度不大，只要钱到位，保证没问题。"李全兴点点头，没有再多问。

　　经过一番商讨，双方谈妥研制价格为五万五千元，并签订了合同。为了彰显自己的实力，也让对方吃下定心丸，李全兴当场预付了三万五千元的定金。

三万五千元，几乎等于赌上了自己的全部家当，但为了啃下金杯厂这块大蛋糕，李全兴没有更好的选择，他只能破釜沉舟，背水一战。虽然此时的酸奶瓶厂还在生产，但他心思已不在此，整日关注着张家港那边的动态。

幸运的是，这家模具厂没有让他失望，经过半年焦灼的等待，厂子传来好消息："模具研制成功了！"考虑到对方有现成的注塑机，李全兴便以试模的名义，请对方生产了一批样品。

收到样品后，李全兴只是稍微松口气。由于以前没有接触过这种类型的产品，他把握不准，更不敢掉以轻心，便请江南模塑厂的朋友找了位技术人员帮助鉴定把关。当得知产品质量很过硬时，他握紧拳头，兴奋不已，当天就寄给了金杯厂。很快，金杯厂回复消息：首台份的产品质量通过审核，要求再制作五台份。接着，五台份、五百台份都如愿地通过检验。随后，金杯厂通知把销售发票开过去。当时，国家刚开始实行增值税发票，村里的老会计没有操作过，开过去又退回来三四次，最后请了国营厂的会计帮忙，才总算开对了，李全兴也顺利收获了七万八千元的货款。

这次开门红让李全兴信心倍增，牢牢瞄准了汽车零配件这个新兴的市场。拿到钱后，他彻底关停了酸奶瓶厂，将剩余两万元应付款一口气全数付给张家港的模具厂，并趁着这股势头，又经过一番讨价还价，以三万五千元的价格，将对方厂里的注塑机一并买了过来。

此时，李全兴有机器、有模具，还有金杯厂的广阔天地，随时可以开足马力大规模量产。美好前程似乎就在眼前，他对未来的发展充满期待。

可令人不安的是，自从五百台份的订单完成后，等了好长一段时间，金杯厂再也没有发来新订单。李全兴感觉有些不对劲，就打电话到配套处咨询，得到的消息是，今年的生产任务已经分配给浙江乐清的一个厂子了。

李全兴如遇惊雷般愣在原地。他已把自己的事业都押在金杯厂，没有订单，设备就是一堆废铁。他急得内火攻心，辗转反侧一夜后，第二天又买票赶到沈阳。在沈阳的几天，他每天都向配套处跑，极力争取订单，似乎又回到了向三环化工厂讨债的日子，不知疲倦、勇往直前。

配套处负责人于心不忍，直言劝李全兴不要白白浪费精力，生产指标已派发下去是不可能改变的，除非对方毁约。他好意提醒李全兴，今年就算了，明年要尽早关注生产任务的分配进度。

虽然对方已经把话说到位，但李全兴丝毫不敢鸣金撤退。他知道，此时如果拿不到生产任务，自己必定破产无疑，根本撑不到明年，只能放手一搏。他哀求道："我们的产品质量是得到贵厂认可的，且目前专供贵厂一家。往大处说，作为中国人，我们也想为汽车零配件国产化作些自己的贡献；从小处说，我们生产队所有的钱都投到开发产品中了，如果今年拿不到指标，厂子就要倒闭了，整个生产队那么多人连年都过不下去。"说完，长吁一声，继续道，"我知道东北人都特别直爽仗义，尤其是与你打交道这几次，我感受非常明显。这一次对我们而言，是要命的坎，我实在没办法，请求你能帮助我们渡过难关。"

对方似乎被说动了，犹豫一会儿说："那这样，你先回去吧，我们再统筹协调一下，如果有消息就给你打电话。"

既然对方已表态，李全兴也不好再过多纠缠，只能礼貌告辞，惴惴不安地返程。他茶饭不思，成日心急如焚地等待着远方的电话。

没几天，电话来了。

对方激动地告诉他，为他调配出三万个零配件的生产任务。

"太好了！非常感谢！"李全兴欣喜若狂，心中的大石头这才算落了地。

狭小的厂房里，机器又轰鸣起来了，充满活力的运转声回荡在车间内。对李全兴来说，这种声音是多么悦耳，他的热情再度被点燃。不过，此事也给他上了一堂难忘的警示课：市场订单不能被动地干等，否则会坐失良机，甚至坐以待毙。他暗下决心，以后要吸取教训，提前争取，在金杯厂年底开配套会时就把来年的生产任务拿下来。

谁知又横生枝节。

进入 11 月份，江南的气温迅速转凉，沈阳的最低温度早已跌至零下，甚至一度逼近零下 20 摄氏度。这日，李全兴正在车间检查生产情况，突然一人跑来，叫他去听电话，说是金杯厂打来的。他顿生不好的预感："前不久刚发了一批货过去，不会有什么问题吧？"

李全兴的担忧成真了。电话里传来火急火燎的声音："你的产品出问题了！发来的零件韧性强度不够，一扣就断，现在根本无法使用！"

"怎么会这样？这批货明明是检验合格的。"李全兴顿时冒出冷汗，脑袋一片空白。还未想好如何开口，对方又急切地责令道："你赶紧想办法改！我们的库存不多，你的货如果补不上来，生产线就要停工了，这个损失你担不起的!"

事已至此，李全兴也顾不得那么多，只能诺诺保证:"我马上调整，一定不耽误生产。"

"时间紧急，你抓紧!"说完，对方便没了声。

放下电话，李全兴连汗也没擦，急忙把江南模塑厂的技术员请过来，告诉他这个情况。技术员听后十分不解:"我们的产品在热水里泡、在冰箱里冻，都试过没有问题的，怎么一到那边就断了呢?"

李全兴也不明所以。几人愁眉苦脸，闷头想了半晌，技术员恍然大悟道:"我知道了，可能是因为沈阳的气温比这里低，并且气候干燥，所以导致脆性增大。"

"噢，是吗?"李全兴抬起头，双目蓦然放光。他虽然不懂技术，但原因找到总归是好事。他焦急地向技术员请教:"那你快想想看，这种情况应该怎么解决?"

技术员同李全兴一样，长期生活在江南，也没有遇到过类似问题。他绞尽脑汁，提出了更换原材料的建议，认为如果使用质量更好的尼龙料，或许能解决问题。

李全兴似乎看到曙光，连连点头:"好，好，这就换。"

本期待着问题能迎刃而解，孰料形势却更加严峻。由于现有模具的收缩率是按照聚丙烯的属性确定的，当换成尼龙料后，原材料的热熔性、温度等指标都发生改变，参数对应不上，导致模具频繁锁死，无法正常工作，需要拆解模具重新设置参数。但这是个技术含量相当高的活，就连技术员也没有接触过。

事情再次陷入僵局。

那晚，车间昏暗的灯光下，大家聚在一起，反复商讨解决方案，却苦思无果。技术员实在没辙，只能一点点摸索调试。谁知屋漏偏逢连夜雨，大伙心力憔悴地忙到凌晨四点多钟，机器的顶针却意外断裂。这下彻底不能操作了。

这成了压垮骆驼的最后一根稻草。李全兴心如死灰，目光黯淡下去，沮丧地垂下头，眼眶湿红，默默地走到门口，抱头蹲下来。

承受着接连不止的挫折，落寞侵蚀着在场的每一个人。

技术员捏着断掉的顶针，心存内疚地安慰道："大家不要灰心，这也不是什么大问题，模塑厂有顶针。要不今天就先到这里，大家都回去歇歇吧，天亮后我拿了顶针再过来，我们继续调试，总能成功的。"

李全兴慢慢地起身走回来，强颜欢笑道："说得对，大家都休息吧，也不差这几个小时。明早八点，我们再来一起想办法。"

高度紧绷的精神稍一放松，几人顿觉困意上涌，呵欠连连，都赶回去休息了。

李全兴失落地躺在床上，虽身心俱疲，却翻来覆去合不上眼。辗转到了七点多，他干脆也不睡了，骑上摩托车去江南模塑厂接技术员。

他将车停在厂门口，心情沉重地来回踱步。如果这个技术问题不解决，不仅会失去金杯厂的业务，可能还会背上巨额的赔偿。若真如此，他将坠入深渊，恐今后难以再翻身。越想，他越觉得烦躁不安。

正胡思乱想着，忽听脚下传来声闷响，他低头一看，原来是无意间踢到了一个塑料块。换做以前，他可能会心不在焉地将它踢得更远，或者直接忽视它，但那天，他却鬼使神差般地捡起来。看着这个材料似乎有些陌生，他又随手掰了掰，发现韧性竟非常好，弯折得再厉害也能恢复如初。他突然一个激灵，猛然激荡的情绪让身体微微颤抖。

没过一会儿，技术员走过来，他急不可耐地问对方："这是什么材料做的？做什么用的？"

技术员布满血丝的眼睛扫过一眼，打了个长长的呵欠，随口回道："这是我们厂生产的汽车保险杠，用的是改性聚丙烯。"

"这个板子韧性强度高，很有弹性。"李全兴十分激动地演示给他看，"你看，我感觉这个材料肯定可以，而且也是聚丙烯，属性相同，能不能从你们厂里买一些回去试试。"

技术员无力地摆摆手，嘶哑着嗓子说："别想了，我们厂里自己原材料都紧缺，怎么可能卖给你呢？"

李全兴的情绪依然显得很激动："没关系，起码多了种解决问题的可能。"他稍一思索，胸有成竹道，"材料的事我来想办法。"

他将技术员带回厂里继续调试注塑机，自己则来到附近的汽车修理厂。果然如他所料，修理厂有许多这种报废的保险杠，他很轻松就低价购回了一大批。

物品运回厂里时，技术员还在专心致志地调试着参数。

李全兴叫来几位工人，请他们将带回来的保险杠清洗干净，用破碎机粉碎，将粉碎好的塑料粒放入注塑机料缸中，把机器加好温，准备工作就绪后，又把焦头烂额的技术员请了过来。技术员看到原材料，顿时显现惊喜之色，双目放光，像是沙漠中发现了绿洲，立刻扑上去，小心翼翼地设置好参数。

生死攸关的时刻到来了，成败在此一举。

几人紧张地盯着出浆口，握紧拳头，大气都不敢出，生怕注塑机再次爆出故障。在屏气凝神的注视中,每一秒都显得极其漫长,只有机器"嗡嗡"的运转声,与默默流逝的时间相呼应。

一秒、两秒、三秒……不知过了多久,注塑机运转得依然流畅。又等了一会儿,一批零配件被成功生产出来。

"成了吗?"李全兴小心翼翼地问技术员,生怕惊扰了运行中的机器。

"应该是吧。"技术员紧盯着产品,也没有十足把握,"不管怎么样,试试看吧。"

这一次,几人不敢大意,对产品进行了超高强度的反复测试,确定没有任何异常,才快马加鞭寄给金杯厂。几天后,喜讯传来,对方打电话通知:质量合格,可以继续生产。那一刻,大家兴奋相拥,喜悦的泪花四处飞溅,连日来积攒的灰暗情绪一扫而光。

不久,技术员又带来个好消息,他打听到江南模塑厂下面有个原料厂,能够生产这种改性聚丙烯。李全兴大喜过望,急忙前去洽谈合作,并顺利达成长期协议。

有原材料来源,有生产机器,也有成熟的技术,李全兴的生意终于驶上高速路。随着买卖越来越红火,生产车间也有所扩展,从一间房子变成了一个院子,掀开了在汽车零配件发展道路上的崭新篇章。

1993 年,李全兴的事业迎来了重要的历史性机遇。

当年 11 月份,党的十四届三中全会通过了《关于建立社会主义市场经济体制若干问题的决定》(以下简称《决定》)。《决定》指出,必须坚持以公有制为主体,多种经济成分共同发展的方针。随后,国家出台了一系列相应的政策文件。

李全兴创业时照片

消息传开，李全兴的心里像轻风拂过湖面，起了涟漪。

在随后的聚会中，他与朋友谈到这个《决定》，兴奋地说："我一直觉得现在的生产是小作坊式的，成不了大气候，亟须改变现有模式。这次党和国家出台的政策，我认为是个千载难逢的机遇。我打算抢占先机，率先成立公司，也算是响应上级号召。"

几位朋友听完他的构想，忍不住赞道："你这个主意太棒了，公司听起来多大气，对你的生意一定大有裨益。"

得到朋友们的认可，李全兴很是得意。他向大家咨询道："正好向你们请教，我还没想好公司名称，你们有什么好建议吗？"

一人开口道："这个简单，你的产品是塑料件，还需要用模具，那干脆就叫模塑有限公司，直白醒目。前面再挂上你的名字，叫全兴模塑有限公司，你看怎么样？"

李全兴反复琢磨，并不太中意，委婉道："实话说，这个名称有点俗气和小气，感觉差点意思。"

另一人问："那你自己有什么想法？毕竟是你的公司，总不能一点倾向都没有吧?"

李全兴略作思索说:"我理想中的名称,既要大气,也要雅气,就比如万事达这个品牌,寓意万事通达,多好,可惜不能用。"

朋友笑了,高声道:"这有什么难,万事达不能用,你改个字不就好了。你叫全兴,那就改成万事兴,意思也相通。"

"万事兴?"李全兴眼中闪过一道光,激动道,"万事兴旺,这个好!"

不久后,万事兴模塑有限公司挂牌成立了。

为了展现新公司新面貌,也为讨个好彩头,李全兴将几个车间重新收拾归整一番,又专门制作了一块公司牌匾挂在院门口醒目位置,煞是引人注目,颇有些现代企业的模样。他还参照大公司的通行做法,请人设计了公司标识,并赶制了一批印有万事兴标识的礼品送给亲朋好友和商务伙伴,多方面为公司全新开张做宣传。

那几年,随着汽车零配件国产化进程的加速推进,李全兴与沈阳金杯厂的合作也持续深化。在金杯厂的业务推动下,万事兴公司得到高速发展,机器、模具数量稳步增加,不同工种的技术人员、开发人员也陆续配备到位,并研发出许多新产品,在市场上牢牢占据一席之地。在那个崇尚"万元户"的年代,万事兴公司的年净利润就已超过30万元。

两年后,随着设备、人员和业务量与日俱增,院子内现有的几间逼仄房屋已无法匹配公司扩张的速度。于是,李全兴经考察后,大手笔斥资近20万元在周庄镇买下两套门面房,总面积200多平方米。不久后,公司迁到了镇上。

环境不一样,眼界和见识自然也不一样。刚到镇上没多久,就有位生意伙伴向李全兴建议：“万事兴的发展势头正猛，你要有长远眼光，现在的环境只适合短期打拼，周边氛围、配套设施以及厂房都没有延展性，以后假如想再拓展，规模肯定会受限。公司除了实力，门面也很重要。你想想，如果有大客户比如金杯厂来实地参观你的公司，发现只有巴掌大的地方，那人家心里对以后的合作会不会有想法和顾虑？”

李全兴若有所思，觉得对方所言极是，立刻上心了，决定再租一间面积更大的厂房。似乎运气很好，没几天，他便了解到不远处有一块闲置地，是老国营的东方红砖瓦厂遗留下来的，位置和面积都相当适合，只是租金略贵，每年需 6 万元。李全兴考虑了一晚上，翻来覆去算着经济账，觉得可行，便咬咬牙租了下来，并重新进行装修整理。

这一番操作，让鼓鼓的钱袋又瘪了下去。

不过，高投入往往与高回报形影相依。公司规模扩大后，研发能力迅速提升，很快推出了几款广受市场欢迎的新产品，在业内大放光彩。就在李全兴积极向外联系业务、拓展市场的同时，也有不少汽车厂家慕名主动前来谈合作。正如那位朋友所料，宽阔的厂房、气派的公司场地让合作商心生赞叹，成为明显的加分项，使得许多合作意向顺利敲定，万事兴公司的业务量实现剧增。到 20 世纪 90 年代末，公司净利润就已超过 100 万元。

显赫的业绩令李全兴备感骄傲，他感到公司的前途一片光明，像个意气风发的少年，满怀激情地向未来恣意奔去。

万事兴公司喜人的发展势头，并没有让李全兴沉溺于现有的成绩。从小坎坷的经历及外出打拼 20 年的阅历，让他始终保持着居安思危的警惕性。与金杯厂的合作愈加深入，他越发觉得危机四伏。相对于金杯厂成熟的、现代化的管理模式，自己的万事兴公司好像一个游击队，迫切地需要整编为正规军。否则，面对金杯厂日渐严格的质量要求，保不准自己哪天就会被淘汰出局。

在这样的动力驱使下，他将目光投向了 ISO 质量体系认证。

质量体系认证亦称质量体系注册，是由公正的第三方体系认证机构，依据正式发布的质量体系标准，对企业的质量体系实施评定，并颁发体系认证证书和发布注册名录，向公众证明企业的质量体系符合某一标准的全部活动。

这项认证最初是由西方的品质保证活动发展起来的，起源于二战时期，因战争扩大，武器需求量急剧膨胀，美国国防部既要千方百计扩大武器生产量，同时又要保证质量。于是，国防部组织技术人员编写技术标准文件，并依据标准文件对其他机械工厂的员工进行培训，从而使"专用技术"迅速实现"复制"，从而奇迹般地解决了战争难题。

从现在的观点来看，推行 ISO 质量体系认证是大势所趋，甚至是成熟公司的基本配置，但在那个年代，李全兴开展这项工作却受到不少非议，其中最关键的阻力就来自公司内部管理层。

其实，在李全兴有动议之初，身边便不乏一些风言风语，认为他浮躁了，公司刚有起色，就开始整一些花哨的动作，暗地在斥责他作秀。但李全兴不为所动，他认准的事情，一定会坚持做下去。正如苏轼所云：古之立大事者，不唯有超世之才，亦必有坚忍不拔之志。

考虑成熟后，他召开管理层人员会议，坦陈了自己的想法，说道："我先表态。我认为 ISO 是要弄的，理由有三。第一，我们目前的主要客户是金杯厂，他们已经弄了，所以我们要跟上步伐。而且他们也向我透露，未来这很可能是他们选择供应商的门槛。第二，实话说，我们目前的产品质量仍有提升空间，这个质量体系正好可以帮助我们弥补短板。虽然现在市场竞争不激烈，但一旦出现强劲的对手，产品质量就是我们保命的底牌。第三，也是最主要的，我断定这个是未来趋势。我们现在正推进零配件国产化，我认为这是一项系统工程，不仅仅是产品的国产化，它的背后，是要实现生产和管理的现代化。"说完，李全兴将话头抛出去，"我要说的就这些，你们也说说自己的想法。"

其他人没有明确表态，只是支支吾吾地应付道："你是老板，你说弄就弄，我们没有意见。"

李全兴忽然有些生气，板起脸训斥道："这是什么话！什么叫我说弄就弄，这是我一个人的事吗！"现场顿时安静下来，他叹口气，继续道，"你们思想上一定要高度重视起来。这事如果真正开始做，可不像口头说说那么简单，它会涉及公司每一个角落，工作相当艰巨。你们要知道，现在很多比我们规模大、实力强的公司都不敢弄，这将彻底颠覆我们现有的生产管理体系。"

依然没有人提出明确的反对意见。

李全兴不再多说，拍板道："好，既然没人说话，那就是默认了。大家马上签字，表决通过。"稍后，他拿起签满名字的纸，严肃地说，"我再强调一遍，开弓没有回头箭，一旦开始，就没有反悔的余地。"

在李全兴的坚持和强势主导下，万事兴公司的 ISO 质量体系认证工作算是拉开了序幕。没多久，李全兴专门从上海请了一家咨询公司为全体员工进行系统培训，这项在外人看来无疑是走形式、走过场的工作，就这样轰轰烈烈地启动了。

在具体落地过程中，李全兴采纳咨询公司的建议，采取了最先进的 PDCA 管理循环法。所谓 PDCA 循环，是指将质量管理分为四个阶段，即 Plan（计划）、Do（执行）、Check（检查）和 Act（处理）。在质量管理活动中，要求把各项工作按照"作出计划、计划实施、检查实施效果"等任务分割成不同阶段，将成功的纳入标准，不成功的就锁定具体环节，找出原因，再放到下一循环去解决。

此项工作历时两年多，经过几轮艰苦的 PDCA 循环，到了 1998年，李全兴如愿以偿。他自豪地在公司门口拉上一条红底白字的醒目横幅"热烈祝贺万事兴公司顺利通过 ISO9001 质量体系认证"，这在当时可是勇立市场潮头的领先举措。许多周边规模比万事兴还大的公司都纷纷前来取经，甚至当地的人民医院也组队到场学习经验。

通过开展 ISO 质量体系认证，万事兴公司彻底改变了以前粗放式的生产模式，实现了涅槃重生。从厂房设置、设备及材料采购、加工过程，包括产品运输、交付顾客等，各个环节、每个细节都有严格标准，所有产品都做到了全过程追溯。在以往模式中，因工序流程不确定，人工操作占据很大比重，故存在一定的随机性，难免会生产出残次品，但在新模式下，每个环节都有精确可对照的标准进行把控，产品合格率基本达到了 100%。

有了质量管理体系的加持，万事兴公司很快在众多同类企业中脱颖而出，发展蒸蒸日上，创成了"国家驰名商标"。除了紧攥金杯厂的业务，还与上海大众、一汽大众、广汽集团等汽车企业成为长期战

2001 年万事兴公
司的技术部

略合作伙伴。应市场需求，万事兴也逐渐从单一生产汽车零配件的公司发展成为集汽车零部件、增压器、医疗器械、特种金属、光伏科技，集国际贸易合作、项目投资等产业于一体的综合性大型集团。

　　就这样，从最初仗剑走天涯的梦想，到如今踏歌奔四方的畅意，从经营小打小闹的小作坊到创办具有相当规模的现代集团，李全兴艰辛却又幸运地经受住了每一次考验与磨难。放眼前方路，似一马平川，万事兴集团正纵横驰骋，风光无限。感慨之余，李全兴还结合自己的人生经历和感悟感想，挥笔写就了一篇《人生三字经》：三十四，正当年，创企业，搞经营，基础差，须努力，严管子，孝父母……以激励自己戒骄戒躁，砥砺前行。

　　不过，玉经琢磨多成器，剑拔沉埋便倚天，任何事业都不可能径情直遂，挫折与坎坷在所难免。滔天大浪，才是对舵手能力的真实检验。

　　万事兴集团刚红火几年，金杯厂就因经营手段和思路定位等问题，发展遭遇滑铁卢，直接导致万事兴集团的业务量锐减，一度到了难以维持公司正常运转的程度，这可急坏了李全兴。他的第一反应是要赶紧分散风险，多点发力，将主要业务陆续转向其他汽车厂商。同时，迅速成立了一家新公司，尝试着跨入股市，以破解困局。孰料，天不遂人愿，短短几个月，炒股便亏损了几百万元，这更加大了李全兴的精神压力。

灾祸还不止于此，在集团经营最为困难的时候，他被查出患上糖尿病，住进了医院。

天似乎塌下来了。

那段时间，万事兴集团的事业陷入低迷，李全兴的情绪也跌至谷底，再也没有了往昔的荣光与傲气，变得一蹶不振。好在亲朋好友不离不弃，给予他最珍贵的陪伴与鼓励。在身边朋友们的支持下，李全兴慢慢调整心态，走出阴影，并重新振作起来。又经过三四年不舍昼夜地努力奔波与奋斗，到2008年时，集团终于恢复元气，重焕生机，一举实现了七八亿元的销售规模。在万事兴集团的振兴路上，李全兴策马扬鞭、矢志笃行，不久，还制订了集团上市的计划。

"万事兴集团的发展现在正在关键时刻，我怎么能离开呢?"李全兴的思绪从沾满尘埃的记忆中抽离出来，不由笑了笑。

天色已黑，皓月当空，不觉间已经快八点钟了。李全兴看到远处的万家灯火，只觉得饥肠辘辘。他轻轻地关上门窗，匆匆离开了办公室。

第 **5** 章

艰难抉择

就在李全兴悠然忆往昔的时候，临危受命的钱丽英却正紧张地忙碌着。

根据陆钢的要求，钱丽英将代表镇党委再次与李全兴进行沟通，争取说服他回山泉村主持工作。钱丽英深知这其中的难度，故而没有贸然行动，而是把山泉村和李全兴的资料摆在一起，反复比对阅读，寻找其中的关联点和突破点。

经过一天一夜的准备，钱丽英心中方才有些底了，便亲自登门，来到李全兴办公室。她开门见山道："李总，前几日胡镇长与你商谈回村工作一事，不知现在你有没有新的想法。"

李全兴看起来早有预料，客气地答道："钱委员，你也知道的，我现在自己集团的事都忙不过来，哪里还有精力去管其他事呢?"

钱丽英急忙纠正道："李总，你这话不太妥，怎么能叫其他事呢? 老话说，天下兴亡，匹夫有责。你也是从山泉村走出去的，总希望自己的家乡越来越好吧。可你看看现在，村里经济落后、问题成堆、民心涣散、干群对立，与周边华西村、向阳村、三房巷村这些村庄的差距越来越大，甚至都成了众人嫌弃的负面典型。这样下去，山泉村真的要完蛋了呀。"

李全兴长叹口气，面现难色道："钱委员，你说的这些情况我都了解。现在村子变成这个样子，实话说，我也很难受，可确实分身乏术。万事兴集团现在的情况你们也是了解的，但凡我能走掉，肯定不会犹豫，还请镇领导能体谅我的苦衷。"

钱丽英没有接李全兴的话，而是不紧不慢地沿着预定的思路，打出感情牌："不知胡镇长和你说过没有，前段时间乡亲们集体上访，众口一词地希望你能回村工作，讲到最后，眼泪都出来了，我们也听得鼻头发酸。周庄镇下辖那么多村子，我从来没有见过哪个人能有你这样高的声望。现在村里的几千口男女老少、父老乡亲都在翘首以盼，等着你回去呐。他们说，只有李全兴才能带领我们走出困境，也只有李全兴才能挽救山泉村。面对大家这份赤心热血，我想任谁也不能无动于衷吧？"

这一番话让李全兴神情凝重起来，他觉得脑袋有些乱，闷不吭声地大口抽着烟。

钱丽英心中窃喜，继续打感情牌："我知道你和村民们关系很好，他们有事没事喜欢来找你聊天，但不知你知不知道他们的真实处境。有的人生病不敢去医院，怕付不起医疗费；有的人连下个馆子都要反复纠结，几百元可能是他们半个月的生活费；还有的人特别是一些老人家里，遇到墙皮开裂、渗水漏水、电路老化等情况，只能自己硬着头皮解决，因为没人帮他们。这样的情况还有很多，你想想，这还是你心里的山泉村吗？乡亲们现在生活得太难太不如意了。他们可能碍于脸面情面，有些事情不好意思和你说，但这就是他们的现实生存状况。"她停了停，痛心疾首地说，"山泉村要改，一定要改啊！"

李全兴本就是性情中人，听了这番话，如惊雷突起、巨浪腾空，再也憋不住了，火气噌的一下蹿上来，怒不可遏道："说到底还是管理的问题，村干部那帮人太不像话了，简直目无法纪，情理不容！"

李全兴的强烈反应让钱丽英看到了转机，她继续从侧面引导："是的，对现任村领导的失职渎职问题，镇党委一定会严查严处。但当务之急，是要有人能扛起重振山泉村的重任。"她指向身边的一沓材料，惋惜地说，"你应该知道，在上一轮发展中，山泉村被远远地甩了出去，摔得伤痕累累。现在正逢新农村建设的热潮，山泉村万不能再错失良机，一定要抓住机遇，否则真的会万劫不复了。到那时，受伤害的可是几千位无辜的乡亲呐。李总，你说呢？"

这次，李全兴没有再拒绝。他猛抽着烟，喘着粗气，好一会儿才缓缓道："我考虑一下吧。"

钱丽英点点头，刚起身，突然又想到件事，凑过身子对李全兴说："李总，还有件事，我觉得有必要告诉你。如果山泉村继续这样恶化下去，保不准哪天就会被其他村瓜分了。我这可不是危言耸听，已经有村子提出这个意向了，想兼并山泉村。"

"还有这事？"这倒让李全兴始料未及，他茫然地望向钱丽英，一时间竟有些发蒙。

钱丽英严肃地点点头，表示这并不是开玩笑。

"噢……"李全兴的眼睛荡漾着波纹，心里正发生着剧烈的变化。

见效果达到，钱丽英便不再多留。她起身握住李全兴的手，诚恳地说："李总，还希望你能尽快考虑，我等你的好消息。"

刚出了集团大门，钱丽英就兴高采烈地向陆钢汇报了今日的情况，自信地说："我感觉，十之八九能成。"

陆钢亦喜出望外，接连称赞，高声道："好！非常好！特别好！趁热打铁，再接再厉！"

尽管陆钢指示"再接再厉"，但李全兴既然已答应考虑，钱丽英自然也不好过度催促。不过，处事灵活的她很快又想到了其他办法：自己不便现身，可以委托他人出面。

于是，那段时间，李全兴的"热度"陡然上升，成为镇里重点关注的对象。镇四套班子多位领导轮番造访万事兴集团，名为"闲来无事，找老友叙旧"，言谈中却总会在有意无意间将话题引向山泉村的未来。

李全兴固然知道来者醉翁之意不在酒，但眼见如此多的镇领导不厌其烦，甚至想尽办法、变着花样来动员，内心还是十分感动，可一想到如果回村，那么自己苦心创下的产业就将置之一旁，迟迟下不了决心。

确实，这是个两难问题，一边是生他养他而如今深陷泥沼的村庄，一边是吃尽千辛万苦培育起来如今正处于发展关键期的集团。天平两端的砝码孰轻孰重？他实在难以判断和取舍。向来不畏困难、行事果断的他，此时却难得犹豫了。

时间一天天过去，李全兴依旧在去与不去的抉择中摇摆不定。钱丽英虽然没有直接催促，但几次谈话中还是充满焦灼。李全兴尽管过意不去，但也不敢贸然选择，他深知，不论是对山泉村，还是对万事兴，这都是个生死攸关的岔路口。

李全兴可能做梦也不会想到，最终促使他作出决定的，竟是一个颇具戏剧性的小插曲。

李全兴还记得，那日天气很冷，高悬于空的太阳若隐若现，丝毫没有带来任何暖意。凛冽的冬风四处狂虐，尽显淫威，令人瑟瑟发抖。他正在车间与负责人谈事情，突然接到办公室电话："李总，又来了一位镇领导，正在会客室等候。"他叹口气，匆忙交代几句，便快步折回。进门才发现，来者竟是那位与山泉村老书记关系密切的镇领导，他一时有些恍惚。

镇领导热情地握手打招呼："李总，好久不见了，最近好吗？生意还不错吧？"

李全兴客气地应道："谢谢领导关心，生意还可以。"

镇领导"嗯"了声，脸上忽然换了神情，一本正经地说道："这次来，主要是有件事要与你谈谈。"接着加重语气道，"是镇党委专门委派我来的。"

李全兴听到对方怪异的腔调和刻意搬出的"镇党委"名头，顿觉事有蹊跷，但还是不动声色地问："不知镇党委有什么指示，还要劳烦你亲自跑一趟？"

镇领导倒不兜圈子，直言道："你应该听说了，镇党委想让你回山泉村工作。"

李全兴平静地回答："是的，已经找我谈过多次了。"

镇领导一愣，似乎对他的反应有些意外，眼睛滴溜溜转了一圈，小心地探问道："那……你同意了？"

李全兴摇摇头，如实说："还没有确定，我正在考虑。"

镇领导松了口气，表情却纠结无比，像是进行着激烈的思想斗争。他瞅着四下无人，便身体微微前倾，神秘地说："我们是多年的老朋友了，所以我这次来就是悄悄和你说，其实镇党委在讨论这件事时，有不同的声音。"

"噢？"李全兴有些意外，追问着，"那是怎么个情况？"

镇领导小声说："有人质疑，你李全兴的万事兴集团做得好好的，为什么要跑回村里去？是不是另有企图？"他瞥了李全兴一眼，见对方正冷峻地看着自己，便迅速调整坐姿，将视线移开，若无其事道，"李总，我是相信你的。你是重感情也念旧情的人，如果愿意回去，那一定是为村里好，决不会有任何私心杂念。正因为你很正派，所以我再三考虑，还是要来提醒你，不能让老实人吃亏。现在村里各种关系复杂得很，势必会牵扯你很大的精力，直接影响到万事兴的发展，损失几千万、几个亿也不是没可能。你这几十年来，从一个小作坊做成大集团，十分了不起，也很不容易，这个事更应该谨慎，不是吗？千万不能冲动做决定，否则一定追悔莫及。"说完，他靠向椅背，换了话风，"当然，如果你执意要回去，镇党委也不会阻拦，我自然也是支持你的。"

一番话下来，李全兴已彻底了解了镇领导的真实意图，不由冷笑一声。也正是那个瞬间，他心中始终犹豫不决的问题突然有了明晰的答案。

李全兴义正词严地回道："感谢领导的宝贵提醒。我说心里话，现在不单纯是我个人要不要回村工作的问题，而是作为山泉村的一分子，眼睁睁看着村子从先进模范村沦落到今天的地步，我相信只要是稍有良知的人，一定都会感到痛心。"

镇领导目光飘向一边，不知在想什么。

李全兴接着朗声道："虽然我离开村里多年，但我身体里还流淌着山泉村的血脉。建设山泉村、振兴山泉村是每个村民应尽的责任，我也不例外。所以，我建议镇党委征求村里父老乡亲们的意见，进行公开选举，尊重民意。说到底，山泉村是全体乡亲的山泉村，不是某个人或某个利益集团的。如果村民们不信任、不愿意我回去，那我继续做自己的企业，绝对不会过问村务。"说到这里，他猛然提高了语调，"不过，如果乡亲们相信我，愿意我回去，那我李全兴义不容辞。不管付出多大代价，哪怕把万事兴集团搭进去，我也决不辜负乡亲们的期望，定要扫除一切妖魔鬼怪，让山泉村重新振兴起来，把它建成名副其实的社会主义新农村。"

望着李全兴炯炯有神的双眼，听着他铿锵有力的言语，镇领导的表情有些不自在。他自然听出了李全兴的话中之意，僵硬地笑着说："那这样蛮好，其实我也是这样想的，你回去了，山泉村就有希望了。我这就回去汇报。"

镇领导离开后，李全兴的心情如同乌云压境，莫名阴沉起来。他望着窗外被寒风吹得东摇西摆的光秃秃的树枝，烦乱的情绪再也无法平静。他怎么也想不到，小小山泉村，竟如此暗潮涌动。目前看来，山泉村这场硬仗的难度，远超出他的预料。

幸运的是，多年的商海搏击生涯，历练出他越挫越勇的性格。在困难面前，他从未低过头。以前是，以后也是。

略作思索，他便拨通了钱丽英的电话，可一直无人接听。想了想，他又打给胡仁祥，不料也被挂断了。

不一会儿，胡仁祥的消息回过来："正在开会，什么事？"

他稍微斟酌一番，编辑了简短的信息："我愿意回村。"

片刻后，胡仁祥的电话就追了过来，高分贝的声音中透出极度的喜悦："李总，你终于想通啦？太好了，山泉村有希望了！"

"是的。"李全兴简洁答道，"等你开完会我再详细汇报。"

"不碍事，我跑出来了。"胡仁祥非常高兴，"这件事才是现阶段最重要的，我马上去向陆书记汇报。"他好奇地问道，"你怎么想通的？"

李全兴苦笑着将适才与镇领导的交锋转述给胡仁祥，并如实表达了对未来工作的担忧。

胡仁祥安静地听完，恍然大悟道："原来是这样。"他宽慰说，"李总，其他的事你不用担心，安心处理好村里的工作，镇党委一定会全力支持你。我们都相信，你具备这样的能力和素养。只要有你的带领，山泉村早晚能重拾辉煌，建成社会主义新农村指日可待。"

李全兴却依然有顾虑："胡镇长，还有件事要和你沟通。我不是党员，应该不能担任村书记。但如果工作不能做主的话，恐怕以后会受到牵制，施展不开拳脚。"

胡仁祥耐心解释道："你放心，我们已经考虑到这点。陆书记有个初步计划，安排你到村委会担任主任，主持全面工作。届时，镇党委会另配一位副镇长挂名书记，不会干涉你大展宏图。"稍顿一下，他又补充道，"不过，我坦白说，这只是目前的考虑，并不绝对。毕竟，村委会主任不是党委任命，而是由村民投票选出来的，就像你之前说的，的确是要征求村民们的意见。"

听胡仁祥这样说，李全兴心中有底了。他双目放光，掷地有声道："了解，我确实也是这个想法。如果投票后不能当选也就罢了，如若当选，我一定竭尽全力，鞠躬尽瘁，死而后已。"

万事兴集团

胡仁祥真诚地说："李总，我代表镇党委和山泉村全体乡亲父老谢谢你。"

李全兴听得鼻头泛酸，匆忙结束了通话。

没一会儿，钱丽英也回了电话，得知李全兴的决定后，同样欣喜不已。

有了镇领导态度鲜明的支持，李全兴觉得踏实多了。

既然选择远方，那只管风雨兼程。做出决定后，李全兴便开始着手准备。他面对的首要问题，就是万事兴集团该何去何从。

在集团董事会上，李全兴坦诚征求大家的意见，众人得知他放着董事长不做，竟要跑回那个破落的小村庄做村主任，都惊掉了下巴。

有人当场忍不住了，着急上火地劝道："李总，集团正全力做上市准备，现在已经到了关键时刻。这个节骨眼上，你怎么能离开呢？"

也有人冷静分析道："既然能让镇党委头疼这么多年，村里的问题肯定不简单，李总你要三思再行，以免白搭精力，还出力不讨好。"

还有人出谋划策道："既然镇党委非要你回去，不去也不合适。不过，山泉村已经烂成这个样子，管不好也是人之常情，所以，我觉得李总你没必要投太多精力，面上做做工作就行了，还是应以集团事务为重。"

……

李全兴安静地听着每个人发言，还有几位原本碍于情面，不打算表态的，也被他点名，不得已委婉地说了几句。

一圈下来，李全兴笑道："针对我回村工作的事，刚刚大家都谈了想法。我听出来了，不管含蓄还是直接，表达的意见都很统一，全部反对。"

一阵轻浅的轻笑声在会场弥漫，紧张的气氛缓和了些许。

李全兴的目光慢慢扫过在场的人，深沉地说："我相信，大家的出发点都是为集团好，在这方面，我很感谢大家。我向大家开诚布公，做出这个决定，主要有三点考虑：第一点，我回村并不是迫于镇领导的压力，而是基于对故乡父老乡亲们的感情。他们现在亟须改变生活面貌，却又无能为力。人心都是肉长的，作为山泉村的子民，我不能袖手旁观。第二点，我回去能起到多大的作用，其实我自己心里也没底。但我已经规划好，不管结局如何，我只干一届，也就是五年时间。时间一到，我立刻回集团。第三点，也是最重要的，我认为对任何一个单位来说，不论离开谁，它都应该能继续保持正常运转，这才是科学成熟的体现。我相信，多年来经过各位齐心协力地共同努力，万事兴集团有这个基础和底气。"他点燃一根烟，继续道，"这是我掏心窝子的话，也是我现在最真实的想法，请大家理解我、支持我、相信我。"

这次，没有人再提出反对意见，这项决议也得以顺利通过。

至于未来五年内，由谁来牵头领导集团工作，李全兴同样煞费苦心。左思右想后，为了避免内部产生不必要的斗争和矛盾，他提议外请一位职业经理人统筹集团各项事务。经董事会多次讨论协商后，予以通过执行。

凭借着多年浸润在商圈积累的资源，李全兴很快物色到了合适人选，并进行工作交接。

交接完成的当天，李全兴再次站在办公室窗口。同样的驻足沉思，同样的火霞连天，但相比前时，他的心态已经发生了变化。他远远眺望着山泉村的方向，情似江涛千层涌，意似雄山万丈高，攥紧拳头自言自语道："乡亲们，我来了！"

第 **6** 章

在交锋中交班

获得李全兴的回复后，镇党委加快推进各项后续工作，进行最后的冲刺。

对镇党委来说，征得李全兴的同意固然重要，但在此之外，还有一事让他们不得不引起重视：现任村书记和村主任能否甘心让位？

现实情形是，村书记已经超龄在岗，这是客观事实，即使心有不愿，也不会有太大影响，何况镇党委有绝对的任免权。难点在于村主任，他还在任期内。尽管他同时还兼着村委副书记，但要他离开村主任的位子，保不准会有抵触心理。如果他不予配合甚至从中作梗，那此事也难以顺利推进。必须有人去妥善处理这个问题。

派谁去呢？

陆钢即刻找胡仁祥商量："山泉村调整班子的事对于镇党委来说，是块必须要啃下来的硬骨头，考虑到你和现任村领导都比较熟悉，我觉得还是请你去做工作比较稳妥，同时也一并将镇党委的决议传达给他们。"想了想，又强调道，"千万不能掉以轻心，一定要平稳过渡。"

胡仁祥了解事情的严肃性和陆钢的担忧，当即表态："放心，我一定尽最大努力。"

　　为使胡仁祥的工作更加名正言顺，在陆钢的提议下，镇党委随后通过决议：由胡仁祥对口负责联络山泉村，近期重点任务是指导做好村两委班子的调整和改选工作。

　　为避免夜长梦多，胡仁祥迅速行动。分析形势后，他决定先找村主任高富兴谈话。鉴于山泉村正处于山雨欲来风满楼的敏感时期，他特意将谈话地点安排在镇政府旁边的环保分局会议室，防止引发不必要的猜忌。

　　高富兴接到胡仁祥的临时通知，一脸茫然地前来赴约。

　　胡仁祥和高富兴是高中同学，算是知根知底。他没有多客套，直奔主题道："高主任，我们是多年的朋友，这次紧急找你来，是代表镇党委和你说件事。我也不转弯抹角，如果表达不当，希望你不要介意。"

　　高富兴听出对方话中有话，顿生不好的预感，谨慎地说："你先说说看，到底什么事？"

　　胡仁祥本想带些笑意，以使气氛不会太拘谨，但却丝毫笑不出来，只好平稳道："村里老书记两年前就到龄了，具体情况你了解，我不多说。近期，镇党委计划调整村书记……"

　　"噢？"高富兴猛地抬头，眼神闪动，浮现出期待的神情。

　　胡仁祥假装没看到，继续说："我知道，现在很多人都盯着这个位子，但我可以明确和你透个底，你们谁都不要想，镇党委也不可能让你们中的某个人当村书记。"

　　听到胡仁祥如此直白的表述，高富兴张大嘴巴，似乎想说什么，终究一字未出，把目光移开了。

胡仁祥语气变得严厉："其中的原因，即使我不说你也应该心里有数。我都记不清村民们到镇里投诉上访多少次了，要求只有一个，就是把现任村两委班子负责人全部换掉。"他禁不住冷笑一声，"看到没有，这就是你们多年的工作成果。陆钢书记对这事特别重视，反复开会研究。现在镇党委已形成共识，认为在当前的村领导班子里，没有一个人有能力治理好山泉村。"

高富兴小声嘀咕着："那这个位置总是要有人来坐的。"

胡仁祥冷冰冰地说："这不是你应该考虑的问题，镇党委已经有人选了。"

高富兴有些不可思议，脱口而出："是谁？哪里的？"

胡仁祥平静地回道："李全兴，你认识他，也是山泉村的。虽然还没正式宣布，但党委会已经讨论通过，今天见面，我也是向你传达镇党委的决议。"

"噢。"

胡仁祥接着说："不过，李全兴现在不是党员，还不能担任村书记，所以镇党委考虑，先提名他做村主任，主持全面工作，再另派一位副镇长挂职村书记……"

高富兴闻言身体一颤，沉默不语。

胡仁祥继续道："正因为这样，所以镇党委希望你能从大局出发，服从组织决定，自己主动辞去村主任职务，让位给李全兴，你就专心专职做村委副书记。"

高富兴似乎心不在焉。

胡仁祥知道他正进行着思想斗争，并不催促，抿了口茶，安静等待着。

少顷，高富兴抬起头，尝试着问："还有一年多就届满了，能不能让我做完这一届？也算对这份工作有个交代。"

"绝对不行。"胡仁祥斩钉截铁回道，"现在山泉村已闹得民怨沸腾，更换领导班子刻不容缓。"他见高富兴似仍心有不甘，便开导道，"李全兴这个人你应该了解，不论为人处世还是做事风格都光明磊落。我可以打包票，以后你只要安分守己、真心实意地配合他，他一定不会为难你、亏待你。"

高富兴的表情变幻不定，像是做着艰难的决定。好一会儿，他叹口气道："那好，我听镇党委的，辞职让贤。不过李全兴那边，还希望你能替我和他打个招呼，请他以后多关照关照我。"

见高富兴同意，胡仁祥心里悬着的巨石终于落下来，满口应道："没问题，这个你放心。"

事实证明，胡仁祥的预想是正确的。当高富兴摆正心态，开始转变作风，踏踏实实地跟着李全兴投入打造山泉新村的振兴事业中，使村子的新农村建设取得令人惊叹的阶段性成果后，他在镇党委和村民中的认可度、美誉度稳步攀升。后来，李全兴担任村书记，又将村主任的位置腾了出来。高富兴不敢想象的是，经村民们集体表决，自己竟能以高票数重新当选为村主任，做到了荣耀回归。不仅如此，当他退休后，李全兴还在万事兴集团下属公司里为他安排了工作，继续与他并肩作战。如今，每当谈及此事，高富兴都感动不已，对李全兴也愈加尊敬和钦佩。

胡仁祥与高富兴谈完，顾不上喘息，为了争取主动权，当天下午又马不停蹄地联系村书记，约定马上在村附近的茶馆见面。

村书记有些奇怪："什么事这么急？"

胡仁祥避开话题："电话里说不清楚，见面再细聊吧。"

在赶往山泉村的路上，胡仁祥难掩紧张情绪，不停调整着呼吸。他知道，又一场战斗即将开始了。

碰头后，胡仁祥喝了口茶，客客气气道："老书记，这次之所以着急约你，主要是有件大事要和你沟通。"

"嗯？"村书记也有些好奇，问，"什么大事？"

胡仁祥语调平和地说："老书记，你也知道，两年前你就到龄了，当时镇党委见你工作热情很高，并且也确实没有合适的接班人，这事就拖下来了。不过，你的年龄摆在这里，早晚都要退下来，这也是组织规定。现在，镇党委已经找到了人选，所以安排我来和你沟通。相信你作为老党员，一定会服从组织的安排，做好交接工作。"

同高富兴一样，村书记也很吃惊，瞪大眼睛，张口就问："是谁？"

胡仁祥不急不躁地回道："一位副镇长。"随即又作了说明，"副镇长只是挂名书记，不参与具体工作。镇党委计划提名李全兴为村委会主任，由他全面负责村里的事务。"

"李全兴？"村书记脸色"唰"地一变，寒光顿起，眯起眼睛不说话了。

胡仁祥早已料定对方不会爽快答应，但长时间的冷场对谈话无益。他正准备继续劝导，对方却缓缓开了口："好，我知道了。既然你们决定要我退下来，那我只能听安排。"

这次，轮到胡仁祥惊诧了。他隐隐觉得其中一定有猫腻，但来不及细想，毕竟对方答应了总归是好事，便竖起大拇指，客气道："还是老书记觉悟高。"

村书记眉毛一挑，斜睨着他说："这没什么，也是应该的。不过，既然我支持你们的工作，那有件事也希望你们能替我考虑考虑。"

胡仁祥刚放下的心瞬间提起来，小心翼翼地问："什么事？你说。"然后赶紧又补充道，"只要是合理合规合法的要求，我们一定会尽力帮你解决。"

村书记满不在乎道："也不是什么大事，主要是我年纪大了，身体不太好，每天吃的营养品，一年折下来要二十多万元吧。我在位时，这些费用不需要你们操心，有那些做企业的人保障。但如果我退下来，估计这些钱就没有了。所以，希望你们能考虑我的实际情况，看看这个费用该怎么解决？"

尽管村书记说得轻描淡写，但胡仁祥却听得目瞪口呆，脑袋"嗡"地大了。他脑中乌云翻滚，狂风大噪，思绪仿佛遭受了重创，支离破碎的碎片四处横飞，一时竟不知该说些什么。

村书记见对方不搭腔，以为是苦于无策，便热心地帮忙出主意，得意地说："其实这事不难，也不需要你们出钱，我早都想好了，只要你们和那些搞企业的人打个招呼就行了，他们肯定会听话的。"

胡仁祥看见对方理所当然的样子，心头弥漫着一阵悲凉，双手因情绪过于激动，已有些微微发抖。他不由想到，难怪山泉村会变成这样，村书记都如此明目张胆地索要，更何况班子其他成员。这些人但凡花半点心思在造福村民上，山泉村也断不会沦落到今天这个地步。

当缓过神来，他看见村书记正叼着烟，等着他代表镇党委作出那份金灿灿的许诺。那一刻，他更加坚信，班子不改，山泉村将永无出头之日。

一股愤懑的情绪在胡仁祥刻意压制的声音中奔腾，他板起面孔，指节重重叩向桌面，威严有力道："老书记，希望你弄清楚，退休是组织程序，每个人都必须遵守，何况你还是老党员，更应该带头示范。你要明白，你卸任村书记是因为到龄，而不是给镇党委卖了人情。你退休后，如果那些企业家敬重你的为人，还愿意请你吃、供你喝、给你钱，那是企业老板的事。但这个要求你不能对我说，这是严重违反组织纪律的行为，是要承担后果的。我现在就可以明确回复你，镇党委绝对不可能去替你打招呼，也绝对不可能通过任何途径去帮你解决每年二十多万元的营养品费用。"他把桌子敲得咚咚响，似乎要把所有淤堵都发泄出来，"此时此刻，就从现在起，你不要再想这事了，我告诉你，绝对不可能！"

见胡仁祥反应过于激烈，村书记脸上挂不住了。他黑着脸，悻悻地说："我也不是这个意思，只是想和你们反映我个人的一些困难。"

胡仁祥内心仍跌宕起伏，实在没心思再聊下去。眼看目的也已达成，他草草抛出几句客套话，借口"马上还有会，先走一步"，麻利起身离开了。

村书记坐在原处，似乎没听到对方的话，依然跷着二郎腿，吞云吐雾。他抬起头，看向窗外胡仁祥的背影，不知在想些什么，冷笑一声，浑浊的眼睛里透射出锋利的光。

对胡仁祥来说，两个关键人物都已顺利谈妥，应是如释重负之时，可他握住方向盘的手却越来越紧，丝毫高兴不起来。

回到办公楼，他心情沉重地将情况向陆钢汇报。陆钢眉头紧锁听他说完，气得拳头用力捶向桌面，哀叹一声，仰面感慨道："山泉村

山泉村旧照

的问题，积重难返啊！"

　　胡仁祥与高富兴等人的沟通，虽不见刀光剑影，但处处硝烟弥漫，特别是与老书记的谈话，火药味极浓。看似正常的工作交流，实则却是两个不同立场群体间互相探底的交锋。虽然结果是好的，两人嘴上都答应让位，但明显流露着抵触情绪。因此，对于下一步计划，镇党委不得不再度提高警惕。

　　各项准备工作就位后，召开全体村民大会便被提上了日程。

　　陆钢思索着，山泉村现任的村民代表基本上全是村干部的亲信，村民中也有不少是他们的旁支，在这种情况下，村主任的选举结果是否可控？谁也没有百分百把握。他担心如果出现差池，势必会影响镇党委对山泉村的整体布局，从而陷入被动，同时也对不起李全兴的大义担当和广大村民们翘首以盼的苦心等待。

　　保险起见，他将镇党委副书记曹乐平和筹备村民代表大会的同志召至办公室，集思广益，共商万全之策。

　　终究是人多力量大，在众人各抒己见的热烈讨论中，一个可行方案逐渐成形。

这天上午，李全兴趁着空闲，在办公室埋头研究新农村建设的相关政策，为入村开展工作做前期准备。兴致正浓时，他接到了陆钢打来的电话。

李全兴热情道："陆书记，上午好，有什么指示？"

只听得一阵爽朗笑声从手机里清晰地传来，感染了李全兴，他不由嘴角也泛起微笑。

陆钢大大方方地表明了意图，直截了当问道："李总，我了解到你十多年前就交过入党申请，后来因为一些事情没有如愿，不知道你现在还有没有这个想法？"

"入党？"李全兴听到旧事重提，心头一怔，人竟出神了，随之眼前慢慢模糊起来，那段尘封的心酸往事再次涌上心头。

那是1995年，万事兴公司还在村内租用的院子里办公，虽然当时的规模远不及现在，但也做出了些名堂，有一定的知名度。彼时，恰逢负责赵家浜村的工区长不务正业、腐化不堪，村民们对其意见相当大，多次聚集在村委办公楼门口请愿。村书记生怕事情闹大会引发更多关注，到时不好收场，为平息众怒，便想到人缘甚好、备受村民尊敬的李全兴，登门拜访，请他兼任工区长，这种"礼贤下士"的姿态打动了李全兴。生于斯，长于斯，李全兴对这片土地本就有着深厚的感情，再加上三十岁的年纪正是血气方刚的性格，见乡亲有难自然挺身而出，故而没有过多考虑，便一口答应下来。

只是，想法单纯的李全兴哪里精通这其中的门道，只当是组织上交付的重任。直到若干年后，待爆出的事件串珠成线，他回头反观，才恍然弄通了其中的玄机。原来，村书记找他兼任，无非是想利用他在村中的影响力，巧借名头，以更顺畅地谋利。

不过那时，兼任工区长后，李全兴还是尽心尽力地挤出时间，力所能及地帮助村民排忧解难。但可悲的是，他工作越卖力，心里越冰凉。一年多的时间里，他发现村内这摊水的浑浊程度远超想象，甚至刷新了他的认知，原来不止各个工区长，就连村书记本身，也存在惊心触目的腐败堕落问题。

心有所系，情有所牵，李全兴只想埋头工作，不屑同流合污，这种鹤立鸡群的清高让一些村干部感到不安。为了拉拢和控制他，几位村干部竟别有用心地给他送钱送礼，邀他吃喝玩乐，不料都被他义正词严地驳斥回去。眼见诡计不成，几人恼羞成怒，开始处处针对，与他为难，一度使得他连正常工作都无法开展。李全兴愤懑难耐，算是看清了形势，不愿再相与共事。恰巧那个时期，万事兴公司从村里搬到镇上，李全兴便以此为借口，提出辞去工区长一职。村书记处世精明，自然明白李全兴心中所想，虽嘴上爽快地答应，却因此怀恨在心。

同一年，时任镇党委书记的赵一鸣对李全兴雷厉风行的性格和刚正不阿的人品十分欣赏，对万事兴公司未来的发展也很有信心，便极力动员李全兴入党。李全兴很受振奋，立刻向山泉村党支部递交了入党申请书。只是没想到，此事一拖再拖。他原以为是其他事情耽搁了，且当时一心扑在事业发展上，也就没有在意，不料这一拖就是四五年。

2000年的一天，村书记突然将他唤去，把入党申请书退还给他，并附上了许多冠冕堂皇的理由，如"村里没有发展党员的名额"，"村里对发展对象的学历有严格要求，你条件不够"，"想入党的人很多，要先排队"，等等。翻来覆去一个意思：他不能入党。

见村书记一本正经地找借口敷衍，李全兴察觉出此事定有鬼魅。但因公司还有事情等他处理，他没有更多时间与对方纠缠，便端正地收好申请书，匆匆离去。

后来，一次偶然的机会，他才得知实情。原来，那段时间江阴市政协即将换届，时任镇党委书记的薛良对李全兴非常认可，想推荐他任市政协委员，这样对他今后经营公司或许也会有些帮助。但前提是，担任政协委员必须是党员。村书记听到风声，担心李全兴任委员后，会对自己发难，或者他入党后，镇党委若任命他为新的村书记，自己则地位不保。总之，村书记认为李全兴入党对自己有百害而无一利，因此一不做二不休，干脆把这条路堵死。不仅如此，村书记还处心积虑地在村内大肆宣扬李全兴的负面消息，丑化其个人形象，以防止他回村夺食。

那时，万事兴公司正处于高速发展期，李全兴将全部心血都投入到公司扩张、开拓市场、质量提升等方面，实在不愿意浪费宝贵时间与村书记起无谓争执。至此，他入党之事便告一段落。

如今，听到陆钢蓦然重提往事，他还是觉得心绪难平。

陆钢见李全兴许久没声音，以为他在犹豫，便真诚地说："李总，我实话实说，这是镇党委慎重考虑的方案。大处说，发掘和发展优秀人才入党是我们党委的重要职责，小处讲，山泉村必须要改变，一把手必须要撤换，村里需要你，村民也需要你。尽管我们计划提你任村主任，但这要经过村民们的集体表决，鉴于目前山泉村并不晴朗的形势，这个结果我们不可控，所以要有保全之策。如果你是党员，情况就简单了，镇党委可以顺理成章地任命你为村书记。"

　　陆钢一番言词恳切的肺腑之言，让李全兴真切感受到了镇党委的良苦用心，积蓄已久的入党热望也再次燃起火焰。他重重地点头，应道："陆书记，感谢组织的信任，我愿意加入党组织。"

　　当天，李全兴就饱含深情地写了一封入党申请书，按照陆钢的建议，交至万事兴集团所在地——周西村村委。果然，这次很顺利，没隔多久，在当年底召开的支部会上，李全兴全票通过，成为一名光荣的预备党员，完成了一次"火线入党"。

　　会后，陆钢激动地拉起李全兴的手说："李总，希望你回村后，能用实际行动改变家乡落后的面貌，不辜负党和人民的期待与重托。山泉村能否扭转乾坤，老百姓能否过上好日子，村子能否在这轮新农村建设大潮中迎头追上，就看你了！"

　　两双手紧紧攥在一起，李全兴的眼中闪着坚毅与执着，豪迈地说："请组织放心！"

第 *7* 章

许下难以置信的承诺

　　相对北方，江南的冬季有股别样的韵味，在这里，往往会有一场不期而至的漫天小雪突如其来，像是一份礼物，悠悠荡荡地洒向山泉村，点缀着龟裂贫瘠的土地，顺便给这个苦涩的村庄增添一丝久违的雅致。

　　2009 年，山泉村的冬季似乎变了，在冬雪拉低了温度时，村内的"气温"却在逐节攀升。

　　1 月 3 日，戊子年腊月初八，一个对山泉村来说足以被载入村史的日子。这天，村民们将集体行使选举权，投票产生新的村主任。

　　根据镇党委安排，曹乐平、胡仁祥、钱丽英等镇领导受陆钢书记的委托，带领组织科几位同志，一早便整装出发，从镇党委大院集结前往山泉村大礼堂，亲眼见证这场意义重大的选举。

　　路上寒风萧萧，车内气氛严肃。几人各自想着心事，面色紧绷。山泉村这个多年来令镇党委头痛棘手的老大难问题，今日终于透进曙光。这个问题不断的村庄能否迎来历史性转机，即将召开的这场会议至关重要。

　　伴着汽车的颠簸，钱丽英不停拨弄手指，忍不住小声嘀咕着：

"好不容易走到这一步，可千万不能再有任何差错。"

胡仁祥跟着搭了腔，他似乎很有信心，坚定地回道："你放心，不会的，今天一定顺利又圆满。"

钱丽英欣慰地冲他笑笑，说："但愿吧。"

经过十几分钟的短暂行驶，车子准时到达目的地，山泉村领导班子全体人员正在礼堂门口毕恭毕敬地等候，李全兴也早已到场。参会的镇领导看到孤零零的李全兴被挤在旁边，心下了然。他们象征性地与村领导打过招呼后，便快步穿过人群，热情地与李全兴握手致意。村干部们看到此景，大多数颇为惊讶，虽未明言，但纷纷已明白缘由。

随后，在工作人员引导下，几人阔步迈入会场。刚进大厅，大家便直觉到一股扑面而来的，异于往日的特殊氛围。

他们不是第一次来山泉村大礼堂了，但印象很深刻，以前每次到这里，场内都是赶集般的嘻嘻嚷嚷，像是沸腾的开水不停冒泡，相当喧闹。今日却大相径庭，现场没有丝毫活跃的味道，亦鲜有人交头接耳、窃窃私语，取而代之的是一片真空式的沉寂。受此感染，庄重静穆的神情凝结在每个人脸上。

钱丽英向胡仁祥使眼色，胡仁祥心领神会。的确，任谁都能察觉出来，此时的会场静得有些反常，特别是对于坐满了几百人的场所而言，这份不约而同的静谧难免令人有些费解。在这种不同寻常的情境下，即使最简单的招呼、最轻微的寒暄都显得那样不合时宜。

村民们安静地坐在位子上，神态各异，有的翻看着刚领到的会议资料，心不在焉；有的抬眼凝望着高悬的"山泉村村委会主任改选大会"条幅，纹丝不动；有的则目光黏住刚迈入会场的人群，如影随形，似乎每人都怀揣着不可明说的心思，期待着某种向往已久的结局。

曹乐平、胡仁祥、钱丽英等人就在这样的氛围中走上主席台坐定。

主持人洪亮的声音从四面八方的音响中扩散开来，宣告着会议正式开始。

按照程序，主持人首先介绍莅临大会的领导和嘉宾，并作了滔滔不绝的会议说明。

其实，即使主持人不讲，在座的每个人也很清楚，本次会议的中心任务非常明确，那就是由山泉村全体村民共同表决，来决定李全兴能否接任村委会主任。

一系列毫无悬念的流程走完后，终于进入最核心的选举环节。

"现在开始投票。"主持人说完这句，便收住口，戛然而止的声音更加渲染出紧张庄严的气氛。

按照工作人员的引导，村民们陆续起身，一排排列成长队，依次将手中的选票郑重地投入贴着黄色"投票箱"字样的大红色箱子内。

整个过程极度安静，没有私语，没有喧哗，甚至没有高分贝的声响。如果不是身处现场，很难有人想到这里正进行着一场如此隆重的会议。排队等待投票的村民们个个神情肃穆，紧紧捏住手中的选票。他们都很清楚，这次选举非同寻常，表决对象所关乎的不仅是新的村主任人选，更是山泉村的命运和未来。

漫长的投票环节后，工作人员开始紧张地开票、唱票、计票。直到这个间隙，会场才稍微有了些杂音。

尽管对李全兴来说，村主任这个位子并不是非坐不可，但环境营造得这般强烈，还是让他感受到一股不受控的紧张情绪在体内滋生，手心内已全是汗水。坐在旁边的胡仁祥、钱丽英等人更是提心吊胆，大气不敢喘，生怕出现意外状况。

每当有"不同意"或"弃权"声响起时，他们都会揪心一下。好在很快，"同意"的累计票数就超过了最低线，几人这才彻底松了口气。

李全兴悄悄地在衣服上抹掉手中的汗。无意间转过头，他看见胡仁祥正冲自己颔首示意，便急忙回礼微笑，方才发现自己面部肌肉不知何时已变得僵硬无比。

过程很紧张，但结果却超出预期。最终公布的计票情况着实让众人没有想到，更令李全兴万分意外。在此之前，他无论如何也不会相信，自己竟会以96%的极高得票率当选山泉村新一任村委会主任。要知道，这些投票的村民有许多是村里老领导们的"关系户"。

这个结果让李全兴在欣喜之余，也感受到深深的震撼。他无法得知村民们投票时的心路历程甚至是心理斗争，但这个真实火热的96%的选举结果，已通过话筒清晰准确地传送至每个人耳中，意味着山泉村的民意达成罕见的统一。对于长期一盘散沙的村庄来说，这是何其的不易。李全兴瞬间意识到，村民们对改变现状的愿望已极度迫切，而自己也许就是大家最后的希望或孤注一掷的选择。不论从哪方面说，他都决不能辜负这份炽烈的期待。

当然，那时的李全兴也一定不会想到，一年半后，在村委会到期换届选举中，自己将会再次创造历史，以超过98%的得票率连任村主任。那是村民们以最朴实的方式，对他的工作作出的最真实评价。

李全兴的思绪还在感慨中飘荡着，一时间没有回过神来。经主持

批量号 916	年度 2010	保管期 242总页数
机构(问题)	期限 永久	档号 密级 保管期	1

山泉村第九届村民委员会选举结果报告单

周庄镇（街道）山泉村共有选民 2487 名，于 2010 年 9 月 12 日召开选举大会，参加投票选举选民 2487 名，共发出主任选票 2487 张，收回选票 2485 张，其中有效票 2466 张，无效票 19 张；发出副主任选票 2487 张，收回选票 2483 张，其中有效票 2458 张，无效票 25 张；发出委员选票 2487 张，收回选票 2483 张，其中有效票 2431 张，无效票 52 张。本届选举应选主任 1 名、副主任 2 名、委员 4 名，经直接提名确定主任正式候选人 2 名、副主任正式候选人 3 名、委员正式候选人 5 名。选举结果：当选主任 1 名、副主任 2 名、委员 4 名。当选人具体情况如下：

当选人姓名	当选职务	得票数	是否候选人	性别	年龄	文化程度	政治面貌	是否连任	备注
李全兴	主任	2420	是	男	45	本科	党员	否	
江金岳	副主任	2093	是	男	47	大专	党员	是	
李东	副主任	2063	是	男	38	大专	清白	否	
李新	委员	2141	是	男	36	高中	清白	否	
高秀娟	委员	2344	是	女	41	高中	清白	否	
江孝明	委员	2058	是	男	37	高中	清白	否	
华建清	委员	1588	是	男	28	本科	清白	否	

总监票人：高　（签字）　　　监票人：江　（签字）
唱票人：滕祥安（签字）

山泉村第九届村民委员会选举结果报告单（公章）
第九届村民选举委员会主任（签字）
2010 年 9 月 12 日

山泉村第九届村民委员会选举结果报告单

人再三提醒，他才如梦初醒，在几千双目光的注视中，缓缓走到话筒前，发表就职演讲。

站在台上，聚光灯下，眼前是黑压压的一片。台面离坐席位置并不算远，让他能清楚地看到前半场每个人的面目表情，有的麻木，有的放空，但更多的充满着期待。

捕获着村民们意味丰富的眼神，李全兴突觉肩头沉甸甸的，事先构思好的话语顷刻间无影无踪，胸腔内只剩下澎湃的激情。他深沉的目光掠过静坐着的村民，其中有些是他熟悉的，有些是陌生的，甚至有些还是有过节的，但不论是哪一种，几乎都在最后一刻，将最宝贵的票投给了他。

李全兴脑中在快速旋转，一幕幕画面愈加清晰。他深吸口气，颇有感触地开口道："这些选票是大家对我的信任，我首先要深表感谢。大家都知道，我是做生意的，生意中讲究实打实，所以我不会说那些虚妄的话。今天我就在这里表个态，既然大家信得过我李全兴，那么从现在开始，我就踏踏实实、认认真真地来做一些事情，做一些对山泉村发展有益、对大家生活有利的事。"他举起三根手指头，声音洪亮，每个字像落在琴键般清脆悠扬，震动人心，"我这个人从不轻易许诺，但今天我破例许下承诺，将用五年时间与大家共同实现三个目标：第一，不卖一分地，不欠一分债，建成一个高质量的全新的山泉村，跨入全市甚至全省新农村建设的先进行列；第二，躬下身子，脚踏实地，打造一套真心实意为村民服务、受大家爱戴的村两委班子；第三，既要眼前，也要长远，探索出一条适合于山泉村可持续发展的道路机制。我要说的就这些，让我们拭目以待，谢谢！"

话毕，李全兴深鞠一躬，等待着来自台下的反馈。

但令人尴尬的是，尽管曹乐平、胡仁祥、钱丽英等带头奋力鼓掌，可现场依旧只有星星寥寥的掌声，两者共存，煞是违和。一些村民神情不屑，似听非听，仿佛李全兴说的是与己无关的邻村事，更有甚者，像在听一个老掉牙的笑话。

村民们漠然的反应以及自己的意外受冷，让李全兴顿悟了。他恍然明白，原来对山泉村村民来说，口头表态毫无意义，也毫无价值。他们可能曾听过无数次更宏伟、更动人的许诺，可终究还是被现实寒了心。村民们火热的信任早已让前几任村领导班子消磨殆尽，如今只剩下透心的冰冷。大家希望看到的，不是响亮的口号，而是实际的效果，说一千道一万，最后还是要靠成绩来说话。

看破症结所在，李全兴也没有再过多停留，知趣地走下了台。

会议尾声，曹乐平代表镇党委作了简短的鼓励动员和未来畅想，只是现场依然反响平平。

大会终于结束了。

随着主持人"散会"指令响起，村民们像是完成了一件分派的任务，向出口涌去。三三两两交谈甚欢，似乎要把压抑许久的话全数释放出来，还有人迫不及待地约起了牌局。

李全兴陪着曹乐平、胡仁祥、钱丽英慢步走在最后。几人相视一笑，心照不宣地耸耸肩，表达着无奈的乐观。怎料就在这时，李全兴突兀地听到走在前面的几位村民语气并不友好的聊天。

一人问："他行吗？他能改变什么？"

另一人道："他该不是回来过过官瘾就走吧？"

还有人接道："肯定是这样，走走形式而已。他的集团做那么大，能有多少精力来管村子的事？"

"我看也是。"

"算了，随他们折腾吧，反正我们也不指望了。"

……

李全兴走不动了，即使努力尝试，面色也无法泰然。他苦笑着停住脚步，生怕被前面的村民发觉。

胡仁祥听到村民的言语，拍向李全兴的肩膀，满含期许道："李总，山泉村衰落这么长时间，村民们有些想法、发些牢骚很正常，你千万别往心里去。我们相信你，你一定能打破这个僵局，让山泉村焕然一新，用实力赢得鲜花和掌声，到时候，大家一定会尊敬和爱戴你。"

钱丽英也开导道："李总，路遥知马力，日久见人心。这些闲言碎语不必在意，乡亲们早晚会明白的。刚刚你的讲话很有力量，感人至深，我们都期待着你早日让山泉村实现那三个辉煌目标。"

李全兴感激地点头道："谢谢两位领导，我会努力的。"那一刻，他暗自鼓劲，山泉村这块硬骨头，无论如何一定要啃下来，前方即便险象环生，荆棘密布，自己也要舍身忘死，负重前行。

当晚，李全兴来到父母家。

他从小外出闯荡，又历经商海浮沉，超于同龄人的阅历让他思想早熟，见解独特，对事对人亦极有主见。在成长过程中，许多关键的人生路口都是独自选择，因此，似乎并没有过多作为子女对父母固有的那种依赖感。但尽管如此，这并不影响他与父母之间至浓的亲情。逢年过节，他必定会回家与老人团聚，即便是工作之余的闲暇时光，他也会尽量多地回家陪陪父母。在村里，他是一位远近闻名的大孝子。

选举结束后，回村工作已成既定事实。但李全兴琢磨片刻，觉得即便他已作出决定，还是应该与父母通个气。毕竟，从大集团的董事长半道转行做小村庄的父母官，这并不是小事，无论是尊重双亲，或单单是告知信息，这个都势在必行。

晚饭时，从不经意间听到村民对村领导发牢骚的话题发端，李全兴趁机与双亲谈起回村工作之事。他兴致勃勃地向父母描绘了选举时的宏大场景与壮观票数，略显自豪地说："你们相信吗，96%的选票，我之前想也不敢想的。"但没料到，原本和谐温馨的家庭气氛竟乍然变得异样，此前还闲聊正欢的两位老人齐齐闭口，如同触碰到深藏的心结，这让他多少有些意外。

他不解地看着父母，小心翼翼地探问他们的想法。

少顷，父亲依旧缄默，母亲则忧心忡忡地开口了："儿子，你也是40多岁的人了，现在有事业也有了钱，按理说，为村里做点回报是应该的。可你偏偏选择这种方式，是不是最佳方案？希望你能考虑清楚。尽管我们现在不住在村里，但那里的情况我们都知道得很清楚，村领导缺乏威信，乡亲们也不团结，整个村庄都没有什么活力，我不避讳地说，那不就是一个典型的烂摊子吗？这个时候你去挑大梁，可不是份轻松的工作。何况，听说那里还有不少团团伙伙、拉帮结派，官民对立蛮严重的，我们担心你贸然去了会被人欺负。这些情况你都要想好。"

听母亲有这样的见解，李全兴属实惊讶，又因使双亲担心，心里也很不是滋味。他轻声地和母亲说："娘，你们放心，不会有人欺负我。这次我回村工作，其实也是镇党委陆钢书记的意思，有党委做后盾，我非常有底气，没什么可怕的。再说了，我回村是去做事的，只要行得正、坐得稳，不存私心、不谋私利，谁能拿我怎么样呢？我也不惧他们。"

母亲听后，没有再坚持劝阻，叹口气道："事已至此，其他的我也不多说了。现在领导器重你，乡亲们都选你，你也答应了，那就去做吧。不过你要记得，既然决定做，那就要做到最好，千万不要再让乡亲们寒心失望了，更不要给咱家丢了面子。"

李全兴顺从地点头道："我知道了。我这些年在外打拼，也算见过不少大世面。我有信心，给大家的承诺，一定能不折不扣地兑现。"

见儿子胸有成竹，母亲略显宽心，表情也稍微轻松了些，转而笑道："全兴，你还记得吗？前段时间你出去给人讲座，赚了5000块讲课费，你还十分感慨地说，小时候自己都没好好听课，长大了居然能去给别人讲课。"

李全兴闻言，不由笑出声来。他拉起母亲布满褶皱的手，柔声道："娘，我当然记得，你当时激动得都哭了。"

母亲慈爱地看着他，语重心长地说："全兴，你知道我说这事是什么意思吗？其实，我现在的感觉和那时差不多。我们老两口没什么本事，帮不了你，你从小到大都是靠自己，很能干，我们都以你为骄傲。这几年，你的生意越做越大，家里的日子也越来越好，我经常想，其实这些，归根结底还是党的政策好。所以刚听你说这次回村工作是党委的安排，我就没想法了，我们一定会支持你。你今后也要继续听党话，对得起党和乡亲们的信任。"

李全兴看着母亲充满暖意的眼神中灼灼闪耀出的信仰之光，郑重地点头道："娘，我记住了，你们二老安心吧，我一定会让山泉村振兴起来。"

就这样，带着组织的信任，背着村民的期盼，揣着老人的嘱托，第二天一早，李全兴就来到村委会走马上任了。

未承想，第一天到岗，他就遭遇了"下马威"。

第 **8** 章

"怒怼" 下马威

2009年1月4日，一个普通却让李全兴终身难忘的日子。

那天上午，暖阳高挂，冬风轻扫，神采奕奕的李全兴一早来到村委会门口，憧憬地望着面前的三层小楼。墙壁上被岁月蚕食的痕迹清晰可见，多处起卷的墙皮干枯地贴在侧边，有的已摇摇欲坠，无力地诉说着几十年来经受的风雨创伤。李全兴凝视着自己人生新阶段的启航地，表情端正，下意识地理了理衣领。

"你找谁?" 遐想间，一声粗率的声音将他拽回现实。他回过神，看到一位身着制服的门卫正谨慎地盯着他。见对方没有及时回应，门卫似乎不太高兴，皱着眉头提高语调问："你是哪个村的? 有什么事吗?"那个瞬间，望着清冷的大院，李全兴心头突然略过一丝异样。

"我叫李全兴，就是山泉村的，是新上任的村委会主任。"李全兴如实相告。

门卫上下打量着他，自言自语地发出疑问："你就是昨天当选的村主任?"接着小声嘀咕，"没接到通知啊。"他想了想，扔下一句，"你等一下，我去问问。"说完快速跑回值班室，不到一分钟，又匆忙跑出来，连连向李全兴赔不是，"李主任，对不起了，请你见谅，实在抱歉，请进，请进。"

李全兴摆摆手表示并不介意，在门卫的注目礼中径直走入大院。

门卫的误会解开了，但李全兴心中的异样感却愈加强烈，一团疑云笼罩全身。丰富的人生阅历让他察觉到，这不正常。

这般想着，李全兴心事重重地迈进了村委大楼。

站在楼厅，李全兴有些茫然，他不知道办公室是哪间，想着自己的身份是村主任，便打听着摸到主任室。还未走近，他就远远听到办公室里似乎有人在热切交谈，时不时还传出几段浮夸的笑声，这让他有些莫名其妙。

来到门口，他看到高富兴几人正身处烟雾缭绕中，兴致勃勃地聊着家长里短，仿佛丝毫没有察觉他的到来。他礼貌地敲响门框，待对方注意力终于不情愿地挪过来，才问道："高书记，请问我的办公室在哪儿？"

高富兴满脸挂着惊讶："哎呀，李主任来啦，有失远迎，抱歉抱歉。你的办公室我也不太清楚，请你去问问书记吧。"说完，随后给他指了个方向，又与他人热火朝天地聊了起来。这种无礼的态度让李全兴心中有些不悦，但想到自己初来乍到，情况未明，还是硬生生地压制住了怒火。

他按照指引来到书记室。这里倒是安静许多，老书记正拿起一张报纸翻来覆去地看着，一杯香茶和一根香烟在桌上冒着袅袅青烟。李全兴轻轻地叩门，问道："老书记，请问我的办公室在哪儿？"

老书记的眼神缓缓飘过来，又慢吞吞地荡回去，埋在报纸中间，面无表情地回答："我不知道，你去问高主任。"

这下，李全兴彻底验证了自己的推断，这伙人就是在故意让他难堪。堂堂村主任，在偌大的村委办公楼里竟无"立锥之地"，换作谁来看，这都是奇耻大辱。

李全兴霎时火冒三丈，气得浑身哆嗦，一股极具破坏力的冲动在体内游走，差点抄起对方桌上的物品扔出窗外。甚至多年后再回忆起当时的情景，他依然余怒未消。

好在来之前，李全兴已经对这份工作的严峻性有了充分的思想准备，很快调整好状态。他想到自己是来做事情的，大丈夫能屈能伸，如果此时撕破脸，很可能正中对方圈套。这伙人看来就是要不择手段扼杀自己的热情，将一切被他们视为威胁的外来力量驱逐出去。更有甚者，或许对方正期待着他的过激行为，而后以此为由，在村民和镇领导中大肆宣扬"李全兴主任的官老爷架子"，到时反而更不好收场。

这般想着，他压制了大半怒气。既然对方给了"下马威"，那自己就去找"台阶"下。于是，他作出满不在乎的样子，风轻云淡地说道："暂时没有办公室也没关系，正好第一天上班，我还不熟悉业务，就先到处转转，了解一下村里的情况。"说完，头也不回地转身离去。

在楼下等候的驾驶员见李全兴走出来，急忙发动了车子。李全兴抬手阻止，嘱咐他原地守候，独自走出了大院。

漫无目的地行走在坑洼不平的土路上，望着四周肃杀萧瑟的村景，听着阵阵寒风在耳边呼啸而过，李全兴满腹心思地叹口气，裹紧了大衣，自嘲道："李全兴啊李全兴，你看看你现在是什么样子，真

山泉村旧景

是天大的笑话！"

　　越向村舍走，李全兴的心情就越觉得压抑，步伐也越沉重。尽管落魄的村容村貌已深烙入他的记忆，但此刻作为一方主政者，他的体会已截然不同。山泉村的欠账太多了，看着昔日与华西村并肩而立的村庄，如今却满是落后破旧的农房、年久失修的泥路、对生活不满的村民，谁又能不为之扼腕叹息呢？

　　途中偶遇几位乡亲，李全兴拉住他们，尝试着与他们沟通，征询对村庄未来发展的想法，以贴近最真实的民意。可大多数人并不配合，敷衍三两句后就不耐烦地躲避离开。还有一人先是愣住，后一口痰吐到地上，愤愤不平地说："想法？想法就是把村委那帮畜生全都抓起来。呸！"

　　李全兴闻言惊心，如此激烈愤慨的言辞从村民口中说出，村里的干群关系恶劣程度已到何种地步，不言而喻。他沉思不语，继续前行。

　　岔路口拐了个弯，在一家住户门口的平台上，李全兴看到一位面熟的老人正斜靠在躺椅上晒太阳。老人认出李全兴，热情地冲他打招呼。李全兴大步迈过去，蹲在旁边，亲切地拉住老人的手。

几句闲聊后，当听李全兴说想为村子出点力时，老人善意阻止道："全兴，你是我们村的骄傲，有时间就多回来坐坐。至于村里的事，我劝你别瞎操心了，都烂到根子里，那是给死人灌药汤——没救了。"

李全兴听得很不是滋味，安慰道："大爷，你放心，我这次回来就是要改变现状，让大家都过上好日子。"

老人满脸疑惑："回来？你回哪儿啊？"

李全兴愣住了，反问道："大爷，昨天召开的全体村民大会，你没去吗？"

老人不屑地摇头道："村里那些乌烟瘴气的会，谈的全是乱七八糟的事，去不去又有什么意义？有那工夫，我宁愿在这儿躺躺。"

李全兴没有多解释，只是双手用力握住老人，意味深长地说："大爷，村主任换人了，山泉村也要改天换日了。"

老人木然地摇摇头，哀叹道："管他换谁呢，天下乌鸦一般黑，现在谁也指望不了。"

说完，老人似乎有些疲倦，摆摆手不再说话，靠在椅背上闭目养神。李全兴轻轻打声招呼，也移步离开了。走了几步，他回头望着老人沧桑的模样，心中翻滚起千尺浪。山泉村遗留的问题如此多，就像面前摆着许多个密集缠绕的线团，杂乱无章地交织在一起，如何才能理出头绪，他一时还找不到切入口。

李全兴沿路向前，边走边看，时不时与村民聊上几句，眼看临近12点，才饥肠辘辘地折返，来到村委食堂。

然而"考验"并没有结束，意想不到的剧目还在震撼上演。一脚踏进食堂门，李全兴如同遭遇当头一击，现场情景令他触目惊心：两张餐桌上满是剩菜剩饭，掉落的米粒、洒落的菜汤随处可见，桌椅板凳被拉得七零八落，屋内一片狼藉，像是刚哄抢而散的宴席。

拐角处，两位村干部正旁若无人地抽烟聊天，瞥见他进门，当即头也不抬地转身出门。

接二连三的过分举止，明目张胆的出格行为，让李全兴反而冷静下来。想到自己前半生的大起大落，这点挑战算什么呢？他决定忍辱负重，静观其变。他放松身体，若无其事地随手拉开张凳子坐下，捡起一副相对干净的碗筷，盛上满满的米饭，就着残羹冷炙津津有味地吃起来。

第二天，他特意早些赶到食堂，想看看对方又会耍出什么花样。果然，两桌人已坐得满满当当，吃喝正酣，连个空位子都没有，更没有人起身招呼他。李全兴扭身离开，晚些返回时，又是昨日杯盘狼藉的模样。

几日下来，李全兴发现端倪。无论多早，只要他到餐厅，必定已座无虚席，似乎这群人有着约定俗成的默契。他冷眼相望，不动肝火，更不动声色，连续半个月，都毫不避讳地与剩菜剩饭为伴。

李全兴忍住了，老书记一伙却不淡定了。眼看李全兴面对挑衅而处之泰然的强大气场和心理素质，完全超出自己的预期，他们才明白，此人不好对付。

这场无声的战役，老书记虽然表面上占据了上风，但他心里清楚，自己并没有得到便宜。严峻的形势已摆在面前，自己在山泉村几十年的绝对权威正受到不可饶恕的挑战，这让他感到十分窝火，一门心思谋划着绝地反扑。而此时的李全兴却没有过多精力与之牵扯纠缠，毕竟，他回村不是为了勾心斗角，而是肩负着重振山泉村的使命和任务，当务之急，是要解决村内的久积沉疴。

此时，怀着不同目的、代表不同立场的新与旧两股势力，斗争已渐渐由暗转明，并注定将愈演愈烈。

对李全兴来说，吃饭可以将就，但没有办公场所总归不是长久之计。当天饭后，他散步着到其他楼层，借机再探寻一番，终于有了收获。他发现二楼有间空房间，平时只有村妇女主任独自在此办公，还富余一张办公桌。他扫视一圈环境，觉得还算满意，便请对方将闲置的桌椅收拾干净，决定暂且在此落脚。

次日早，李全兴来到临时的办公室，将夫人事先准备好的茶杯、茶叶、热水瓶、香烟等物品分别摆放好，算是正式"开张"了。

想摸清状况，关键是看账。李全兴掌管集团多年，对此深有体会。他着手的第一件工作，就是让村会计把村里的账本都拿过来。

很快，村会计捧来一叠材料，说："李主任，这是去年的审计报告。"

"这个好。"李全兴来了精神，迫不及待地接过来翻看。

谁知不看不知道，一看吓一跳，刚扫过几个关键数据，李全兴就坐不住了，屁股像着火似的弹坐起来。他看见报告中醒目列着：去年村级收入为1700万元，但负债却高达4700万元。

小小一个山泉村，两平方公里多土地，不过几千人口，其中绝大部分还都是外来人口，却背负着如此高的债务，这还了得，李全兴登时吓出了冷汗，猛然意识到村内的顽疾之深、固症之烈，可能会远远超出他的想象。随后两天，他紧急按下其他工作，一门心思扑在账目上，翻阅材料、找人谈话、调查摸底，总算初步掌握了村里的基本财政情况，也令他更加触目惊心。

他了解到，去年的1700万元收入主要来自四个方面：出租集体土地的租金，村办污水处理厂的收益金，江阴电厂的粮差补贴，再加上出售门面房的偶然收入。

而4700万元的负债主要有五个方面：一是三公经费支出；二是给租用村民土地发放粮差补贴，每人600元；三是新建了农贸市场，花费1000余万元；四是对污水处理厂进行改造投入；五是应付未付的工程款。

最让李全兴震怒的，是去年有笔800多万元的应付款，尽管款项的用途不清不楚，条目漏洞百出，但老书记还是豪横地大笔一挥，一分不落全额付掉。而付款的时间节点，正卡在村委会改选前的几天。这笔巨额资金支出后，村里原本账面上的600多万元留存资金瞬间清零，不仅如此，欠下的200万元差额也被老书记以票据的形式预支出去。

介绍此事时，村会计义愤填膺，指着一堆票据发牢骚："李主任，你看看，会计室里一分钱都见不到，只有一堆发票。我算个狗屁会计，充其量只是个发票会计。"

李全兴这时看透彻了，他接手的是个没有家底且负债累累的山泉村，村子已经到了"财政破产"的边缘，奄奄一息。然而，令人难以置信的是，即便在这样的残酷形势下，老书记还是作出一项提议，并经集体讨论通过：斥资1300万元兴建村委办公楼。

那天，李全兴很晚才离开。他一根接一根地拼命抽烟，把自己封闭在浓重的烟雾中，嗓子因过度烟熏而干咳不止。他蓦然有些后悔，耳边不时回响起董事会成员的轮番劝阻和母亲心存忧虑的叮嘱，懊恼自己不该草率地作出回村这个决定。

夜越来越凉，他站在窗前，望着雾气蒙蒙的月亮，突觉眼前的景象十分不真实，如同一场幻梦。悬在高空隐约模糊的银晕仿佛才是他理想中的山泉村，很美，却又遥不可及。他曾信誓旦旦立下的宏愿此刻竟有些动摇，难道这一切都只是一场冲动行事？

伴着清冷的寒意，远处传来一阵争吵声。不知何人，亦不知为何，但李全兴知道，这种事每天都在发生。可能白天，可能傍晚，也可能是暗黑深邃的夜间抑或微露冰凉的清晨。

就在这纷杂无序的思绪中，李全兴脑中忽然划过一个词：承诺。他想起了自己就职演讲时的郑重表态和村民们渴求幸福的清澈眼神，似受到电击般浑身一颤。

确实，问题赤裸裸地摆在眼前，但此时弓已满弦、枪已上膛，没有退路可言。他不能逃避，更不能放弃，唯有想尽办法、竭尽全力去扫除障碍、攻克难关，方能闯出一片光明。

月光轻柔地洒落下来，让村庄变了装。李全兴闭目沉思，手扶窗边，眉头紧紧地扣在一起。

摸清家底后，李全兴便开始苦思山泉村未来的发展之计，就在这时，他收到一条姗姗来迟的消息，那位曾转弯抹角劝阻他回村的镇领导，次日要到山泉村宣布镇党委关于山泉村领导班子分工调整的决议。

关于决议内容，李全兴心中有数，改选前，陆钢和胡仁祥都曾与他沟通过。大意是，他担任村主任后，镇党委将即刻发文，免去老书记职务，任命一位副镇长挂职新的村书记。新书记不坐班，也不参与具体工作，仍由他全面负责村务。所以，对镇党委这份决议，李全兴并没有过多期待。但转念一想，这或许是个契机。老书记的职务被正式免去后，说不定能对现有的一伙人起到震慑作用。

故而，虽然李全兴并不想过多地与镇领导打交道，但考虑到可能对当前工作起到的推动作用，次日一早，他还是顶着寒风在村委大院门口等候。老书记与高富兴也在现场，与他保持着明显的距离，形如生人。

镇领导下了车，挺直腰板与各人分别握手，闪烁的眼神跳跃一圈，最后落回李全兴身上。他面色复杂地笑问道："李主任，这几天工作的感觉怎么样？遇到什么问题了吗？"李全兴一本正经地回道："问题在所难免，但我回村的任务就是来解决问题的。"镇领导没再接话，意味深长地点点头，与众人一起来到会议室。

面向大家，镇领导高声宣读了这份决议：免去老书记的职务，新书记由一位副镇长兼任，山泉村的事务，由李全兴向新书记请示汇报。

"请示汇报？"李全兴闻言一怔，本放松着的面部肌肉顿时凝聚起来，这与陆钢、胡仁祥先前商定的完全不一样。他清楚，这一定是镇领导在暗地搞鬼。不过，此刻镇领导是代表镇党委来的，他当然不能违背组织决议。稍一思索，李全兴有了主意，决定委婉地亮明态度，以示反击。他立刻起立，表态道："好，我坚决拥护并执行镇党委的决议。为了切实落实到位，我请求将村务管理的签字权一并上交，今后村内所有事项我都会毫无保留地向新书记汇报，最终如何处置处理都请新书记决定，并签字认可。希望镇党委批准我的请求。"

镇领导斜眼望着李全兴，眉头微挑，未置可否。他听出李全兴这句看似普通话语之内的别样乾坤，是在向他挑战，嘴唇翕动半晌后，扔下一句"我会向陆书记汇报的"，便匆匆离开了。

李全兴冷峻地望着镇领导扬长而去的背影，心里更加淤堵。山泉村的工作还没有实质性的开展，就一而再，再而三地生出事端。今后的路到底还能不能走下去，他对此甚为担忧。

他本想立刻向陆钢求证今日之事，但对方毕竟是上级，此举难免会有些冒昧，他不能过于唐突。他相信，心怀百姓的陆钢一定会给自己一个圆满的回应。

两天后，陆钢出差返回镇里，了解到这个情况，大发雷霆，当即驱车赶到山泉村，召开了一次极为严肃和重要的会议。会上，他满面怒意地"咚咚"拍响桌板，声若惊雷："我宣布，即刻起，山泉村的所有工作都由李全兴同志全权负责，其他人不仅要无条件配合，更要百分百听从安排，任何人不得以任何理由阻挠李全兴同志开展工作。不服从管理或从中作梗者，镇党委将严惩不贷！"

面对怒发冲冠的陆钢，几乎所有村干部都低着头，似受惊吓，似在忏悔，总之各自想着心思。唯有李全兴坐姿挺拔地望着陆钢，心存感激，目光闪耀，浑身充满力量。

有了陆钢旗帜鲜明的支持，李全兴再无后顾之忧。他知道，自己终于可以放手大干一场了。

然而，久居其位的顽固势力绝不会轻易退出，始终在蠢蠢欲动，寻找机会以期死灰复燃。

按理说，镇党委宣布村书记的人事调整后，老书记应当卸任离开村委。但由于新书记只是挂职，并不到村委实际坐班，也就不需要办公室，故老书记心安理得地继续盘踞着现有地盘，虎视眈眈地监视着李全兴的一举一动。

李全兴看在眼里，固然气愤，却一时也想不出更好的办法。不过通过这段时间的观察，他更加认清了形势，老书记代表着现存旧势力的根基，是摆在面前的第一道坎，不连根拔起，今后任何工作都不要想顺利推进。

就这样，李全兴边加紧了解熟悉村内情况，边密切关注解决问题的切入点。

两天后的上午，十点多钟，李全兴正翻看着一叠材料，忽见老书记叼着烟，慢吞吞地走进来，随手拉过椅子坐下。李全兴直觉对方此来绝非善意，但依旧客气地打了招呼。

老书记靠在椅背上，歪着脑袋，开口道："李主任，我退下来之前，镇领导曾经答应我，村委每个月会给我十条香烟，你看什么时候拿给我？"

李全兴见对方目光阴沉、口气强硬，知道他是来故意试探和刁难的，便软中带硬地回道："哎哟，老书记，你说的这个事，可从来没有镇领导跟我交代过，不知是镇里哪位领导答应你的？"

老书记瞪起眼睛，提高嗓门，不悦地说："我说答应了就是答应了。我这么大把年纪，还能骗你不成？"

见对方动气，李全兴笑道："老书记，你消消气，我不是那个意思。你德高望重，怎么会做那种见不得光的事呢。"他突然收起笑容，沉下声音道，"不过，换句话说，我作为新任的村主任，是来治理和改变山泉村的，不可能也不应该认可你说的这个许诺。我就任时只承诺要为村里做事，为村民服务，从来没有承诺过要为某个人谋什么利益。你也在现场，应该还记得吧？"

老书记见碰了个软钉子，一时竟想不出该说什么，气鼓鼓地扭过头去。

李全兴见状，干脆继续试探道："老书记，我这里还剩最后两条自己买的香烟，要不你拿去抽着？"说完，从抽屉里拿出香烟，轻轻地放在桌面上。

老书记愤然起身，面露不屑，鼻孔里冒出"哼"的一声，毫不犹豫地抓起香烟拂袖离去。

这一套行云流水的动作让李全兴目瞪口呆，眼睁睁看着老书记消失在门口。夹在手指的香烟缓慢安稳地燃烧着，直到烟灰柱支撑不住，全部洒落在桌子上，他才急忙灭了烟头，把灰清扫干净。

老书记的行为让他猛然间记起另外一桩往事。

前几年，李阿青找到他，有些不好意思地开口道："李总，冒昧打扰你，我有个不情之请。村里的老年协会因为没有经费，活动开展不起来，大家伙都挺憋得慌。我现在是会长，所以他们就委托我来问问，你是企业家，也有经济实力，能不能请你给协会提供一些赞助。我们不要钱，只需要添置一些物品，你看可以吗？"

李全兴作为土生土长的山泉村人，从小就对李阿青的创新创业事迹耳熟能详，对这位老村支书亦十分敬重，毫不犹豫答应下来，当场拿出三万元递过去。李阿青百般推却不肯收下，反复道："我们不要钱，你能买点东西，我们就很知足了。"

李全兴硬是塞到他手里，关切道："李书记，你们具体缺什么东西我也不太清楚，这些钱请你拿着，代表我的一点心意，协会里需要什么就买。如果不够，你再和我说，千万不要客气。"李阿青拗不过李全兴，将钱装进包里，感激地离开了。

　　能为村里老人做些事，李全兴本觉得很开心，但后来却听说老书记当天就找到李阿青，把钱要走了，美其名曰："由村委统一安排。"结果，三万元从此销声匿迹。

　　联想到此刻的情形，李全兴更确信，当下的山泉村早已被歪风邪气所包裹，究其根源，村干部的腐败作风问题首当其冲，倘不花大力剔除此顽疾，则山泉村必定振兴无望。

　　李全兴决定行动起来。经过连续几日的苦心思索，一个方案在他脑中渐渐成形。

第 **9** 章

从泪花中看到希望

李全兴决定出击实属被迫无奈。他扔下集团、满怀热情地回到村里，领受着他人不理解的目光，付出了真金白银的代价，绝不能把宝贵时间消耗在与前任利益集团无意义、无休止的撕扯中。更为关键的是，在这段时间的接触碰撞中，他基本洞悉了现阶段的形势，亦有了一定的把握。

既然采取行动，那就要稳准狠，争取一招制胜。酝酿之下，李全兴决定以兴建办公大楼为切入点。

翌日，李全兴组织召开了上任后的第一次村委会议。即将开始前，老书记晃晃悠悠踩着点走进来，安然自得地找位子坐下。

李全兴并没受到干扰，而是选择无视，淡然地翻开笔记本，开口道："今天是我上任后第一次召集大家开会，只有一项议题，那就是要不要盖新办公大楼？在大家表态前，我先说说自己的想法。我长期在外办企业，对村里的情况不是很了解，但这几天，通过查阅账目和调研，我不仅了解了，而且十分震惊。"他的目光逐一扫过在场的人，略显激动地说，"一是震惊村民们竟然对村干部的意见如此大，动不动就以'畜生'相称。我在外闯荡几十年，还从来没有见过这样惨不忍睹的干群关系，令人痛心。二是村里每年收入上千万元，如今却背负着巨额债务，家底被掏空，集体经济不堪重负，那么收入的这些钱究竟到哪里去了？让人疑心。三是村里的父老乡亲们整体生活水平低下，有的人还在为吃饭看病发愁。在这种情况下，村委却要花1300万元巨资兴建办公大楼，这让乡亲们怎么可能不愤慨、不抗议呢？使人闹心。这三点都是我的真实感受。现在我留五分钟时间，请大家细细想想这其中的利害关系。起码我个人觉得，以目前村委的所作所为，我们没资格，也没脸面盖这个楼。"

这番措辞严厉、毫不留情的发言直抵每位村干部的心灵深处，会场鸦雀无声，有的村干部涨红着脸，额上渗出汗珠。

虽然仅五分钟，但在气氛严肃的会场中，时间概念被无限放大。李全兴谨慎地环视会场，眼神追到谁，谁便把头埋下，像是一种默契。当他看向老书记时，对方干脆把头转向一边，心不在焉地望着窗外。

空寂的时间在一片阒静中流逝。李全兴准时开口："时间到！不知大家想得怎么样了？"

没人接话。现场气氛依旧和室外的空气一般，冰凉生硬。但对李全兴来说，冷场，就是最好的结果。

他顿时信心倍增，缓和语气道："我知道，村委之前有之前的考虑，你们作出这个决定，一定是想向村民表示，村干部将以全新面貌展现在大家面前。实话说，我也认为村委的形象要改变，而且必须改变。所以，我提议取折中方案，停止兴建办公大楼，调整为改造现有办公楼。至于预算，我估算过，完全可以压缩在350万元以内。大家觉得怎么样？"他稍微停了停，脑中快速思索着。此时自己势单力薄，若强行发扬民主，恐怕老书记等人会掀起波澜，场面易失控，便当机立断道："现在就表决，同意的请举手！"说完，率先把手高高举起。

一阵难熬的死寂再次蔓延开来。许久，没人附议，甚至没人抬头，除了老书记的脑袋还朝向窗外。李全兴的手臂像无垠海面中形只影单的灯塔，肃穆威严又备显孤冷。他的韧劲蹦了出来，这是他的斗争，他要奋战到底。他横下心，将手一直高举，耐心等待着。有人察觉异样抬起头，很快又低下。

谁都知道，这风平浪静之下，暗涌着滔天巨浪。

一段艰难的对峙后，李全兴的坚持有了效果，大家察觉到他誓死战斗到底的决心和毅力。为了逃脱这令人煎熬的拉锯战，一人终于举棋不定地抬起手。见有人带头，很快，另一人也跟着举手。片刻间，形势就发生了急剧逆转。当高富兴也犹犹豫豫地举手后，全场目光都集中到唯一没有举手的老书记身上。

虽然老书记已卸任，但他此刻仍真实地坐在会场。李全兴还是以尊敬的口吻问："老书记，既然你都来了，不妨也表个态？"

老书记眼见如此，深知大势已去，叹口气，垂下了头。

李全兴笑意掠过，布置道："非常感谢大家的支持。既然全票通过，那我们就按这个方案办。马上要过年了，事不宜迟，我们明天就动工。我已提前考察好，新的农贸市场二楼有几间空房子。改造的这段时间，我们就搬到那里去办公，大家看怎么样？"

这次，现场很快达成一致。

说干就干，搬迁工作立刻启动，两天后，村两委人员就全部挪到农贸市场二楼。

老书记也跟着搬了过去，挑选了一间朝阳的大房间。

次日刚上班，大家屁股还没有坐热，就接到办公室的紧急通知：十分钟后，召开村委会。

当大家莫名其妙地坐在会议室里低声私议时，有敏感的人嗅出，和三天前那次会议相比，这次气氛似乎不一样了。

李全兴准点走进会议室，没有开场白，也没有寒暄。他沉着脸，气势逼人，见大家已到齐，坐下便直言："我上任村主任已经一个多礼拜了，看了不少，想了不少，经历了不少，现在有些话不得不说。你们都知道，我有自己的集团和事业，生活本来很光灿，但仍然义无反顾地回到村里，这不是一时冲动，更不是为了好玩，只因为我是土生土长的山泉人，对村子有感情，对村民有感情，希望村子能变好，仅此而已。镇里几位领导找我谈话和就职讲话时，我都说过，我有信心也有决心，要在五年内改变山泉村的落后面貌，我是带着满腔赤诚热血回来建设新农村的，我做好了吃苦受难的心理准备。但让我寒心的是，你们竟然用这种龌龊不入流的手段来对付我。作为新上任的村主任，我居然没有办公的地方，还要自己去找，挤在角落里办公。我去食堂吃饭，你们把所有位子都占满，把所有菜都吃掉，只剩下汤汤水水。但没关系，你们都看到了，我即使每天吃剩饭剩菜，依然有滋有味。我很清楚你们的想法，大家都年纪不小了，碍于脸面，我不点破。今天，我把话撂在这儿，我回村是做事情的，不是为了和你们玩心眼。陆钢书记已经明确表态，由我负责村里的全面工作，你们不可能阻止我。"

李全兴有意扫过老书记，见对方正闭着眼，面部肌肉偶尔跳动，抱臂跷着二郎腿，知道他是听进去了。

李全兴继续加码："今天再次召集大家开会，我就是要把态度亮明了。为什么要让大家从老楼里搬出来，不仅仅是因为装修改造的需要，我告诉你们，这叫清场。等那边装修好后，谁能搬进去，谁没有资格搬回去，包括谁坐哪间办公室，都由我统一分配，你们任何人不要再白费心机瞎折腾。我这个人做事光明磊落，欢迎大家监督，以后对我有任何意见，可以公开提出，或者到镇上投诉，都没问题。但是现在，你们要配合我，我们共同把事情做好，把村子管理好，让山泉村振兴起来，让乡亲们能过上好日子。我们要在新农村建设的道路上，带领山泉村走在前面。"说到最后，他站起身，高声道，"有决心、有意愿和我一起干的，我既往不咎，大家今后互相扶持；不愿意或不屑与我李全兴为伍的，我也决不挽留，你们把辞职报告交上来，各自走好。"语毕，他潇洒地转身离开会议室，甩下一句，"散会!"

李全兴走后，会场仿佛被定格了时间，大家面面相觑，许久没有一丝动静。

令李全兴欣慰的是，这次猛烈的出击收获颇丰。当天下午，老书记就知趣地搬离了办公室，从村委彻底消失。随后几天，另有几人各怀心思，先后退出村委班子。余下的村干部则规矩许多，最直观的变化，就是再见到李全兴时，开始恭恭敬敬地打招呼了。

又经过一段时间的接触，李全兴根据实际开展工作的需要，对村委班子成员进行了增补。

人变了，事情就顺了；班子变了，村里各项工作也能正常运转了。

乘着这个势头，李全兴一鼓作气，接连出击，整肃村干部的作风。不多久，村干部的工作模式便从以往"上午报个到，下午难找

改造后的村委办公楼

到"改为"提前上班、坚持坐班、推迟下班",并且为了方便村民办事,李全兴还要求村干部周末无特殊情况必须正常上班,并实行24小时不关机的全天候工作制,此举深受村民的好评与赞赏。

俗话说,河有两岸,币有两面。李全兴一系列大刀阔斧的改革让村民们察觉出了变化,并对村委萌生出罕见的期待。但同时,这些措施自然也会危及到特定群体的既得利益。他们开始担惊受怕,对李全兴充满怨恨,想方设法予以阻拦、破坏。

这天上午,李全兴刚迈进办公室坐定,一个身影就跟着闪了进来。

李全兴定睛看去,原来是本村的包工头。他当即想起一事,顿时警觉起来,但还是不露声色地问:"这么早,有什么事吗?"

包工头置若罔闻,只是叼着香烟四处巡睃,最后目光落在李全兴身上,上下打量,接着一屁股坐到沙发上,蛮横地开口:"村委还欠我五百万工程款,我现在急着用钱,你赶快拿给我。"

李全兴双眉紧蹙,沉下气问:"哪项工程?什么工程款?"

包工头狠狠吸口烟，吐出一大团烟雾，将烟灰掸在地上，不屑地说："你别问那么多，赶紧把钱给我。"

李全兴恼火了，猛地提高语调："胡说八道，村里的账目我都看过了，该给你的钱早就给你了，而且是给多不是给少了。就你做的那些工程，没有一个程序合规，全是暗箱操作，要追究起来，都是违规违法的！"

"你放屁！"包工头像是被扔了个炮仗，当场跳起来，用手指着李全兴大骂道，"你才当几天村主任，竟敢这样和我说话！你算老几！我警告你，你今天不把钱给我，我马上找人把村委会铲平了！"

"你敢！"李全兴也拍案而起，怒喝道，"我也警告你，只要我在这一天，就决不允许你再胡作非为，恶意侵占村里资产。"他再次猛力拍响桌子，大声吼道，"这几天，我就坐在这儿，等你带人过来，我倒要看看你胆子有多大！"

包工头被镇住了，瞪大眼睛，愤愤地闭上嘴巴，站在原地大口抽着烟。

李全兴略微平息下怒火，坐下来趁机开导："你也是山泉村的人，没有人强求你去回报村子，但起码做人的良知和对家乡的感情总要有吧？我说过好多次，我回村是带大家向前看的，不会去翻旧账。可如果你坚持这样胡搅蛮缠，那我只能请人把以前的工程项目全部审计一遍。我把话扔在这儿，如果确实发现拖欠，我私人掏腰包给你全额补上，但如果发现违法犯罪的确凿证据，不管涉及谁，该抓的抓，该判的判，绝不姑息。"

听李全兴这样说，包工头彻底尿下来，冷嗤了一声，将半截香烟扔地上用脚狠狠踩灭，灰溜溜地出了门。

那几日，李全兴丝毫没有空闲，除了包工头，还有接二连三的麻烦事找上门来，扯皮的、闹事的、要钱的、调解的、告状的、诉苦的……让他应接不暇。村民登门，他自然欢迎，只是眼看每日大把时间都被这些琐事消耗，而其他人却清闲悠哉，他甚为不解。直到偶然间听村民谈起，他才得知实情。原来，但凡村民有事前来，那些村干部都会以"我们做不了主，你去找李主任"为由搪塞过去，将事情全数甩给他。

李全兴意识到，现在的村干部虽然面上与他保持一致，但其实貌合神离，班子并没有形成真正的凝聚力。他琢磨着，必须要尽快把大家聚拢起来，把组织力量真正发挥出来，否则仅靠自己单枪匹马，很容易被繁杂的事务湮没，更重要的是，如果没有一只强有力的团队配合，他对村民许下的承诺不可能落地现实。

眼看离除夕还有不到十天，李全兴决定给班子成员来一次精神的洗礼。参照万事兴集团春节慰问退休老同志的形式，他计划带领村委班子走访村里的老干部、老党员，既是真心实意送关心、送温暖，也想借此机会缓和干群矛盾，同时昭示，村委已别于往昔，现在的班子，拥有一支真心为民、真抓实干的服务队伍。

村里没有大车，李全兴就从万事兴集团调了一辆考斯特，当天一早，拉着十几个村干部风风火火出发了，按照预先筛选排定的名单挨家挨户跑。事先，李全兴专门叮嘱，不要提前通知，这样的慰问才真实。

然而一路下来，所见所闻却与李全兴的预期大相径庭。各位老人面对突至登门拜访的村干部，表情平平淡淡，如出一辙，丝毫没有半点激动和兴奋，仿佛只是在街口偶遇几位陌生人。村干部也波澜不惊，习以为常，应付式地聊上几句，便不再开口，几乎全程都是李全兴费心引导着话题。

这种冷若冰霜式的慰问让李全兴的热情骤然降温，情绪也变得有些沉重。

很快，一行人来到最后一站赵家浜村，这是李全兴童年所在地，相对于前几个村，李全兴要更熟悉些，相对也有更高的期待。

这一站看望的是位老党员，叫李永兴。李全兴从小就认识他。

木门虚掩着。李全兴轻轻推开门，就看到李永兴正闭目养神，斜靠在院子里晒太阳。听到声音，老人慢慢睁开眼，脸上写满意外和疑惑，手撑着躺椅费劲地坐起来。

李全兴快步上前拉住那双苍老干瘪的手，热情地问候着："李大爷，我是赵家浜的李全兴，马上过年了，村委来看望你了。"

"村委？"李永兴不可思议地瞪大眼睛，嘴唇嗫嚅着，双手紧紧握住李全兴。

李全兴笑道："是啊！这不是快过年了嘛，村委来慰问你们老党员了。"

令所有人没想到的是，下一秒，老人的两行热泪竟毫无征兆地夺眶而出。他哆哆嗦嗦地说："这么多年了，村委终于想起我了，我还以为组织都把我忘了。"

李全兴心中一惊，鼻头发酸，宽慰道："李大爷，你说哪里话，你以前可为村里做了不少贡献，组织怎么会忘记你呢。"

李永兴抹去眼泪，激动地说："来了好！来了好！你们快进屋坐，我给你们泡茶喝。"说着，他颤颤巍巍地站起来，拉住李全兴就向里屋走。

李全兴急忙拽住他，轻拍手背说："李大爷，不麻烦啦。我们就是来看看你，给你送点心意，祝你老身体健康。以后如果有什么事，都可以到村委找我们。"

李全兴一番话，又惹得李永兴老泪纵横。

眼看要到饭点，李全兴闲聊几句后，便带着大家告辞离开。老人百般挽留不成，执意要送，站在门口冲众人挥手，一直到转弯不见。

回到考斯特内，一改来时的热热闹闹，每个人都心事重重地各自落座，车里悄然无声。李全兴消化着老人的情绪，同样触动颇深。汽车行驶在颠簸不止的村路上，让人的心情也跟着起伏不定。

李全兴想了想，觉得对村干部来说，这是个教育引导的好时机，便干脆站起来，动情地向大家说："刚刚的事，我不想做太多描述，你们都亲眼看到、亲耳听到了，这就是我们山泉村老党员现在的处境，这就是老同志们内心的想法。由于我们村委的工作失职，让父老乡亲们生活不易，还要饱受内心煎熬。想到他们，我们有什么脸面每天安安稳稳、舒舒服服地坐在明亮宽敞的办公室里喝茶看报、吹牛聊天？我们还有什么资格自诩是人民的公仆？扪心自问，如果他是你们的老父亲，你们会不会也产生'村干部都是畜生'的念头？"说着，他眼前不禁模糊起来。

听了李全兴这番情至深处的倾诉，大家都垂下头，无人吭声。李全兴擦擦泛红的眼眶，继续道："不过，刚刚我发现一处细节，倒让我很意外，也让我备感欣慰。在老人家抹眼泪的时候，我看到你们的眼眶也都是红的。这说明你们的良知还在，还有仁慈之心。所以，尽管现在村子遇到了问题，但我不怕，只要大家保持着滚烫的红心，守住做人的底线，我们相互配合、齐心协力，就没有跨不过的坎。我再次提出希望，从今天开始，让我们既往不咎，共同携手，团结起来好好为村子、为村民做些事情，我有信心能治理好山泉村，把它建成人人满意的社会主义新农村。"

说完，李全兴坐回位子上。大家仍沉浸在浓郁的情绪中，尽管没人回复，但刚毅透亮的眼神就是最坚定的表达。车内依旧寂静，李全兴望着窗外破败的农舍、贫瘠的农田、褶皱的农路，心里虽有痛惜现状的淤堵，但更难得有了憧憬明天的畅快。受李全兴话语的感染，每位村干部心中似乎都流淌着一股澎湃的暖流，冲刷着过去，奔腾向未来。

第 *10* 章
用心点亮春节

一转眼，李全兴上任村主任已半个多月。这段时间对他来说，内心波动就像坐了过山车一般剧烈，时常令他如坠云端。好在凭借丰富的人生阅历和大型集团的成功治理经验，他很快于迷雾乱象中找准症结所在，并采取了行之有效的措施，通过一场春节慰问形式的现场教育，初步将涣散的村领导班子凝聚起来。他的思路很清晰，整肃队伍是第一步也是最关键的一步，接下来就是要在实战中不断磨炼，提高班子的执行力和战斗力。

李全兴始终记得，就职演讲时，村民们空洞无感的眼神，如同一个个黑洞，吞噬着一切光明与梦想，那哀冷的画面让他无法释怀。他知道，对于听惯信誓旦旦满口承诺的村民来说，靠天花乱坠的口头画饼是行不通的，必须要有实打实的行动和成绩。因此，走访慰问结束后，他决定再次行动，带领班子在山泉村正式展开社会主义新农村建设的振兴蓝图。

李全兴的首要目标，是解决在慰问过程中，村民们反映最为集中的问题之一——出行不便。他听取完班子成员意见，仔细斟酌后，振臂一挥作出决定：修路架灯。

　　说干就干，他立刻召开分工会，部署春节前最后一项重点工作，要求村委干部全部上阵，将村内所有坑坑洼洼的道路细分成段、责任到人。他伸出手指头，一字一顿地说："三天，我们只有三天时间。大家要确保将这些道路修补平整，每条路上还要架起路灯，我们要用心点亮山泉村的春节，让乡亲们过个亮堂年。"

　　现场一片哗然。"三天？这工作量太大了。"李全兴刚提出要求，会场就出现了骚动。不少人面现惊色，觉得不可思议。

　　一位副书记带头质疑："李主任，你急切做事的心情我能理解，但我们安排工作也要考虑实际情况吧。还有不到一个礼拜就过年了，年前村委的任务那么重，你还要求三天内完成，这怎么可能呢？明显不切实际嘛，而且你不知道，那些刁民有多难缠。"

　　李全兴似乎早有预料，没有正面回应，而是平心静气地问道："你现在年收入有多少？"

　　对方一愣，不知道李全兴此问何意，但还是想了想，诚实地说："具体没算过，估计到手差不多二十多万吧。"

　　李全兴冷冰冰地点头道："这就是了。你好好想想，自己的收入是哪儿来的？都是村里发的。那村里的钱是哪儿来的？你以为是镇上或市里给的吗？不是。你们应该知道，我们村级是没有财政拨款的，所以这些钱都是村民们凑出来的。我们山泉村有几千位村民，他们辛辛苦苦，分别在不同领域、不同岗位干着不同的活，有的早出晚归，有的含辛茹苦，有的风吹日晒，平均每年也只能赚到三五万的微薄工资，却给你们发二十几万的薪水。他们自己拿的少，给你们的多，你们扪心自问，自己有这样的格局吗？能做到和乡亲们一样吗？如果你说能做到，那可以，你把钱拿出来，我绝对不会再要求你做这些事。

但如果做不到，那就请你不要抱怨。乡亲们给我们发钱是雇我们干活的，就连地痞流氓都知道'拿人钱财替人消灾'的道理，何况我们都是党的干部，思想觉悟应该更高。大家每年领着优厚的俸禄，还有什么理由推三阻四呢？今天正好借这个话头，我明确告诉大家，以后但凡涉及乡亲们切身利益的事，丝毫没有讨价还价的余地。"紧接着，他又加重语气补充道，"这事我再说一次，三天，只有三天，每个人的任务一定要按时完成。如果你们遇到解决不了的困难，立刻向我反映，我来解决。这个春节，我们要让乡亲们有不一样的感受，要让山泉村有不一样的面貌。灯亮起来了，村子就亮起来了，乡亲们的心里也会亮起来。这既是村子的脸面，也是村委的脸面，更是我们在座每个人的脸面。要脸，是作为人最基本的底线。"

这次，尽管还有窃窃私语，但没有人再提反对意见。待李全兴逐一布置完任务，大家就各自忙碌去了。

李全兴回到办公室，还没喝上口热水，一位村干部就怯怯地来找他倾诉："李主任，刚刚在会上我不方便说，但修路这事，我建议还

村两委布置工作

是要慎重，不是我们不想修，实在是有前车之鉴啊。村委门口那条路，你看到了吧？已经烂得不成样子了，前两年镇里专门拨款，要为我们修这条路，甚至都开始动工了，可两年多过去了，到现在都没有修好。"

"噢？"李全兴没想通，放下茶杯，好奇地问，"那条路一共只有几百米长，怎么两年多还修不好呢？"

村干部叹口气："唉，别提了，许多村民阻止施工，还到现场去闹。"他苦笑一声，描述着当时的尴尬情形，"你都想象不到，也不知谁教的，竟然有村民连夜跑到路头去种菜种树苗，等到第二天修路时，正好要经过那块地，他们就拦在路口，张口要钱，坐地起价。反正各种折腾，路实在是修不下去。"

李全兴还是没弄清个中缘由，疑惑地问："可是修路毕竟是利村利民的好事，大家都是受益者，为什么要那样做？这中间总得有个道理吧？"

村干部无奈地耸耸肩："就是没有道理可讲，反正只要和村委有关的事，他们都反对。"

"嗯，我懂了。"这下李全兴听明白了，这是由于长期干群关系紧张，导致有些村民借机发泄不满，他微笑着说，"没关系，从这次开始，我们就要破除魔咒，打破这种恶性循环，我有信心。"

村干部显然并不乐观，但见李全兴决意已定，只好长叹一声，忧心忡忡地离开了。

很快，修路架灯的工作就全面铺开。

按照会议安排，施工过程秉持边推进边沟通的原则。对思想有抵触情绪的村民，村干部及时介入劝解，动之以情，晓之以理，碰到难说话的，则由李全兴亲自出面做工作。

或许是感受到村委真心做事的诚意，或许是缘于李全兴在村中的知名度和影响力，总之，在村干部的努力下，经过几次沟通调解，修路工作顺利完成。目之所及处，一条条干净整洁的沥青道路纵横交错，四通八达，令人赏心悦目，村内面貌须臾间有了质的提升。望着村民们开心喜悦的神情，村干部相视会心一笑。眼看付出有了回报，大家心中竟泛出一些封存许久的成就感。

然而，顺畅只是短暂的，更大的考验很快来临。在架设路灯时，村干部就遇到了一个棘手问题。

按设计规划，施工队需要拆除一户村民院子的边墙角，但这户人家坚决不同意，还指着赶到现场协调的村干部破口大骂："你们这帮畜生，平时从来不问我们的事，现在倒要在我家动土，没门！老子坚决不让！"村干部几次好言相劝均无济于事。为了不耽误进度，无奈之下，只好如实告知李全兴。

李全兴老远就听到争执声，赶到现场时，只见已围观了不少村民，户主手握锄头守在墙角，冲着村干部喋喋不休。

李全兴凑过去，听了几句后，心平气和地对户主说："老人家，你别动火。我是新上任的村主任李全兴，你有什么诉求，可以向我反映。"

户主看到李全兴，目光急忙闪开，头扭向一旁说："我没什么诉求，但我就是不干。"歇歇又解释道，"我不是针对你。"

李全兴耐心劝慰道："老人家，你不针对我，却无意间针对了全村的人呐。修村路，装路灯，那可是对大家都有好处的事。难道你不想村里变得道路平整，处处通亮吗？"

户主指着村干部愤愤道："我是气他们。过去我找他们办事，他们理也不理，把责任推个一干二净。"

李全兴沉下气说："过去是过去，现在不一样了。你看，村委这不是开始干实事了吗？"

"有什么不一样？还不是天下乌鸦一般黑。"户主不屑地说，坚持不肯让步。

几句交谈下来，围观的群众都着急了，但细心的李全兴却发现了异常。他见对方眼神总是飘忽不定，且在刻意躲避自己的目光，便揣测出事情并非表面看起来那样简单，户主似乎有着自己的小算盘。

他探问道："那你提一个解决方案，只要合理，我一定满足。"

听到这话，对方狡黠地笑了，晃晃脑袋说："其实很简单，要弄也可以，这个墙角是我家的，占用我家的地就得赔我钱，天经地义。"

李全兴暗自冷笑，原来这才是户主的真实意图。他随即想到，这倒是个难得的机会，他正好可以借助此事来向村干部及其他村民表达自己干事的态度和决心。于是，他波澜不惊地问："可以，要求很合理，你想要赔多少？"

一旁的村干部见李全兴竟敢在众目睽睽下这样表态，大吃一惊，接连冲他使眼色。李全兴假装没看见，一直盯着户主。

户主见李全兴答应得如此干脆爽快，兴奋之余不免有些惊讶。他想了想，竖起三根指头，慢吞吞地说："三千块。"

李全兴嗤笑一声："三千块？你那是敲诈。按照目前的情况，我最多只能赔你三块钱。"

"三块？"户主刹那间恼羞成怒，将锄头斜握在胸前，高声嚷道，"你们全部给我滚蛋，谁都别想动我家墙角，否则我跟你们玩命。"说完，他似乎还是气不过，把锄头狠命摔向地面，转身就要走。

"你给我回来！"李全兴的情绪彻底迸发出来，大声喝道，"你有什么怨气可以对我说，有什么正当合理的诉求可以让我办，但这件事你今天必须配合！"

户主红着脖子喊："凭什么？我就是不配合！"

"不配合？"李全兴严厉地说，"你要搞清楚，现在不是我和你谈，我是代表全村父老乡亲们和你谈，事关几千人的切身利益，你一个人能对抗得了吗？"

户主有些心虚了，但仍固守己见，用力"哼"了一声，摆出一副油盐不进的模样说："反正我的要求已经提了，正不正当、合不合理也不是你说了算，你不给我钱，这事就免谈。"

李全兴见状，只好使出撒手锏："你不要以为我不知道，我已经查过了，这块地并不是你家的，而是村里的集体土地，只是被你一直占用着。村委在这里竖路灯理所当然，其实根本不需要征得你同意，这么做原本只是想尊重一下你。如果你不想被尊重，那么对不起了，我们回去要算算账，请你补上这些年的租金。"对方刚要反驳，他强势打断道，"该说的话我都说了，我也不想再听你胡言乱语，利害关系你自己考虑清楚。但我负责任地告诉你，如果你今天不配合，那很简单，我立刻把所有的灯杆全运过来，就堆在你家门口。我要让全村的父老乡亲们都知道，村里的路灯迟迟亮不起来，就是因为你这家人不配合，祸害了全村。你看着办吧。"

说完，未给对方狡辩的机会，李全兴就阔步离开了。

李全兴走后，众人的目光齐刷刷落在户主身上，像是聚光镜折射的烈焰阳光，烤得他焦灼难耐。户主自知理亏，像泄气的皮球，气势慢慢蔫了下去。片刻沉默后，他抬头对村干部说："随你们便吧。"便垂头丧气地拐进家门。

这个头疼问题总算解决了。几位村干部心中百味杂陈，有欣喜，有欣慰，还有对李全兴发自内心的敬佩。四周突响起一阵潮涌般的掌声，将村干部们席卷。他们惊诧地发现，原来是那些长期被村委冠以"刁民"的乡亲们，此刻正满眼赞许地为他们奋力拍手，伴着偶起的几声高亢的叫好声。身处其中，他们眼眶不由自主地湿润了。

那年春节前夕，村里的公路通了，路灯亮了，山泉村仿佛着了新装，显得气派又迷人。

走在宽阔的道路上，看着地面展开的平整身影，村民们的心里暖和许多，对村委班子的印象有了某种朦胧的改变，似乎从前那个令人温馨、让人骄傲的山泉村又回来了。

村民高兴，李全兴更是发自内心的开心。最让他欣慰的，是此项任务圆满完成后，村干部个个兴奋难耐，呈现出前所未有的积极昂扬姿态。趁此机会，他召开总结会，语重心长地说道："悠悠山泉，村民为大。在我们山泉村，村干部只是称号，没有任何附加意义。大家要记住，村民是主人，村干部是仆人。百姓心里有杆秤，能称出我们干事做事的分量；百姓眼里有把尺，能量出我们奉公敬业的程度；百姓心里有座碑，能铭刻我们人伦品格的形象。我们坐在这个位子上，如果不被乡亲们认可，甚至仇视，那我们自己心里也不会舒坦。村干部的价值是实干出来的，而不是吹嘘出来的。这次圆满完成修路架灯工作，意味着我们开了个好头，也说明我们的村干部只要想做事，都有干成事的能力。所以，今后我们一定要再接再厉，捧着一颗爱民之心，尽好一份为民之责。"

严肃安静的会议室内，众人仔细聆听，深以为然。

爆竹声中一岁除，对中国老百姓来说，春节是一年之中最大、最重要的节日，也是真正意义上的"一元复始"。正月初一，辞旧迎新，这天，村里的老百姓纷纷短暂抛却烦心事，将往事翻篇，喜气洋洋地迎接崭新的牛年。家家欢声，户户笑语，山泉村内一派难得的热闹祥和氛围。

当天上午，按照事先计划，李全兴踏着浅浅的雪，带领村委班子成员兴致勃勃地来到村老年活动中心，满心欢喜地想要给老人们送上新春的第一声问候，就如万事兴集团春节复工后举办新春团拜会的传统那样。

不料有心栽柳，却柳无一成。进门后，李全兴一行人意外遭遇了结结实实的闭门羹。

活动中心内，老人们三人扎堆、五人成群，正聚在一起嬉笑聊天，气氛轻松愉悦。村领导的突然闯入，明显出乎老人们意料，瞬间搅乱了原有节奏。李全兴凑到哪儿，哪里便会陡然降温，即便主动打招呼，也换不来寥寥回应。在这个方寸空间，一行人显得格格不入，颇觉难堪。

不一会儿，老人们似乎达成默契，重新沉浸在喧闹的你言我语中，对村委班子选择视而不见。

李全兴停住脚步，内心五味杂陈。对他来说，老人们冷若冰霜的态度就像一大桶寒水，将他从头到尾淋个遍。但反观几位班子成员却安然自若，情绪未见有丁点波动。他看明白情况，深叹口气，识趣道："走吧。"失落地挪动脚步，沉痛地向门口迈去。

就在跨出门前，一句满怀怒意的言语凶猛追来，生硬地钻进李全兴的耳朵："这帮畜生过来干什么？"他身形一颤，没有回头，径直跨出了大门。

一顿冷落，让李全兴真正领教了村民们心中的芥蒂之深，这并不是一两次"小恩小惠"就能够消融化解的。他告诫自己，也以此多次警醒村干部，想改变现状不可能毕其功于一役，要赢得村民认可，只能俯下身子安心做实事，用时间去洗刷蒙蔽村委的历史灰尘。除此之外，别无他法。

为了更真实地听取村民心声，让村委工作嵌入乡亲们的心坎里，春节后，李全兴便启动了调研一事。调研是李全兴的法宝，也是他创业过程中的心得体会，了解有深度，做事才有准度。

调研提上日程后，李全兴就与班子成员商议，认为调研之事宜早不宜迟，决定即刻开始，对山泉村下属的七个自然村逐个走访。每日下班后，班子成员在村委统一用餐，而后集体前往目的村。每日到一村，连续七天，主要形式是召开座谈会，座谈对象以老党员和困难村民为主。

在绵延不息的时间线中，七天时间一晃而过，了无痕迹，但对村委来说，这一周跑下来，与村民面对面沟通，触动颇大，收获丰盈。七个自然村，各有诉求，各有矛盾，各有难点，每到一处，村委都经历了不同程度的交锋，让李全兴一行人印象深刻。

在江缪家基村，村民们很是热情，张罗一行人坐下，迫不及待地冲李全兴说："李总，你回来太好了，现在村里太穷了。我们的诉求很简单，希望你能多带点钱回来，越多越好，给大家增加点收入和福利。这种苦日子，我们过够了。"

面对如此直白的要求，李全兴笑着摇摇头回道："大家的心情我很能体会，我回来就是要帮助你们的。我的目标和你们一样，都是让大家增加收入，过上好日子。但这次我不是带着钱回来，而是回来带着大家赚钱。请你们放心，现在村委有信心也有决心，要让大家都富起来。我们山泉村虽然这些年的确衰落了，但它有基础，有底蕴，只要我们共同努力，一定能把它高质量建成社会主义新农村，彻底改变贫困落后的现状。"

李全兴真挚恳切的一番话，勾起了村民们对未来的无限憧憬。

赵家浜村是李全兴的出生地，外出闯荡后，他每年春节都会回来慰问年长及困难老人。因此在这个小村庄，李全兴有着相当高的人气和口碑，沟通自然也最为顺畅。见到李全兴，大家开心地围坐在一起，吃着瓜子花生，喝着热腾腾的茶水，推心置腹地畅聊许久，似乎年味更浓郁了。结束前，李全兴诚恳地说："要改变山泉村，今后的任务很艰巨，希望大家能给我更多的支持和帮助。"

在座的村民们异口同声道："那是一定！"

但在七房桥村，事情就不那么顺利了。

村委一行人刚走进村里，许多早已收到消息的村民便一窝蜂围过来，李全兴意外之余有些感动，笑着冲大家抱拳拜晚年。

但形势终究不是想象的那般美好，一位30岁左右的村民左推右操挤到李全兴跟前，上下扫过一遍，阴阳怪气地问："你就是新来的李主任？"

李全兴应道："是的，我叫李全兴，今天主要是来和大伙唠唠家常，了解了解乡亲们的生活情况。"

这位村民"哼"一声，满脸不屑道："别整那些虚头巴脑的官话。我告诉你，既然现在你是村主任，那我以前反映的问题你必须得给我个说法，否则你们就别想离开。"

这哪里是欢迎，分明是挑衅。李全兴忍住火气，沉声道："我刚上任不久，对你反映的问题还不太清楚。今天我们是来做调研的，时间有限，其他事情先不提。不过你放心，等我回去了解后，一定每件事都会有反馈。"

对方嗤笑一声道："满嘴鬼话，你真以为我会相信？还调研呢，调研个屁！你们不就是来走个形式，要我们配合你们演戏吗？我早看透你们了，一群酒囊饭袋。"

李全兴脸色"唰"地变了，毫不示弱，立即回击道："你到底什么意思？是不是存心找荐？如果是，要么你滚蛋，要么我们走！如果不是，从这一刻起，你给我闭嘴！"

见李全兴发火了，许多村民立即出来打圆场。

一位年长者把那位村民拉开，指责道："你这个人，究竟怎么回事？以前的村干部请都请不来，今天李主任主动来走访调研，听大家说话，你居然这个态度，脑袋有毛病吗？"说完，他将李全兴请至自己家中，拉过张凳子，抱歉地说，"李主任，对不起，我替他向你道歉。他性子急、脾气躁，你别往心里去。实在是因为村里积攒了太多问题，以前村干部又不闻不问，所以大家才有怨气。"

跟进来的十几位村民随之附和："是啊，过去的村委太不像话，我们人人恨之入骨。"

　　望着老人皮肤粗糙的面孔和略显局促的眼神，李全兴的怒气早已烟消云散，语气也缓和下来："老人家，没关系，我能理解。这次我们来，主要就是想听听各位的意见建议，或者有什么需求，以便村委下一步更好地开展工作，为大家服务。"

　　李全兴观察到，在他和村民谈话时，村民们毫不顾及身边在场的其他村干部，痛骂以前的村委不作为，口中几乎全是指责之词，听得几位班子成员脸色白一阵红一阵，甚至额冒微汗，显得极不自在。他故作不见。这其实正是他用心良苦之处，让养尊处优的班子成员现场品尝村民们的怒气，接受一场深刻的现实主义教育。

　　几番交谈下来，村民们相信李全兴是真心实意来解决问题的，于是都放下顾虑，争先恐后地打开话匣子：

　　"李主任，这些话我们早就想说，同样是村民，为什么有的人家福利好，有的人家有求必应，而老实人就活该吃苦受罪？"

　　"村委每年都说亏钱，可赚那么多钱都到哪儿去了？谁也不知道。村里的土地人人都有份，大家却没有一点知情权。我们要公平。"

　　"李主任，不瞒你说，现在村里好多小伙子都讨不到老婆，实在是家里的生活条件太差了，就比如普通人家连个抽水马桶都没有，哪家的女儿肯嫁过来？谁家都想着往华西村嫁呢。再这样下去，村子都要绝户了。"

　　"如今，稍微有点钱或有点本事的，都举家搬到外面去住，只留下我们这些穷苦乡亲。现在村里的外地人比本地人还多，我们反过来还要经常被外地人欺负。"

　　"周边村都在搞新农村建设，盖小洋楼，买私家车，我们也想过那样的日子。"

……

村民们七嘴八舌，迫切火热的问题一个个浮出水面。李全兴奋笔疾书，一一记录下来，面色愈加凝重。

在村民们滔滔不绝时，李全兴注意到一个细节，有些衣着较好的村民面色不定，自始至终只是听，但不吱声。他心里明白，这些人一定就是村民口中的"既得利益者"，多多少少与上届村委有着藕断丝连的关联，可能担心自己会被秋后算账。

为稳定民心，也为亮明态度，李全兴特意强调："刚刚听大家讲话，我深感责任重大。我向大家保证，村委一定会认真考虑每位村民的合理诉求，争取早日解决。同时我也声明，新官不理旧事，过去的就让它过去，我之所以回到村里，不是为处理昨天的遗留问题，而是为打造山泉村的明天、为了新农村的建设而来。我以后工作的重心，将全部放在带领乡亲们发家致富上，绝不会去费心思揭老底、算旧账，希望大家今后都能够积极配合村委，我们共同打赢这场翻身仗。"

未来发展的事实证明，这番话的确让那些"特殊村民"不同程度地宽了心，对现任村委凝聚人心起到了重要的推动作用。

在薛家桥村座谈时，情况更为激烈。

由于这里是李阿青老家，村民们亲身经历了村子由盛转衰的全过程，故心理落差尤为明显，纷纷大倒苦水。其中有位老党员满腹牢骚，提出一大通意见，痛批村干部吃人饭不干人事。说到激动处，他干脆指着李全兴破口大骂。

李全兴安静地听着，不做任何辩解，直到对方说累了主动停下来，他才递上一根烟，接过话头道："老人家，你先消消气，各位的意思我都听明白了。首先，我要谢谢你们，因为你们说的是我的心里话，其实是替我发声。不瞒你们说，我对上一任村委的工作，也确实有些看法和意见。听得出来，你们心中都有不满，甚至有很多怨气，这是人之常情。"他话锋一转，"但此刻我想说的是，我了解到在座各位中有许多党员。那么，什么是党员？"沉默片刻，看无人接话，他又说，"我认为，党员不是自我的个体，而是代表着党的形象。作为党员，关键时刻要能够挺身而出，面对困难要做到率先垂范，发挥模范带头作用，这才是合格的党员。每一位党员都应该是一个标杆、一面旗帜。但这些年来，你们都看到了村里存在的许多问题、许多弊病，也深知这些问题的严重性。那我想问，当时你们作为党员，有没有人站出来，勇敢地同恶势力做斗争？有没有人以党员的崇高使命感和责任感，去向邪恶力量说不？"

　　缓缓流淌的一席话，似乎蕴含着无穷的穿透力。李全兴话音刚落，在场大部分人都羞愧地垂下了头。

　　李全兴笑了笑："我是去年底刚入的党，到现在还只是预备党员，来村委也不过才一个月。客观地说，刚刚你们反映的问题，并不是我李全兴造成的，怎么能指着我鼻子就骂呢？"他看向脸色涨得通红的那位老党员，继续道，"不过，被你们骂我也接受，毕竟我现在代表着村委，做错事挨骂是理所当然的。而且我认为，有骂声是好事。从骂声中，我能感觉到，大家并没有抛弃山泉村，对它还有恨铁不成钢的关爱，还有指望它越变越好的期许，这点让我特别欣慰。"他压低声音，真诚地说，"大家要知道，今后我们要走的路还很长，一定会有很多无法预见的困难拦在前方。有困难不怕，我们努力去克服它。所以我希望从此刻起，党员们能站出来，村民代表们能站出来，村干部们能站出来，我们以身作则，发挥好带头作用，领着全村父老乡亲们共同把村里的事情办好，把村子经营好。我始终相信，山泉村一定会有个美好未来。这个未来不在口头上，而在大家的实际行动中。"

李全兴有理有据、有情有义地吐露着心声，打动和感染了在场的村民，大家情不自禁地鼓起掌。这掌声，热烈、持久，充满力量，蕴含着信任与感动。

第 *11* 章
筑起信任之桥

连续走访的这几个晚上，村委班子成员几乎每天都要忙到九十点钟，回去后还要梳理座谈会资料，对于习惯了闲散作息的村干部来说，许久没有这样高强度的工作了。调研结束后，大家均感疲惫不堪，恨不得给自己放上几天假，但碍于李全兴的热情和威严，敢想不敢言。意外的是，调研过后，李全兴忽然安静下来了，再没有布置新的工作，连续两天，他一到村委就躲进办公室"闭关"，就连中午吃饭都速战速决，与他人讲话亦显得心不在焉。

这个异常举动引起了大家的好奇和猜测，以至于众说纷纭，莫衷一是。

有人猜测："李主任会不会是受到打击，在给镇领导写申请，不想在这儿干了？"

有人推断："听说以前他的公司在村里受过欺负，说不定在憋大招报复。"

还有人故弄玄虚道："大家都小心点，听说李主任正在拉清单。"甚至有模有样地连清单里的名字都透露出来。

几番言语下来，大家多少有些紧张了。虽然李全兴口头承诺不会算旧账，但鉴于村干部过往的作为，答案揭晓前，每一种可能性都让他们坐立不安。

　　周六上午，真相终于大白。

　　班子成员接到通知，立刻到会议室集合，召开学习会。李全兴满面红光地站在大家面前，兴奋之情溢于言表。原来这两天，他一直在默默"备课"。

　　李全兴将一摞厚厚的资料摆在面前，开门见山道："我们前期的调查研究只是基础性工作，要解决山泉村的遗留问题，还必须要有实质性的动作。现在我们需要做的事很多，但是从哪个方面切入才能一举破冰，这个就有讲究了。"他举起一沓纸向大家展示，解释说，"这是前面走访七个村整理出来的村民发言记录，我看了不下十几遍，发现这千言万语中有个共同的核心指向——村务公开。这就是今天我们要学习的内容。"

　　有人饶有兴致，有人面现不解，也有人脸色一变。李全兴并不在

山泉村村务公开
手册

意，随即开始了口若悬河的演讲：

"在1953至1957年，也就是我国第一个五年计划期间，私有制和私心的萌生还不太明显，大多数干部具有高度的公心，以穷为荣，对极为有限的集体资产管理基本是公平、公正的透明状况。这是我国原始的村务公开状况，具有极其特殊的时代痕迹和政治特色。改革开放初期，农村进入了崭新的历史发展时期，集体经营、资产管理、收入分配却依旧沿袭传统模式，村官阶层控制了集体的全部公共权力和资产，这一时期的财务监管制度基本处于空白。到了1985年，我们江苏以及山东、河南等省家庭联产承包责任制搞得较好的个别农村就采用召开会议、张榜公布、印发手册等形式，公布村集体财务收入、宅基地划分和计划生育指标分配等情况。1988年，《村民委员会组织法》在全国试行后，24个省、自治区、直辖市的地方法规规定村民委员会在办理本村公共事务和公益事业的经费要按时公开，江苏也在其中，而且还特别强调村民委员会的财务也要实行公开。到1990年12月，中共中央批转《全国村级组织建设工作座谈会纪要》的通知，要求各地增加村务公开的程序，接受村民对村民委员会工作的监督。1994年10月，中共中央又下发《关于加强农村基层组织建设的通知》，要求各地广泛开展依法建制、以制治村、民主管理活动，提出要抓好村务公开制度建设，要求凡是涉及全村群众利益的事情，特别是财务开支、宅基地审批、当年获准生育的妇女名单及各种罚款的处理等，都必须定期向村民张榜公布，接受村民监督。1997年4月，中纪委在天津市宝坻县召开七省、直辖市村务公开工作座谈会，推广宝坻经验，宝坻经验的本质就是创新农村管理和服务体制。1997年8月，民政部下发《关于进一步建立健全村务公开制度，深化农村村民自治工作的通知》，要求各地民政部门提高认识，加大对村务公开工作的指导力度。1998 年 4 月，中共中央办公厅、国务院印发的《关于在农村普遍实行村务公开和民主管理制度的通知》，明确村务公开的一些重大原则和具体措施。当年底，党的十五届三中全会通过了中共中央《关于农业和农村工作若干重大问题的决定》，使全国的村务公开工作得到了有效的推进。1999 年 3 月，中共中央颁布《中国共产党农村基层组织工作条例》，要求农村基层党组织加强对村务公开的领导。不久，中组部在合肥市召开全国村务公开民主管理经验交流会，总结交流各地开展村务公开民主管理的经验。与此同时，监察部、农业部、财政部也就农村财务公开和财务管理问题提出要求。随后，各级党委、政府把推行村务公开工作列为重要议事日程，下文件、发通知，制定政策，全国绝大多数的村设立了村务公开栏，建立健全村务公开制度，村务公开工作迅速发展起来。2002 年底，党的十六大提出在加快小康建设的新时期要进一步健全基层自治组织和民主管理制度，完善公开办事制度，保证人民群众依法直接行使民主权利，管理基层公共事务和公益事业，对干部实行民主监督的要求。为此，2003 年初，国家成立全国村务公开协调小组，统一协调指挥全国的村务公开工作，并于 9 月召开全国村务公开工作电视电话会议，指出要加强对村务公开工作的领导，理顺各方关系，分析研究村务公开工作面临的新形势和新任务，推动村务公开工作向法制化、程序化、规范化迈进。2004 年 6 月，中央、国务院两办发布《关于健全完善村务公开和民主管理制度的意见》，紧密结合农村改革发展的新形势新任务，进一步阐明做好村务公开和民主管理工作的重要性和紧迫性，明确提出当前及今后一个时期健全和完善村务公开和民主管理制度的具体政策要求。2005 年 12 月，中共中央印发《关于推进社会主义新农村建设的若干意见》，要求进一步完善村务公开和民主议事制度，让农民群众真正享有知情权、参与权、管理权、监督权。"

介绍完梳理的内容，李全兴接着总结道："村务公开在我国有几十年的发展历程，它是农村工作的生命力所在。党和国家始终高度重视村务公开工作，从前是，现在是，未来也一定是，党的十七大报告中还特别提到要完善政务公开、村务公开制度。作为村干部，我们要真正地认清村务公开的重要性和必要性，主动负责、积极自觉地推进，这是我们做好其他工作的基础。"

一气说完，李全兴觉得口干舌燥。他将资料放下来，喝了一大口水。

在李全兴洋洋洒洒的讲述期间，有好几次抑制不住的呵欠声不适时宜地响起，证明并不是所有人都感兴趣或理解他的用意。他似乎早已料到，平静地说："刚刚我给大家介绍了我国村务公开的历史渊源，重点是突出它的系统性和科学性，尽管有些晦涩，但作为合格的村干部，还是要懂一些，这样才能理解我们下一步将要推行的村务公开工作的必要性。"他望了一眼笔记本的提纲，继续道，"理论知识学完，现在，我们就聊聊具体的。"

李全兴看着大家，深有感触地说："前面连续七天的走访确实很辛苦，但非常值得，我们听到了乡亲们最真实的心声和想法。他们有牢骚，有不满，也有意见和建议，更有期盼和憧憬。我感触特别深的是，乡亲们其实对组织有着根深蒂固的依赖，希望村委能够在关键时刻帮助他们、困难时刻保护他们、平日里尊重他们，仅此而已。不过很可惜，实话说，这些村委目前都没有做到。不仅如此，还由于自身的腐败问题，造成村风坏掉、民心散掉、班子烂掉、经济垮掉的惨烈局面，辜负了村民的期待。"他略作停顿，口气稍微软了一些，"不过我注意到有些暖心的细节，你们在听村民诉苦时，有时低头，有时脸红，甚至有时还含着眼泪，这着实是我没想到的，也让我看到了希望。我敢打包票，只要大家还能够听得进村民意见，只要我们还能意识到自身不足，能团结起来同心干，我们山泉村就有希望。"

这番肺腑之言不知是否得到了全员认可，但会场气氛明显严肃了不少。村干部们沉默不语，有反思，有思考，似乎还有些逃避的情绪游荡其中。这些小心思当然瞒不过李全兴，被他悉数捕获。

好在一段时间下来，李全兴对山泉村形势已有了精准把握，基于丰富的工作经验和深入考量，他明确定调："刚刚说的村务公开，是当下乡村治理的必然趋势，它有历史渊源，也有现实需求，我们谁都不可能违背时代大潮。因此我提议，推进村务公开，这就是村委近期应抓的重点任务，所有人的工作都要紧密围绕这个中心来进行。在山泉村建设社会主义新农村的道路上，这是我们真正意义上要打的第一仗。能否顺利破冰，首仗至关重要。"

村务公开，财务首当其冲。为了尽快实现村内资产公开透明，李全兴决定从混乱程度最高、村民反映意见最集中的土地和村级固定资产租赁问题入手，现场分解任务，要求村委班子成员分头带队，对驻村各个企业占用的土地面积、租赁的厂房大小重新丈量，对借用的设备多少重新统计，为后续科学合理的收租提供标准。

任务部署完毕，李全兴将桌面上的材料及笔记本规整好，装进资料袋。起身前，他似乎想起什么，有些不放心，又叮嘱道："这次的任务并不难，关键是态度要端正。希望大家能秉着对村委负责、对村民负责，也对自己负责的宗旨，认真细致地做好丈量和统计工作。我对大家寄予厚望。"

当天下午，此项工作就正式启动。班子成员按照事先确定的分工安排，每人带领三四人，组成小队，分别前往不同的片区实地测量面积、统计设备。

李全兴预计，保质保量完成这项工作需要一周左右时间，孰料不足两天，就有一位村干部来到他办公室，大摇大摆地将一叠资料放在桌上，沾沾自喜道："李主任，我来向你交作业了。这几个厂的资料已经全部汇总好，数据都在这里，你看看。"

"好了？"李全兴嘴上没多说，但心里很清楚，以他对此人的了解，这般快的速度，其中一定有猫腻。他并没有拿起资料，而是盯着对方说："不错，效率很高，这两天一定辛苦了。数据没什么问题吧？"

对方眼神飘向旁边，一口咬定："没问题。"

李全兴装作漫不经心道："好，我相信你。既然没问题，那就请你签个字，等所有数据汇总后，我们全部向村民公开，请乡亲们监督。"说着，他将资料推向对方，并用笔压在上面，"不过丑话说在前头，如果有人反映数据弄虚作假，查实后，这属于渎职，村委是要追责的。假设其中还有利益输送，那性质更严重，就涉嫌职务犯罪了，还要依法追究刑事责任。当然，如果数据全部无误，我也会公开表扬，号召大家向你的高效率学习。"

对方显然没料到这一出，听完当场怔住，眼中透着惶恐，脸色跟着变了。憋了半天，他将资料重新拿起来，摇头晃脑嘟囔道："那我再去核对一下。"说完，快步溜出了办公室。

李全兴望着他迅速消失的背影，轻轻叹了口气。虽然客观上看，村委的整体工作作风已有所好转，但想要彻底根除多年歪风邪气的病根，依然征途漫漫。

一周多后，丈量和统计工作全部结束，一份详尽的汇总资料交到李全兴手中，他迫不及待地翻阅着。在这份资料里，村里共有多少土地，已出租多少土地，分别租给多少家单位，每家单位的负责人是谁，按照现行标准应交多少土地租金、房屋租金、设备租金、资金使用利息等，所有数据一清二楚。

李全兴非常满意。他要求每人都在自己负责的数据上签名，准备连同村里资产负债状况和收支明细情况一并公布出去。这样，村民们就可以对家底有个直观全面的了解。

尽管李全兴之前在学习会上已做过铺垫，但在村委会上通报此事时，还是意料中地引发了部分村干部的阻挠和不满。几人振振有词地陈述着此举的弊端和害处：有人认为这等于将自己的后路堵死，有人觉得这是给了村民钻空子的机会，还有人认为这会影响村委的权威性，如同被束缚住手脚……

村务公开的部分内容

　　不过，李全兴既然敢提出财务公开，自然心中有尺，这些各有用心的反对意见丝毫没有影响他推行村务公开的决心，甚至让他觉得此时此境有些眼熟。他不由想到，在万事兴集团几十年的发展过程中，不知遇到过多少次类似场景。每逢重大决策，几乎都会有支持派和反对派，双方激烈争执，各执其理，这很正常。但李全兴会在双方争论的基础上，依照自己的理性判断作出最优选择，并形成决议。这一次同样如此，听完大家的发言后，他高声拍板道："村务公开势在必行，今后不再讨论可行性，就这样干，有任何后果我负责。"霸气十足的表态，瞬间平息了飘浮的质疑声。

　　次日一早，村民们就发现，农贸市场门口的公告栏上，突然多出十几张纸。村干部们历时一周统计出的数据汇总表，被整整齐齐地贴在栏中。

　　破天荒的招式，恰似一颗惊雷，引发了剧烈动荡。

　　公告栏前人头攒动，村民们踮起脚尖争相观看，将小小的公告栏围得水泄不通，边看边议论着：

　　"我活了这么多年，还是第一次看到村里的账目。"

　　"去年竟然亏空4700多万元，这还了得。"

　　"原来我们每年有上千万元的收入，我怎么一点都没感觉到？"

　　"这里面猫腻太大了，难怪总有人抢破头想当村领导。"

　　……

　　议论纷纷间，还有人不停地打电话喊亲朋好友来看。一时间，农贸市场门口被堵得风雨不透，竟显得比过年还要热闹。

　　这盛大的场面着实超出了李全兴的预想。听到消息后，他立马跑到现场一睹盛况。果然，离老远就能看到乌压压的人群围聚在一起，那个瞬间，令他突然一阵感动。公告栏仿佛散发着浓烈的吸引力，将村民们牢牢地凝聚在一起，正是这种力量，让他很向往。

他站在不远处，能够隐约听到人言啧啧，尽管大多是抱怨，但让他觉得这步探索相当有价值。在接下来的村委会上，他坦陈道："我确实没料到这项措施会引发这么大的轰动，不过，这也侧面印证了村委的决策是相当正确的。我们不能停，要再接再厉，既然乡亲们感兴趣，那这件事以后就要坚持下去。"

有个别村干部心有不甘，仍在想方设法地阻止村务公开，哀之以声，诱之以利，花样迭出，但在李全兴的铁面威严下，全都无功而返。不过，更多的村干部已深受感染，被李全兴的工作能力和大公无私的精神所折服，开始主动地帮助他出谋划策，共商发展大计。

几天后，村委再次召开村务公开专题讨论会，李全兴吸收多人的建议后，提炼出了延续至今的村务公开准则，即"凡是村民所关心的，就必须进行公开；凡是村民想知道的，就必须让他们知道"。他详细阐述道："村民才是村庄的主人，他们理应有着绝对的知情权。我提议，今后我们不仅要公开村级资产信息，包括村委的重大决策、重要事项的落实、重点项目的进展等，都要一并公开。我们要尽快探索一条公开透明做事的常态化、长效化机制，让村委在乡亲们的眼皮子底下开展工作。"

会上，气氛难得的热烈，大多数人思维已有了转变，或是强迫自己去接受了不可更改的形势，争相表态支持，还有人就村务公开的方式提出了具体参考，李全兴觉得非常有道理，经过全体人员表决，形成决议，决定村务每季度公开一次，除了张贴公示，另印成小册子，分发至每家每户，以便村民查看。

从那以后，每个季度初，村民们都会收到一份上季度的村两委"工作报告"，大到村里工程，小到口粮福利，村里的每项事务、每笔收支列得清清楚楚、明明白白，后页还附有多种畅通的信息反馈渠道，鼓励村民监督和发表意见。

此举一出，村民们的主人翁意识得到极大增强，对村委的好感度、认可度也有了质的转变。

掌握了详细确凿的测量和统计数据，李全兴接下来的动作便有了依据和底气。

根据重新丈量、统计的结果，他要求村干部对所有驻村企业挨个排查，按照统一收费标准和缴费时限制定条款，没有合同的立即补签合同，已有合同但不规范的签订补充合同，彻底改变了以往口头约定的散漫形式，有效堵塞住了管理漏洞。短短一周多的时间，村委竟然补签了500多份合同。

规则变，行事变；规则立，行为立。有了公开透明的标准，企业缴费的积极性大幅提升，再也没有企业无故拖欠租金，有家企业甚至一次性补缴了拖欠几年的费用。当年底，根据村委的财务报表显示，仅租金一项，就使全年村级收入增加了1000万元！

没卖一分地，也没做任何买卖，仅仅是规范流程，就迅速大规模地增加了收益，此番操作不可谓不神奇。这事在当时甚为流传，引起社会各界的广泛关注，成为热点话题，一度被奉为社会治理界的经典案例。

江阴市委农工办领导得知情况后，亦深觉不可思议。其实，何止是村外人，就连许多参与其中的村干部，也没有想通这其中的关节。为了弄清内在逻辑，市委农工办专门成立了调研小组，前往山泉村一探究竟。

调研组来到山泉村，没有造访村委，而是直奔那家企业而去。在采访负责人时，调研组抛出了令许多人都百思不得其解的问题："根据缴费金额看，当村委制定统一标准后，许多企业的应缴费用比以往要高出不少，可为什么大家的积极性还是那么高呢？比如贵公司，主动一次性缴清所有拖欠的费用，不知这其中有着怎样的考虑？"

该负责人爽朗地笑起来，毫不隐瞒地介绍说："其实，像我们做企业的，哪家不想安分守己，老老实实去赚钱呢？可放在以前就不行。以前没有合同，租金多少全凭村领导一句话。谁和村领导关系好，谁就可以少缴甚至不缴。所以和现在相比，我们之前确实缴的少，但同时我们也会想，既然我们少，那其他企业可能更少，心理特别容易失衡。而且，如果我按期缴费，在其他企业看来，不会觉得我遵纪守法，只会觉得我没本事，在村里吃不开，与村领导关系不够好，这样我也会很没面子，所以只能以拖欠或拒缴的方式来对抗。现在有了透明统一的标准，每家该缴多少，大家一清二楚，谁也不要想钻空子，我们也不用花费心思去讨好村领导，可以集中精力做生意了，这样多好。"他的眼神中透出期待，总结道，"我认为，其实说到底，就是公平。"

企业负责人的一席话，令调研组醍醐灌顶，道出了企业家群体压抑许久的心声，也与村民对于公平的诉求高度契合。不患寡而患不均，只要有了公平，阳光总能照进每一处黑暗的角落。

有了实在的成绩，有了社会的赞许，有了村民的肯定，村干部得到了前所未有的满足感，排斥、抵触等负面情绪正慢慢消解，缤纷各异的人生追求如同百川汇流，逐渐向着同一个方向凝聚。此后，村委一如既往，定期对村务、财务等事项进行全方位、多途径、全过程的公开，村民们的在场感、参与感愈加浓烈。被边缘化几十年，他们终于等到这天，期盼已久的公平公正公开回来了，不由为之热泪盈眶，不由为之欣喜若狂。

通过持续的村务公开，村委大幅拉近了与村民的距离，也让村民们看到了新一届村委革故鼎新的决心。乡亲们的心理开始有了明显变化，信任之桥正在重新筑起。

李全兴知道，这一步算是走踏实了。

第 *12* 章

从实事小事做起

除了土地、厂房、设备等固定资产租金收益外，山泉村还有一个污水处理厂，在村级收入中也占有很大的比重。

污水处理厂是个老厂，已有一定的年代和历史。受工业传统的影响，山泉村域内的大大小小几十家企业，基本都从事纺织印染相关行业。这些企业的普遍特点是规模小、污染重。为解决这一问题，村委便投资兴建了山泉污水处理厂，帮助这些企业集中处理净化污水，并从中收取一定费用。

随着入驻企业增多及生产规模扩大，污水种类与排放量与日俱增，对污水处理厂处理净化废水的要求水涨船高。由于规划的局限性和领导的前瞻性欠佳，加之前任村委对实际工作不上心、不重视，使得该厂长期处于管理不善的亚健康状态，设备老化也未及时更新，污水池扩容项目更多流于形式，企业排污分布不合理不科学等因素并存，导致连续几年环保考核不合格，已被江阴市列为黑色企业。污水处理厂与现实需求的严重脱节，不仅影响了山泉村的村域生态环境，也制约了这些企业向规模化发展迈进的脚步。

随着经济社会的发展，可持续问题成为各级党委政府密切关注的

重点，其中环境保护就是可持续发展的关键一环。2008 年 7 月 24
日，国务院首次召开全国农村环境保护工作电视电话会议，时任国务
院副总理的李克强同志出席会议并强调，农村环境保护，事关广大农
民的切身利益，事关全国人民的福祉和整个国家的可持续发展。要全
面贯彻党的十七大精神，深入贯彻落实科学发展观，统筹城乡经济社
会发展和环境保护，切实把农村环保放到更加重要的战略位置，全面
建设资源节约型、环境友好型社会。9 月 28 日，无锡市发布了《无
锡市水环境保护条例》，对保护和改善水环境，保障饮用水安全，促
进经济社会与环境全面协调可持续发展提出了具体意见。江阴市也先
后出台了《江阴市主要水污染总量减排项目奖励办法》《主要污染物
减排奖励办法》等文件，并对不能完成减排任务、违法建设项目较
多、环境总量超过当地环境容量、没有建成污水处理厂的区域（镇）
及没有污水管网的区域，实行"区域限批"政策。

上级政府围绕环保所呈现的雷霆之势，让李全兴对污水处理问题
丝毫不敢掉以轻心。他上任后，很快掌握了污水处理厂的情况，当即
意识到，整治污水处理厂刻不容缓，一方面是环境保护、绿色发展的
需求，也是他几十年办企业一以贯之的追求；另一方面，污水处理厂
可以产生实打实的经济效益，这将是盘活村级经济的重要一步棋。思
至此，他立刻将此事提上议程，会上会下与班子成员反复讨论，很快
形成初步共识，即要彻底扭转污水处理厂如潭死水的现状，核心是要
有一位懂业务、能力强的厂领导。经过几轮推介和筛选论证，李富荣
这个名字脱颖而出。

李富荣与李全兴是同时代人，在 20 世纪 80 年代，他高中毕业后
就在村里的污水处理厂工作，后调入村委会，成为一名村干部。因其

性格直率，看不惯村领导的腐化堕落，不屑与之为伍，干脆辞职，转行经商，自己办工厂。虽然他在污水处理厂任职的时间不长，但也算有过相关的工作经验，且巧合的是，在那段期间，适逢国内环保工作刚起步，各级党委政府对此非常重视，先后提出明确的治污思路和具体要求，而李富荣恰巧负责这一块事务，可以说是国内较早接触到现代化治污管理的先行者。

李富荣比李全兴年长两岁，两人私下关系非常密切。李富荣因长期在村中生活，故对村内情况较为熟悉，因此，李全兴刚回村时，他还曾陪同李全兴走访过村内一些重点企业，并为他介绍相关情况。李全兴对此甚为感激。

确定了意向人选，李全兴便兴冲冲地登门求贤，邀请李富荣出山相助，担任污水处理厂负责人。李富荣得知来意后，满目不可思议，笑容也散去了大部分，颇有情绪地说："你是开玩笑的吧？那个厂子的情况我太了解了，除了病入膏肓，我都想不到其他形容词，我怎么会去接手那个问题厂呢？"他调侃道，"我知道你现在是村里一把手，但也用不着把我拉下水吧？我可不会游泳，而且那里还是腐臭难闻的污水。"

李全兴顿时急了，当即道："我都火烧眉毛了，你还有心思拿我寻开心。厂子现在到了要命的时候，别说下水，就是下悬崖我们也要硬着头皮往下跳。"他叹口气说，"富荣，你想想看，我们从小一起在村里长大，后来又都外出闯荡做生意，也算弄出了点名堂，现在自己的小日子过得挺好，但话说回来，谁还没点家乡情结呢。现在山泉村已经成了反面村，连周边老乡都瞧不起咱们，不管是谁的原因造成的，作为山泉村村民，我们自己不是也没面子？比如同样去外地，人家可以底气十足地骄傲介绍说'我是华西村的','我是向阳村的','我是三房巷村的',而我们只能说'我是江阴市的',你做生意也要经常向外地跑,难道你不想以后自我介绍时,能挺起胸膛自豪地说声'我是山泉村的'吗?"

李富荣抱着茶杯闷头思忖半晌,轻轻舒口气,似乎有些触动,但并没有松口:"话是这样说,道理我也懂,可村里的问题不是一时半会儿就能解决的。"

李全兴信心满满地说:"村里的问题是很多,但没关系,我们慢慢来,逐个击破。现在,我们就从整治村里的污水处理厂开始。"

李富荣模棱两可地回:"你让我再想想吧。"

李全兴继续争取道:"山泉村现在百废待兴,要做的事的确很多,但我和你透个底,别的事我都可以安排其他人去做,唯独让污水处理厂大地回春这个棘手任务,非你莫属。"他把话头一拨,谈起自己的经历,"富荣,我了解你现在的感受。去年镇党委领导找我时,我第一反应也是拒绝,当时顾虑和你差不多。但这一个多月下来,我的想法完全变了,觉得这项工作其实非常有意义。我们俩现在是赚了点钱,但钱这东西留不住的,花掉就没了。不过,如果我们能加把劲,让污水处理厂活起来,共同把山泉村立起来,建成社会主义新农村,那可是要留在历史上的。"

听完李全兴的由衷之言,李富荣爽心地笑了:"哈哈,全兴,还是算了。我可没有你那么高远的追求,能过好小日子我就很知足了。"说完,端给李全兴一杯茶,"来,不谈了,喝茶。"

李全兴本打算接着劝说,可看到对方态度如此,想想还是住了嘴。

第一次失利，李全兴有些失望，但并没有气馁。想到镇领导当初"三顾茅庐"邀请自己的情景，他苦笑着对村干部说："果不其然，党的事业是要前赴后继的，现在轮到我去三顾茅庐了。"

抱定这个念头，他"死皮赖脸"地接二连三向李富荣家里跑，既谈情也说理，反复做工作，有时干脆坐着不愿意离开。最终，李富荣实在招架不住这番"软磨硬泡"，只能答应暂时放下自己的企业，担任污水处理厂负责人。

李富荣同意时，毫无准备的李全兴心中猛一震荡，竟有些意外的感动。他动情地说："富荣，我知道，你很勉强，也很为难。这件事我对得起所有人，唯独对不起你。"

李富荣淡然地笑了笑，摆摆手，没有说话。

上任当天，李全兴专程赶到厂里慰问，李富荣看着兴师动众的李全兴，乐着调侃道："全兴，我这可是看着你的面子才飞蛾扑火的。"

李全兴拉着他的手，感激道："这我了解，话不多说，都记心里了。相信你一定能扭转乾坤，让污水处理厂焕发新生，造福乡亲们。"稍作犹豫，他小声叮嘱道，"富荣，其实这次来，是有些话我想来想去，还是得和你说。这个位置其实有不少人盯着，到岗后，你要万分注意自己的形象，今天你是穿着白衬衫进厂的，等到你功成身退时，衬衫一定还要是白色的，千万不能被污染了。"

李富荣听出这一语双关的话中之意，点头道："全兴，你放心，我的宗旨和你一样，我回来是做事情的，不是去捞钱的。"

两双手紧紧地攥在一起，畅快的笑声在四周回荡。

李富荣上任后，专业能力很快显现出来。在村委的全力支持下，他迅速理清思路，找到撬动点，对全村管网进行重新规划和优化排布，在最短的时间内实现了所有工业污水、生活废水全部接管。随后，他狠抓厂内技术改造，推进提标升级，集中有限的财力，先后三次，分批对厂内设备进行大规模提升改造，特别是力排众议，斥巨资引进了 ABR 污水处理工艺，使厂内的污水处理能力一跃跻身全世界高水平行列，实现了脱胎换骨，完成了奇迹般的蝶变。从此，村内的工业污染源排放达标率始终保持 100%。由于净化水质高，处理后的污水完全可以循环利用，作为企业用水。每天中水回用可达 1 万吨左右，基本可以满足村内企业的生产需求，大大降低了企业的用水成本。短短两年多，污水处理厂就顺利摘掉了"黑色企业"的帽子，到 2015 年，还光荣成为全市环境保护标杆企业，一直保持到现在。

乡村治理，环环相扣。村委通过对污水处理厂的整治，实现了"一石三鸟"：一是极大提高了污水处理厂的经济效益，给村里增加了经济收入；二是改造提升了污水达标率和日处理量，为规模发展预留了空间，消除了排污企业的后顾之忧；三是改善了全村的生态环

山泉村污水处理厂内部

境，化解了村民一直以来对污染的忧虑。

在关注污水治理的同时，村委同步对废气处理施以重拳。通过借鉴污水处理厂的整治经验，村委投入大量资金对处理废气最重要的油烟分离装置先后四次进行更新换代，大大增强了村内废气处置的能力和水平。

这一次次冲锋，村委大获全胜，村子每天以可见可感的速度发生着改变。村委的积极作为让村民们有了踏实感，看到了希望。在乡亲们心中，山泉村正变得越来越有色彩和温度。

在统筹落后工厂转型升级、推进乡村治理体系现代化的同时，李全兴的目光始终没有偏离乡亲们的生活境况。他多次在各类会上反复强调：“村委的工作好不好，归根结底是要村民们说了算。我们做的事情，往大处说，是推进社会主义新农村建设，往小处说，是为了提高父老乡亲的生活水平。作为村干部，我们每个人都应该有这个觉悟。”

李全兴的话从场内传到场外，从村干部群体传到村民之间，在工作交流中，广泛而频繁地被提及或议论。如果这段话出现在李全兴刚上任时，那等于嘴上抹石灰——白说，没人相信，更没人想听。但经过两个多月的沉淀，李全兴实实在在地做出了一系列掷地有声的举措，让沉寂落寞的村子发出了柔和温馨的光芒。仅凭这点，就足以使村民对村委的态度发生改观。最难能可贵的是，一些村干部的心理也随之发生了可喜的变化，他们从开始对李全兴抱有排斥、拒绝、抵触之情，逐渐转变为满怀敬佩、认可、服从之意。

有看得见的成绩奠基，李全兴的话就不再是虚无缥缈的呓语，它成功引发了大家共鸣。在一次阶段工作总结会中，根据李全兴的要求，村干部们都作了认真思考和发言，对村委下一步任务提出了许多积极的想法和建议，甚至有几人分别对自己以往不足与错误进行了诚恳的自我批评，这在村委历次会议中，实属破天荒之景。

李全兴用扎实的言行打动了村干部，而村干部用真挚的反馈触动了李全兴，意味着双方在内心有了更深层次的沟通。李全兴深觉欣慰，感慨道："对我来说，得到乡亲们的认可固然高兴，但能得到你们的认同，意义却更为重大。俗话说，一个篱笆三个桩，一个好汉三个帮，这是个讲究协作的社会，早已不是单打独斗的时代。但凡想做点事，没有团队是绝对不行的，这也是我多年经营万事兴集团的切身体会。刚刚大家说得很好，我也表个态，过去的问题一笔勾销，从现在开始，让我们抱团取暖、齐心合力，一起干点事业，用行之有效的办法和措施，兑现对乡亲们的承诺。"

李全兴情深意切的讲话将会议推入高潮，村干部干事创业的激情被慢慢地释放出来，针对如何更快地提升村委威信，如何更好地服务村民，接连不断地提出奇思妙想。

在和谐融洽的思想碰撞中，李全兴说出了自己的构想："我提议推行服务清单制。打个比方，一位行动不便的老人独自在家，突然停电了，大家说说，他该怎么办？"

立刻有人接话："找人修。"

李全兴身子前倾，快速追问："找谁修？"

现场突然沉默了，大家察觉出李全兴这个问题似乎另含深意。

不一会儿，那人试探着说："找村委？"

李全兴笑了，向后仰靠在椅背上，赞赏道："这个思路才是对的。老年人遇到水电气等这类专业问题，不找村委找谁？难道让他们报警吗？"

会场泛起一阵轻笑声。

李全兴开始详细阐释自己的想法："所以我建议，我们给每家每户发放一张便民服务卡，上面列出服务清单，把他们可能遇到的生活问题，比如水、电、气、有线电视、网络、电话等故障全列上去，每条后面附上一位村干部电话。与之相配套的是，每位村干部配备一本《工作台账》。当接到村民求助后，半小时内，对应责任人必须赶到家中帮助解决。解决不了的，联系专业单位前往解决。依然解决不了的，告诉我，我来解决。事情处理完后，村干部要请村民在自己的《工作台账》上签字。每年底，各人的奖金就根据《工作台账》中村民的综合评价来确定发放标准。"说到这儿，他的语气中开始渗出威严之力，"为了调动大家的积极性，我的想法是，综合评价优秀、良好者，按比例增发奖金；评价合格、一般者，取消当年奖金；评价不合格、不称职者，经复核确认后，当场解聘。另外，如果我接到村民投诉，核实后，对责任人也要处罚，扣除相应奖金。最后，每年底村干部的奖金发放情况，我们依然要遵循村务公开的原则，如实向村民公布，半数以上村民无异议后才能发放，若异议太多，就要及时论证、重新调整。大概是这么个情况，大家先酝酿，马上我们再表决。"

参会人员本听得兴致盎然，孰料越到后面发觉越不对劲。会场像是突然换了季节，几乎所有人的脸色都阴沉凝重。在村委这么多年，从来没有人料到，有朝一日，自己的收入竟然会和村民扯上关系，而且还要公示出去，由村民决定发或者不发以及发多少。纵然大家现在

山泉村便民服务项目清单

| 便民服务总负责: | 江李明 | 13812598660 |

一、	房屋维修	李 科	15961521303
二、	用电维修	李炳洪	13915232928
三、	自来水维修	李 国	13626239874
四、	电视电话、网络	李 林	13921366632
五、	治安联防、交管服务	华海明	86906110、13914198444
六、	家庭财产保险	李金兴	86979800、13861668971
七、	农贸市场、农民会所	张国良	13606165308
八、	楞严寺、安息堂	周永平	86978803、13057355771
九、	天然气服务	缪永森	13861619938
十、	政务服务中心	孔君丽	86979852、18626309300
十一、	包村民警	曹 忠	13921236218
十二、	卫生投诉	高秀娟	13921257868
十三、	环保、安全	李富荣 13906163015 江李明 13812598660

| 网格总负责: | 曹献忠 | 13306167818 |

第一网格(山泉新村1号—117号、山泉路门面房203#—261#)
网格长: 高秀娟 13921257868   楼道长: 余龙宝 13812582845
第二网格(山泉新村118号—186号、山泉路门面房131#—201#)
网格长: 李乾龙 15061758275   楼道长: 朱忠良 13506162072
第三网格(山泉新村187号—269号、山泉路门面房51#—129#)
网格长: 孔君丽 18626309300   楼道长: 李祥安 13961669391
第四网格(山泉新村270号—314号、山泉路门面房11#—49#)
网格长: 李 科 15961521303   楼道长: 李良南 13801525307

监督电话 李全兴 13906163885   山泉 MOUNTAIN SPRING VILLAGE

便民服务清单

已经有了破旧立新的决心和踏实干事的意愿,但基于村里几十年来积累的干群矛盾,没有人愿意拿自己的收入作赌注。

一时间,气氛仿佛凝固住了。

李全兴察觉出大家的心思,故意问:"大家有什么想法吗?没关系,随便说说。"

一位副书记含蓄地表达了观点:"李主任,我觉得你这个想法真的挺好,就是有些太前沿、太超越了,目前来看,估计与现实基础还不能很好地契合,要不我们缓一缓再推行?"

　　李全兴不置可否，只是示意听到了。又等了一会儿，没有人再发言，他才开口道："我知道大家的担心，其实大可不必。前段时间的走访，大家应该深有体会，我们的村民简单纯朴，他们绝大多数对村委都没有偏见，只有恨铁不成钢的痛惜。我们只要认真做好自己的分内事，就一定能收获村民的认可，还可以提高奖金，何乐不为呢？大家要对乡亲们有信心，更要对自己有信心。当然，这条规矩对我同样适用，如果我的所作所为引起乡亲们不满，大家一样可以参照标准约束我，甚至向镇党委反映。"说完，他将手高高举起，"好了，现在表决。我先表态，我同意。"

　　话已至此，大家看到了李全兴坚定不移的决心，纵然心有顾虑，还是纷纷硬着头皮举起了手。

　　随后的事实证明，李全兴的预测是正确的，人的潜力一旦被激发出来，便是奇迹诞生的时刻，服务清单制和《工作台账》的推行加倍刺激了村干部和村民双方的热情。村干部的工作主动性和积极性直线攀升，而村民们拿到服务清单，倍觉意外和惊喜，对村委的关注度和认可度也扶摇直上。

　　年底的总结会上，村干部个个面现红光，会场内一片喜气洋洋，每位村干部都自豪地拿着满载着村民签名的《工作台账》，向过去的一年交差。李全兴激动欣慰之余，也说到做到，根据村民的综合评价，请村会计为每位村干部量身制定增发奖金的比例。最终核算下来，当年村干部的人均收入同比增加了25%。

　　按照方案，奖金发放计划需要公示，接受村民监督。换在以前，村干部早已惊慌失措。但此时，他们的精神状态和心理活动已不同往

便民服务台账

日，尽管仍有忐忑，但《工作台账》中鲜活的字迹让他们有了底气。

张贴当日，这份奖金发放计划果然成为村里热点，村民们蜂拥上前，逐行细读。不少村干部假意路过公告栏，只为第一时间了解村民的评价。事后，一位村干部回忆起当时的情景，仍觉心绪难平，感慨道："在村委工作十几年，从来没有如此在意过乡亲们口中的自己。"那时所受到的震撼，在村干部们随后的工作中始终难以忘却。

公示还不足半天，村民们就已形成如出一辙的结论："以前的村干部，一分钱都不值。但现在的村干部，绝对值这个钱。"

当村干部或现场，或通过别人转述听闻此言，内心均大为触动。有几人眼眶瞬间红润，泪水抑制不住地流下。与村民们相持多年，他们早已习惯剑拔弩张的敌对，但忘却了被乡亲尊重的温暖。那种感觉让人敬仰，令人自豪，使人潸然泪下。

李全兴亦深受感动，思绪万千地对村干部说："一次简单的公示，却给我们上了生动的一课。大家都看到，乡亲们对我们并无恶意，反倒是以前有人心中有鬼，把村民刻意放在对立面。"有人不好意思地垂下头，也有人面露轻松地望着他，李全兴继续道，"既然乡亲们总体上没有意见，那么我说话算数，奖金很快到位。这里，我还想提醒大家，奖金其实只是收入的一小部分，你们还有其他收入。"

此话突然吊起了大家的胃口，村干部们眼神迷惑，不明所以地等待着解密。

李全兴声若洪钟地解释道："其他收入是什么？是乡亲们对你们的尊重、认可和口碑，这是多少钱都买不到的，它的意义远超现金收入，是传世之宝。你可以为之自豪，你的家人也能与有荣焉，甚至你的下一代都会引以为傲。而奖金，只不过是它的衍生品。不过，这种东西很脆弱，需要我们精心呵护和维系。因为它，我们的工作才有价值，有了它，我们的人生才有意义。"

村干部们耳有所闻、心有所思，沉浸在自己的世界里咀嚼品味着话中之理。

此时又是冬日景，寒风萧瑟，草木凋零，正如一年前李全兴回村时的画面。但无论村民，还是村干部，都无惧这冰冷的冬天。因为大家知道，山泉村已换了气象，每人的心里，都洒满五彩怡人的阳光。

第 **13** 章
让梦想照进现实

2009 年 3 月份，李全兴上任村主任已两月有余。

三月江南花满枝，风轻帘幕燕争飞。这时的鱼米之乡，柔情四溢，绚烂温婉。在万物复苏的美好季节中，山泉村呈现出生机勃勃的大千气象。

都说新官上任三把火，但这短短几十天内，李全兴就大张旗鼓地放了远不止三把火——修路架灯、村务公开、整肃队伍、走访座谈、整治污水处理厂、推行服务清单……这些熊熊燃烧的火焰，每一把都烧得干脆，烧得凶猛，大有星火燎原之势，不仅烧出了李全兴的信心和决心，也收获了村委班子的凝聚力和村民的向心力。

在此期间，李全兴没有停止对山泉村未来发展的整体谋划，经营万事兴集团多年来形成的宏观系统思维，此刻给了他极大的帮助。那段时间，他经常翻来覆去看着山泉村的区域图、地形图、分布图、水系图等，也时常望着驻村企业信息和经济指标陷入沉思。从这些图画和数据中，他感觉到，山泉村积贫积弱并非仅仅缘于上届村委的腐化堕落，确实也有着客观原因，即生产生活布局混乱、繁杂无章，毫无科学性可言，宝贵的土地资源根本没有被利用起来。对一个地域面积仅有 2 平方公里多，空间本就局促的小村庄来说，竟有约一半的土地被浪费闲置，这不能不令人扼腕。看清了形势，李全兴的破局思路也逐渐成形，他意识到山泉村未来要有实质性改变，必须要重新布局。经过深思熟虑和系统考量，他心中已有了比较成熟的计划，参照万事兴集团不同工种车间设置的原则，对村庄按"生活区、生产区、生态区"这三个功能进行重新定位，将有限的土地资源整合利用，力争实现功效最大化。

梦想有了，接下来就是如何让梦想照进现实。鉴于当前山泉村的严峻形势，李全兴决定先从与村民关联最紧的生活区开始入手，再放一把"新官火"——改善人居环境，使社会主义新农村建设尽快落实落地。同时，他也期待着通过人居环境的改善，让村民们享受到最直接、最直观、最切身的实惠，从而加速扭转村民对村委的陈旧印象。

他有预感，这把火释放的能量定将远超前几把。

与前几次一样，李全兴事先与班子成员通气，动员道："现在和周边村相比，我们的确处在落后位置，要承认差距，但不能妄自菲薄。起步晚也有好处，我们可以充分借鉴已成熟的建设模式，高标准、高质量地规划自己的新农村建设。我们的目标，不仅是要建成一个宜居的山泉新村，而且还要融入自己的特色，突出亮点，决不能和别人千篇一律，要敢于追求，勇于尝试，力争将山泉村打造成为新农村建设的示范村，让乡亲们振作起来，让村子重新振兴起来。"

慷慨激昂的发言、坚定不移的态度、振奋人心的目标，令村干部久已不见的工作干劲蓄势待发。

只是，究竟要建成何种样式的山泉新村？大家目前都只是满腔热情，并没有清晰的蓝图。村委细细研究了政策文件，搜集到许多其他村的建设资料，又反复研究后，构思出好几套计划方案，却都觉得不甚满意，主要是特色性不强，契合度不够。思来想去，村委决定还是"回人民中去"，召开村民代表大会专题讨论，听取代表们的意见。

这还是李全兴上任后召开的第一次村民代表大会，习惯了走过场的代表们对会议内容并没有多少兴趣。按照以往惯例，他们的主要任务就是去吃点水果、瓜子，唠唠闲话，最后举手表示赞同，给村委的相关决策披上科学合理的外套，顺便再领取一份纪念品。

不过，这次着实让代表们有些意外，桌面上除了几瓶矿泉水别无他物，空荡荡的房间如同村民的钱袋子。他们失望地撇撇嘴，但也明白，现在不同了。

李全兴开门见山地说明开会缘由："各位代表，今天开会只有一项内容，为了顺应社会主义新农村建设的大潮，村委决定即刻启动山泉新村建设，所以把大家召集起来，就是想听听大家对于新村建设的建议和想法。"

其实，在就职发言中，李全兴就曾明确表态要建成一个全新的山泉村，但多年被大话、空话包围的村民已耳中生茧，并未当回事。如今时隔两月，此事重提，大家才恍然，原来李全兴是动真格的，失望与不满一扫而光，意外和惊喜相继而来。

李全兴看在眼里，继续道："现在就请大家畅所欲言，围绕山泉新村建设一事谈谈想法，提提意见建议，我们共同规划村子的美好未来。"

代表们兴致极高，做了多年的村民代表，今天终于能够光荣地行使职责，真正地参与村庄管理，这是以前无论如何想不到的，让大家颇为兴奋，当场就七嘴八舌地讨论起来。不同的住房需求和繁多的构思畅想此起彼伏地冒出来。李全兴认真倾听着，时不时记下几笔。

可是，人一旦多了，注定众口难调。代表们的嗓音越来越大，意见越来越杂，甚至有的当场起了争执，不同意见逐渐演化为语言对抗，甚至差点起了肢体冲突。

身处吵吵嚷嚷的环境下，容易使人焦躁。眼见各说各的理，却始终达不成一致，村干部也没有了起初的温和。负责记录的村干部脑袋瓜子"嗡嗡"直响，感觉头都快炸了，便悄悄向李全兴建议："李主任，百姓百姓，百口百心。你看，这根本无法统一共识，只能无谓地浪费时间。要我说，还不如就此解散，由村委直接敲定方案。"

李全兴听后瞪了对方一眼，训斥道："瞎说什么，绝对不行！建设新农村，乡亲们最有发言权，他们才是最终居住者、使用者。再说，新农村本来就是为村民建的，一定要充分尊重他们的意见，发扬民主，千万不能搞一言堂，否则会被人背后戳脊梁的。"

村干部有些委屈，好心建议却换来一顿指责。李全兴也意识到自己说话有些重了，改口道："不过，你说得也有道理，一直这样确实不是办法，得换种方式。"

短暂的沸腾后，这场意见征求会无果而散。

会后，李全兴拉住班子成员反复商议，决定在大原则不动的情况下调整方法，即：不再任由村民代表无边际地描绘，而改为在科学可控的范围内，最大限度地尊重民意。

好在令人欣慰的是，首场意见征求会也并非一无所获，李全兴从中捕获到不少村民关注的焦点。根据这些信息，村委集思广益，推敲设计出一份《新农村建设置换调查申请登记表》，涉及房型、面积、

新农村建设置换调查申请登记表

各位村民：

山泉村新农村建设二期工程现已开工，各房型安置办法已经出台。本着共创、共建、共享的原则，为了能够更好地服务于大家，我们特诚挚邀请您来参加本次问卷调查，为村委建设安置房提供准确的数据。

村委将按照您的需求建设房型。请您按照您的真实情况与意愿填写下面的问卷。此调查由村委保管备案，一经填写，不得更改！如确有特殊情况确需更改的，则可以与其他安置户协商后进行调换。

在填写前请您仔细阅读《山泉村新农村建设置换办法》，经全家商议后得出结论。

户主姓名：___　工区 4　门牌号 96　民族 汉

宗教信仰___　家庭人数 3，2 代人。是否租用老年房 否。

1、新农村安置办公室提供下列房型供您参考，请如实填写。

【多层（140 平方米、160 平方米）】、

√【高层（140 平方米、160 平方米）】、

【连体（350 平方米左右）】、【单体（450 平方米左右）】、

【门面房（含空中别墅）平方待定】。

2、您需要的房型是 高层（140 平方米）。

3、您现有房屋为 2 间主房（160 平方米），2 间辅房（70 平方米）。

4、您需要新房的大概时间是 2013年。

根据填写房型书面申请交给工区长，由工区长交新农村安置办公室登记确认。满足分房条件时，安置户与村委签订置换协议并交定金，然后进行抓阄确定栋数及楼层。

若您不需要置换，向村委书面提出申请，并由村委按置换办法办理相关手续。

申明：本人根据自身需求自愿确定安置房型及面积，并愿意承担因本人而引起的责任。

户主签字：___

山泉村新农村安置办公室
2009 年 10 月 8 日

新农村建设置换调查申请登记表（二期）

现有住房情况、期待交房时间等多个类别，村民们只要做选择题和填空题即可。为了更加直观地呈现，根据不同户型，村委还制作成彩色效果图附在后面，供村民参考。

《登记表》印好后，村干部逐个分发至各家各户，收回后再对数据进行汇总整理和综合分析。这一套办法下来，仅仅两三天，村委就基本掌握了村民们对于山泉新村的构想。

相对于座谈会，显然这种方式更高效，且覆盖面更广。李全兴拿着分析表，若有所思地对身边人说："确实，工作不能仅凭满腔热情，方式方法非常重要。"

清晰的数据明确了规划方向，意味着山泉新村建设吹响了号角。

李全兴对村干部提出要求："我们要盖的房子都是村民们自己的房子，乡亲们愿意把土地权交给我们，我们要对得起这份信任。所以，关于山泉新村的建设，一定要规范设计、规范环评、规范施工、规范消防……总之一切相关的手续都要从开始就规范起来，严格把关，对乡亲们负责。"

定下调子、拍下板子，新农村建设便在众人瞩目中进入规划设计阶段。经过公开招标，这项任务落到了苏州一家规划设计院。

李全兴虽然不是专业设计人员，但对于山泉新村的建设，他却有着自己独到的思考和见解。他认为，村庄布局和公司架构有相通之处，都是要搭起坚实可靠的框架，以保证其稳定发展。不同的是，村庄是给土地分类，公司是给职工分工。在这点上，他自信是有优势的，掌管万事兴集团多年，让他积累了丰富的管理经验。

实地考察后，在设计工作开始前，李全兴除了将村委已统计好的村民意向数据提供给对方，还准确地提出了自己关于山泉新村规划的构想：一是整体设计要有山、有泉，山泉相映，有水系、有景观，水景相融，为村子造形；二是局部设计要体现发展理念，重点抓好厕所卫生，做到雨污分流，并且要求使用新型环保墙砖，等等，为村子提质；三是形象设计要体现美感，比如，管道要全部埋入地下，小区路面保持平整连贯，为村子增色。

这些极有创意和价值的想法令设计院人员耳目一新，连连称赞。有了李全兴的指导性建议，设计院人员思如泉涌，很快勾画出多个规划方案。村委反复开会研究比对，数次沟通修改，并综合基本农田分布、工厂布局等因素，最终敲定方案，确立在江缪家基自然村的原址上兴建山泉新村。

　　这份凝聚着村委和设计院多方心血的方案后来常常被人称道，即使放在十余年后的今天也毫不逊色。从如今的实景图中可以看到整体成像：体现江南乡村文化特色的符号和元素被充分提炼出来，无论是多层住宅、联体住宅、单体住宅，还是小高层住宅，都统一采用徽派建筑风格，全面展现粉墙黛瓦、小桥流水、枕水而居的江南水乡特色，让村庄既有风貌更有韵味，既有入眼的景观更有走心的文化。当年，在规划方案最后，还醒目地印着这样一句话：为山泉新村打造50年内不落后于潮流的人居环境。

　　方案确定后，村委很快将之张贴出去，正式公告村民。村民们看到效果图，熙熙攘攘，喜气洋洋，笑容不由在脸上绽放。山泉村的明天终于要亮了，在一双双闪着亮光的眼睛中，整齐地映射出村子未来的模样。

　　目标确定，重鼓敲响，一场建设山泉、振兴乡村的战斗隆重打响了！

　　建设山泉新村的消息像一波巨浪袭过，突如其来的幸福席卷了整个村庄，让村民久久沉浸其中。对几十年来生活在老旧农房的村民们来说，盖新房、搬新家、住新居自然是一件天大的好事。

　　兴奋之余，让村民们备感忧虑的现实问题也相伴而来：新房的价格是否亲民？自己能否负担得起？不少村民有着这样的担忧："如果定价太高，村民买不起，那不就成摆设，新村变鬼村了。"

　　焦虑之下，几位村民代表自告奋勇，到村委打听价格事宜，得到了李全兴的正面回复："价格问题村委正在考虑，还没确定下来。不过请大家放心，为乡亲们造的房，当然要让大家买得起。"李全兴态度明确的保证让大家宽了心，喜笑颜开地回去竞相转告。

村民们的困惑解决了，但对村委来说，困难才刚刚开始，眼前要考虑的首要难题并不是如何让村民买得起，而是如何让村委造得起。建设山泉新村并不仅仅是盖几幢房子那么简单，它是一项用真金白银堆出来的系统工程，规划设计要钱，拆迁补偿要钱，工程建设要钱，后期维护要钱，物业管理也要钱，这几亿元的资金从哪里来？依照村里现有的资产状况，想承担这笔费用，无异于痴人说梦。

巧妇难为无米之炊，没有钱，一切都是终将破灭的泡影。

其实，在提出新村构想之前，李全兴已经提前作了思考，并有了保底方案。他琢磨着，如果资金实在缺口太大，就从万事兴集团划转些资金应急，或是以万事兴集团作为第三方担保，从银行贷款。但这是万不得已的选择，也是最后的底牌，轻易不能使用。

面对资金难题，村委开始了攻坚之旅。为获得最优解，李全兴不停地与班子成员商量，更多的时候是把自己关起来，翻开账本，拿起笔一条条过，一点点抠，似乎里面真得能挤出富余的资金来。但这毕竟是无用的，两天后的傍晚，迎着夕阳，他用力将笔拍向桌面，正式宣告此路不通。

好在，上天不会辜负努力拼搏的人。凭着一股迎难而上的韧劲和冲劲，李全兴不停鼓励自己，难题一定有，凡事都贵在人为，何况自己还是一名光荣的预备党员。事关几千名乡亲们的幸福生活，自己没有资格退缩。

就这样，抱着必胜的信念，李全兴绞尽脑汁，日日夜夜反复琢磨，在寻求借鉴外界经验无果的情况下，他干脆将目光投向了自己的坎坷经历。从白手起家，到生根发芽，再到葳蕤茂密，他已经记不清化解过多少次困境甚至危机，才让集团走到今天，这不正是最鲜活、最热血的经验吗？他反复回味着几十年的经历，努力从中汲取灵感。终于，在想起与金杯厂初始合作的情境时，他灵光乍现，急忙抓起笔一挥而就，写出了"三步计划"。

李全兴拿着面前的纸，极度兴奋地自言自语道："太好了，这下成了!"

随后，村委按照这个思路，一条条细化，一项项落实，一步步走出了这个看似无解的困境。

第一步，化实为虚。村委根据相关政策规定，结合村里实际情况，确定了老房屋的拆迁补偿标准和执行方案，并经村民代表大会讨论通过。其中，最为出彩的举措是，拆迁补偿的钱款并不直接发给村民，而由村委统一登记入账，在村民随后购置新房时直接抵扣房款，如同以房换房。这样一来，村委的资金压力被大大化解。当然，这一步走得很艰难，大部分村民理解并支持，但仍有不少抵触者，坚持要把钱攥在手中。村委没有更好的办法，只能分别上门做工作，跑穿了鞋底、磨破了嘴皮，总算是又说服一批。不过，对于态度异常强硬的几户村民，村委也只得咬咬牙答应拆迁后拨付资金，待到购新房时再交回。

第二步，化粗为细。对于新建的房屋，村委不笼统定价，而是结合每种户型的建筑成本、占地面积、楼层高矮等因素，对独栋别墅、联排别墅、小高层及高层住房的不同楼层进行95%—105%不等的差异化定价。别墅因占地面积多，故定价高，超出成本的部分就用以补贴购买高层住房的村民。最终折算下来，价格最低的户型每平方米还不到600元，再抵扣掉老房屋的拆迁补偿款，意味着经济困难的村民几乎不需要付钱即可入住新楼房。

第三步，化整为零。村委与施工单位签订合同，商定山泉新村建设项目由施工方垫资施工，村委以万事兴集团为担保单位，付款方式采取"334"模式，即房屋建成交付后当年内付款30%，次年内再付款30%，第三年内付清剩余的40%。此举的精妙之处在于，房屋建成后即可收取村民的购房款，用这些购房款来支付施工款绰绰有余，剩余的资金还可供村委短暂流转使用。

更令人拍案叫绝的是，"三步计划"的效果并不仅于此。除了村民的购房费用，山泉新村还规划建设了许多门面房，这些门面房同样有着极为可观的租售收入，足以用作新村公共设施的日常维护保养费用。此外，山泉村共有900多亩宅基地，因以前居住分散，导致土地浪费严重，而村民们搬到新村实现集中居住后，土地的利用率迅速提高，只需400多亩地就可全部解决住房需求，还可以节余出500余亩地，将这些土地进行出租或另做他用后，亦可以产生经济效益，为村里再度增加收入。

这一套组合拳稳准狠，拳拳击中要害，打出了丰硕的成果，不仅村民得了实惠，长远来看，村委也会从中受益颇丰。比如，土地实现集约化后，村委才有更大的施展空间，将现代化理念全方位融入村庄发展中，推行规模耕种、开发生态旅游、重新设置功能分区等，助推山泉村驶上乡村振兴的快车道。当然，这是后话。

一念变，天地宽。至此，村委的资金压力被全部化解，甚至略有盈余。这一波艺高人胆大的非凡操作折服了所有人，也让山泉新村的建设"山重水复疑无路，柳暗花明又一村"，令人钦佩不已，让人叹为观止。

对村委来说，建设山泉新村的难度不亚于重新建一座城，何况村委并没有那么多政府部门协同配合，仅凭十几位村干部，要完成如此大的工作体量，难度可想而知。资金是主要问题，但不是全部问题，几千名村民的宅基地周转、旧房拆迁，以及施工协调、新房交付、后续管理等，工作千头万绪，一项不到位，都可能影响到山泉新村的落地大计。

村委丝毫不敢大意，为确保顺利完成这项宏大任务，从敲定开建新村后，就分工分条线同时推进相关工作。对新村建设过程中可能涉及的难点和关键点，村委足足用了三个月的时间去研究梳理，逐一商讨解决方案。这段时间，为了应对现实需要，村委先后起草了《山泉新村小区管理办法》《山泉村新农村建设安置办法》两个规范性文件作为基础支撑，并反复推敲，着手修订完善《村规民约》。

修订《村规民约》是李全兴提议的。他发现，《村规民约》从产生迄今，几乎一直被束之高阁，不仅从未进行过修订，甚至许多村民

山泉村村规民约

都已忘记还有它的存在，更不用提去主动遵守和自觉执行了。在那些年的晦暗风气笼罩下，人际关系管理成为主流，《村规民约》则黯然失色，完全失去了应有的意义和价值。经营万事兴集团多年的李全兴十分清楚，一份健全有力的制度对规范管理是多么重要。他决意，一定要让《村规民约》重见天日。

基于这样的考虑，村委先后召开了 15 次村民代表座谈会，围绕《村规民约》的修订展开专题讨论，并聘请江阴远闻律师事务所的律师全程参与，对内容、表述、条款设置等方面给出专业意见，极力确保《村规民约》的准确性和严肃性。

充实忙碌的三个月一晃而过，这期间，绝大部分村干部都像陀螺似的连轴转，颠倒了昼夜，错乱了作息，磨损了健康，付出了心血。李全兴尽收眼中，欣慰之余多出了一丝感动。2009 年 6 月，在大家的共同努力下，新村建设终于取得了令人欣慰的成果，各项前期准备工作均有了实质性进展。综合考虑后，李全兴觉得时机已成熟，便正式将大家集聚到一起，召开阶段工作推进会。

会上，李全兴对众人几个月来的辛苦表现流露出赞许，肯定道："我回村快半年了，这半年来，我能真切感受到大家的变化，村干部对工作的态度有了转变，对村民的情感有了转变，这正是我最希望看到的。"他直言不讳地说，"同志们，从我回村开始，大家基本上就再没闲着，我们一起做了许多事，也吃了许多苦，和以前的清闲比，简直是天壤之别。我知道也能理解，一定会有很多人怨恨我，甚至背地咒骂我，但我不在乎。我相信，过不了多久，大家就会体验到，现在我们所有的付出都会得到价值连城的回报。具体是什么回报，暂时我先不说，让我们拭目以待。"

说完，他紧接着转入正题："根据我管理万事兴集团的经验，一个团体或组织的制度越规范、过程越透明，就越容易做成事，前几次村务公开引发的剧烈反响就是鲜活的实例。山泉村几十年来积累的问题太多，但究其原因，我认为无外乎两条，一是制度不清，二是执行不明。"他举起三份材料说，"前段时间，我们共同起草了这两个《办法》，修订完善了《村规民约》，这是我们的宝贝。有了这三个法宝，今后村子实现规范管理就有了比较好的制度基础。按照程序，我建议近期召开村民代表大会，提交这三个文件进行表决，通过后尽快予以实施。"

这个提议无可厚非，大家一致点头认可。

李全兴的话还没有说完。他从笔记本中翻出一份名单，又继续道："顺着村民代表大会的事说，我再延伸一件事。这件事我想了很久，不得不提。我手里拿的是目前村里40多位村民代表的名单，在今年以前，这些代表们工作实绩如何？是不是真心为村民着想？有没有得到乡亲们认同？大家都心知肚明，我也不做过多评论。客观说，和以前相比，他们绝大多数已经有了变化，能够认真地去做一些事，也能较为负责任地履行自己的义务，这是值得肯定的。但我仍要不客气地指出，在已尽职责和应尽职责之间，还有着不小的差距。打个比方，在修订《村规民约》时，我们开了十几次座谈会，有些代表很认真，积极建言献策，但有些代表心不在焉、敷衍了事，甚至通知他来开会，还带有抵触情绪，我认为这很不应该。"

虽然李全兴语调很平和，但会场气氛却不平静，大家没有弄明白李全兴说这些究竟是什么用意，纷纷暗自揣测，却没人贸然开口。

李全兴笃定地说："这些代表们当初是怎么被推选出来的，我想在座各位都比我更清楚其中的过程。是不是？"突然冒出的问句，让不少人垂下脑袋，还有些人扭过头，总之，将目光全部移开。李全兴毫不在意，接着道："我不是翻旧账，只是有个想法，对村民代表的结构进行调整和优化。这几天，我拟了个初步方案，充分尊重现有代表们的意愿，他们可以选择继任或退出，同时，再增补一批新的村民代表。你们意下如何？"

虽然看似征求意见，但大家心里都清楚，既然李全兴能提出如此具体明确的操作方案，说明他完全考虑好了，此举已在弦上。因此，沉默的时间并未持续太久，很快便全票通过。

李全兴笑了，意味深长地说："我代表乡亲们谢谢大家。"

6月30日，星期二，山泉村村民代表大会如期召开。

相比初夏的清爽，此时的气温略显急躁，几乎每天攀一级，稳步上升。会议室内，空调使劲输送着凉风，与室外的炎热形成鲜明对比。因浑身出汗而体感不适的代表们，进入会场后纷纷露出了惬意的神情。

会议时间将至，村干部招呼大家安静下来。李全兴快速扫过会场，发现基本上都到齐了，几位缺席人员事先也已报备了形形色色的理由。这让他多少有些意外，看来比预计的情况要好很多。

李全兴向代表们通报了村委近期的工作及今后计划，并请工作人员将定稿的《村规民约》《山泉新村小区管理办法》《山泉村新农村建设安置办法》分发下去。

由于在起草过程中，代表们自始至终参与其中，因此，大家对这三份材料并没有太多好奇，几乎都只是随手翻了翻，便放在一旁。片

村民代表大会

刻后，也是毫无悬念地表决通过了。

《村规民约》修订后共五章二十一条，是山泉村村民自己制定并须长期遵守履行的自律条约。制度中明确了村民的职责、权利和义务，并在遵守公德、崇尚文明、遵纪守法、执行制度以及村民的福利待遇、尊老爱幼、用水用电、严禁私搭乱建等方面作出了具体要求。值得一提的是，在本次修订时，村委重点关注了社会保障和改善民生的相关内容，新增了村民额外的福利待遇、新农村建设置换办法等条款。其中，还包括对建设山泉新村来说极为重要的一条，即所有村民自愿将土地经营承包权交由村委会统一流转，并获得相应分红。

《山泉新村小区管理办法》是村委专门为提升山泉新村小区管理水平，探索村民参与、自主管理小区的有效途径而制定的办法，分别对绿化、卫生保洁、房屋、联防、消防、河道和风俗等方面的管理作出了详细规定，使新村的管理从开始就走上规范化、制度化、长效化轨道。

《山泉村新农村建设安置办法》是村委为妥善解决新村建设过程中村民的拆迁安置问题专门制定的一事一法。根据这个《办法》，村委与各家各户分别签订拆迁安置协议，并制定《山泉新村分房细则》

《山泉村老年分房细则》等细化条款，从而使拆迁置换这样令人头疼的难事变成了"对号入座"的易事。

三份文件顺利通过后，就到了增补村民代表的环节。村委事先已根据"个人自荐、代表推荐、村委统筹"的原则，按照村民总数3%的法定比例，遴选出几十位代表候选人。因是乡里乡亲，故相互之间比较了解，代表们看过名单后，了解了村委的用意，几乎没有太多犹豫，便配合地先后举起了手。

村民代表队伍经过这轮调整后，数量翻了一倍，从40余人跃升至97人。人员属性更为丰富，有做企业负责人的，有工地打工的，有做会计的，还有原先各个生产队及七个自然村的村民。年龄层次也更为完善，老、中、青均占有一定的比例。

回到办公室，李全兴反复浏览着新的村民代表名单，感到全身通透般的开心。曾经被戏称为"村委亲友团"的代表队伍，从此将一去不复返。他有信心，现在的村民代表队伍，不仅会是村民利益的守护者，更是落实村委决策的先行军。有了这样一支科学合理、战斗力强的人员队伍，今后村内开展各项事务必将事半功倍。

窗外，天朗气清，层云荡漾，夏季专属的生机与活力四处洋溢。李全兴舒畅地望向屋外，想到山泉新村建设正一步步向前扎实地迈进，仿佛看到了不远的未来，笑容由内而外地散发出来。

这半年里，村委目不暇接地推出了系列举措，每一项都利民，每一项都公开，每一项都扎实，在村里引发了连环炮式的反响。街头巷尾、茶余饭后，常常看到村民们喜气洋洋地围聚，用最朴实的语言，津津有味地谈论着今年来村里发生的喜人变化，不时还发出感慨：山泉村真的变天了。

一日傍晚，几位老人围坐在路边，沐浴着夕阳的余晖。天边火红的晚霞似卷似舒，映射出亮丽的金黄色，和他们的心情一样灿烂。谈起自己的跌宕人生，论及村子的坎坷起伏，他们无不深有感触。其中一人掰手指头细数着半年来村委做过的事情，大着嗓门乐呵道："没想到在我有生之年，竟然还能看到村子有起色，不容易啊。不得不说，和前几任那些'畜生'相比，现在村委这帮人还是可以的，起码能为咱们办些实事。"

这话正巧被从身后路过的李全兴悉数听到。

老人无意间的感慨，却让李全兴的心被触动了，似暖流入身，泛起一阵温热。他立刻掉头，脚步不停地向村委奔去，途中，摸出手机给副书记打电话："通知班子成员，现在到会议室开会。"

当李全兴赶到会议室，望着茫然不解的众人时，澎湃的心情依然没有平复，甚至说话都有些断续："今天这个会议虽然没有议题，但很紧急、很关键，对我们来说至关重要。"他深呼吸，让自己顺了口气，又继续道，"我从1月初回村干到现在，正好半年了。这半年里，你们都知道，乡亲们但凡提起我们，就会说村委那帮'畜生'。我以前无论如何都想不到的。我堂堂一个集团公司的董事长，到哪里不是被人客客气气地对待？可却在自己的家乡，被人骂了六个月的'畜生'，还没有底气反驳。"

会场冒出一阵尴尬的哄笑声。李全兴又回想一遍刚刚的画面，激动道："但就在刚才，我路过村口时，无意间听见几位乡亲聊天。他们说，村委这帮人还是能做点事的。你们听到重点没有？这次他们说的是'人'，我们已经从'畜生'变成'人'了。"说到情绪高涨处，他用手指不停敲击桌面，提高声音道，"不要以为这只是乡亲们吃饱饭后的闲聊，对我们来说，这就是一次质的改变，是足够让我们自豪的改变，说明我们的工作做到他们心坎里了，他们认同了，接受了，给我们正名了。所以，我们一定要珍惜这声来之不易的称呼，从今往后，要按'人'的标准做事，为乡亲们做更多的事、更好的事、更长远的事。我们不仅要堂堂正正地做人，更要做一个让乡亲们齐口称赞的好人。"

由于村内长期以来的矛盾积累，让"畜生"一词成为老百姓对村干部的专属指代。它像是魔咒，既箍住了老百姓的心，也套住了村干部的身。李全兴相信，人都是有荣誉感的，村干部对此不可能无动于衷，只是因为无能为力而被迫进入了破罐破摔的死循环。

回村后，他就一直在寻找破解魔咒的宝器，直到今天这个契机。他直抒胸臆的这一番话，打动了村干部埋藏心底的那根敏感神经，消散了长久笼罩大家心头的浓郁雾霾。大家感慨万千，有意外，有感动，更多的是振奋，还有几人因欣喜而泛红的眼眶中，透出着前所未有的坚定。

第 *14* 章
新村雏形已现

对村民们来说，自从 6 月 30 日村民代表大会顺利召开后，山泉新村就已经有了现实的模样，住新家的话题顺理成章融入村民们的日常闲谈中，甚至有人开始撮合组团装修之事。

但在村委，气氛却不那么轻松愉悦，反而有如临大敌之感。村委班子连续几日不停开会研究，李全兴的办公室也频繁有陌生面孔出入。看到这个场景，任谁也能猜测出，一定是有大事要发生了。

此事最早还要追溯到 3 月份。

在村委初次开会商讨建设山泉新村相关事宜时，有位副书记当场抛出顾虑，好意提醒道，现在七个村庄的布局都是历史遗留下来的，后来相关部门根据当时用地情况，对土地性质及使用范围重新进行了明确和划分，其中圈出了不少基本农田，那是不能动的。如果建设新村，势必要拓展规模，万一占用到基本农田怎么办？改变土地性质会给村委带来很大的麻烦。

班子成员长期与政策打交道、与农民打交道，都明白这其中的严肃性和繁琐程度。可李全兴似乎毫不在意，这无来由的积极乐观态度令人费解。

◎ 恬静晨曦

◎ 田园风光

◎ 鸟瞰村庄

◎ 幸福生活

◎ 康庄大道

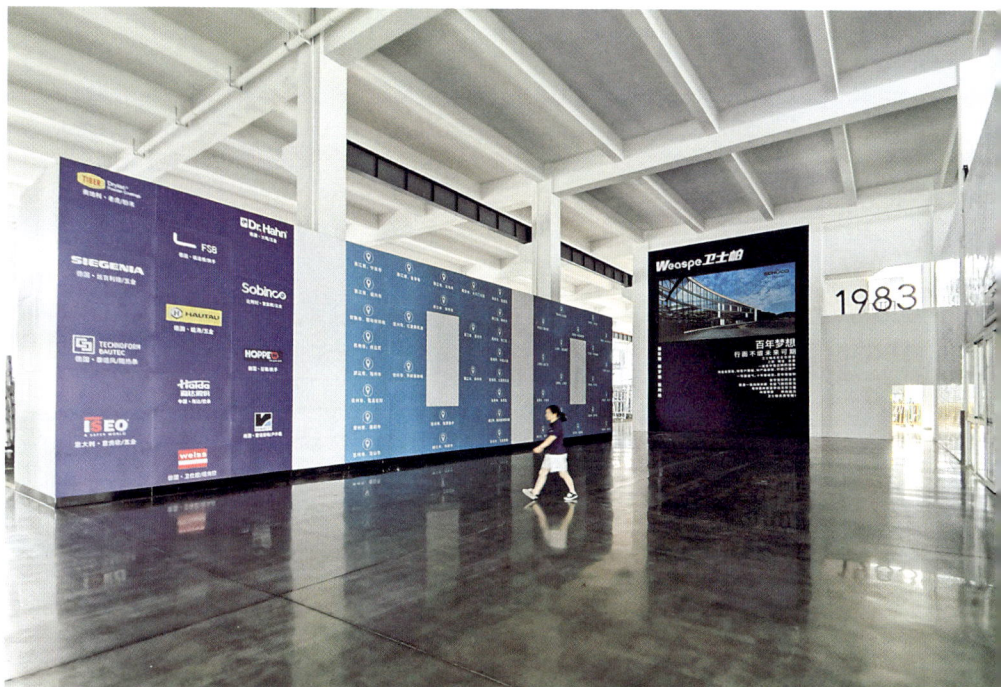

◎ 工业厂房

◎ 现代车间

◎ 未来之势

◎ 健康步道

◎ 倒影如画

◎ 水韵绵绵

◎ 山泉地标

◎ 银装素裹

◎ 山泉"未来"

◎ 多姿多彩

　　见此，李全兴解释了缘由。原来几天前，他收到一个重要信息——江阴将在全市范围内开展"三置换"试点工作。所谓"三置换"，就是在尊重农民意愿和维护农民合法权益的基础上，以土地承包经营权置换城镇社会保障，以农村住宅置换城镇安居房，以农村居民身份置换城镇居民身份。市里初步计划选择周庄镇的周西村和宗言村作为首批试点村庄。

　　李全兴介绍说："我已经反复研究了'三置换'的相关政策和规定，觉得对山泉村来说，要快速翻身，赶上社会主义新农村建设的步伐，这是一个千载难逢的绝好机会，一定不能错过。所以，我们要尽快做出方案，把所有前期能做的工作都做到位，然后立刻向上级申请，增补山泉村作为试点村。"

　　由于事关重大，班子意见并不一致。有人被说服，当场表示肯定；也有人顾虑重重，觉得有些冒险激进，依旧不太看好；还有人置身事外，等着看热闹。不过，见李全兴主意已定，现场再没有人明确提出反对意见。就这样，在心思各异的表决中，村委通过了山泉新村建设决议。

　　随后，新村的规划设计及起草完善相关制度等工作陆续启动。在最终的规划方案中，确定村委将在江缪家基村原址上新建山泉新村。

　　迫切棘手的问题随之而来。正如那位副书记所料，新村建设果然需要占用不少基本农田。如果没有上级部门批准，这些土地上是绝对不能盖房子的。

　　因此，当村民代表大会圆满通过相关制度文件后，村委便立刻向镇党委书面汇报了情况并争取到镇领导的支持。根据镇领导的建议，村委向镇、市两级党委政府同时提出了请求将山泉村增补为江阴市首批"三置换"试点村的申请。为推进此事，镇里还专门向江阴市委农村工作办公室递交了《关于增加山泉村列为农村"三置换"试点村的请示》。

尽管村委信心满满，镇领导也十分看好，可现实却事与愿违。李全兴万万没有料到的是，当市领导看了申报材料后，对山泉村的综合实力十分担忧。因为推进"三置换"工作需要大量村级资产作为支撑，连许多经济富裕的村庄都不敢轻易尝试，一穷二白、毫无家底的山泉村能扮好探路者的角色吗？如果失败，那么势必会给这项政策的施行造成不可挽回的负面影响。

见市领导都犹豫不定，相关部门的负责人就更不敢亮明态度了。即使李全兴一次次跑有关部门，找相关领导做工作，反复说明，村委已经制订好"三步计划"，保证完全可以化解资金压力，但均徒劳无功。镇党委对山泉村的未来寄予厚望，也相对比较了解情况，多次有意帮助协调，但也均石沉大海。

就这样，一个多月耗下来，山泉村申请增补为试点之事如"这里的黎明静悄悄"，毫无动静。没有上级相关部门的批准，村内的基本农田就不能先占后补，意味着山泉新村的建设无法正式启动。眼看着美好的蓝图就在眼前却无法实现，眼见着大把的时间白白流逝却不能作为，现在是真心想做些事的村干部们急得团团转，李全兴更是如火烧一般，这个问题像一块巨石牢牢压在他的心上，令他茶饭不思，整日愁眉不展，却又束手无策。

难道此事真的要搁浅了吗？李全兴不甘心，也不愿放弃。这是他回村后第一项超大手笔的举措，也是事关山泉村建设新农村的重要尝试，更涉及几千名乡亲的切身利益，他告诉自己：无论如何都要把这个试点争取下来。

几十年的创业生涯中，有一件事始终在李全兴的脑海中熠熠生辉，每次当他再遇到看似无解的难题时，都会从中汲取力量和必胜信念。

那是李全兴刚开始与金杯厂合作时，由于使用的聚丙烯材质不能很好地适应东北地区的干冷气候，导致生产的产品极易发生断裂。李全兴一度有些心灰意冷，直到无意间发现了改性聚丙烯材料，才算彻底解决这个问题。那一次，李全兴真切体会到了绝境逢生的感觉。

只是，李全兴没有想到，十几年后，在山泉村担任村主任时，竟会再次发生类似状况。九月份的一天，就在李全兴为如何拿下"三置换"试点资格一筹莫展之际，幸运之神再次降临。

这天，李全兴正坐在办公室，索然无味地翻看着一沓沓材料，不时为"三置换"试点一事唉声叹气。愁眉苦脸时，他接到镇党委书记陆钢的电话，只听对方兴冲冲地说："李主任，告诉你个好消息，市委朱民阳书记明天要到周庄参加人大的活动，准备沿途走访几个村庄，我们特意安排了山泉村，你可以趁机向他当面汇报申请试点的事。"

"啊？是吗？"李全兴一个激灵站起来，欣喜若狂，"太好了，谢谢陆书记帮助！我们一定把握机会。正好前不久我们刚做了一个规划片，里面详细介绍了……"

陆钢急切地打断他，叮嘱道："你别太激动，先听我说。朱书记这次来，行程很紧，要去的地方很多，在山泉村停留的时间不长。你一定要把握好节奏，把这宝贵的时间充分利用起来。"

　　李全兴愣住了，他赶紧向陆钢反映："陆书记，对山泉村来说，这可是千载难逢的机遇，事关村子的未来，成败在此一举，能不能把时间安排长一点？"他心里快速算了算，继续争取道，"光放规划片也要十几分钟呀，你看能不能协调一下？"

　　陆钢无奈地说道："李主任，你的心情我非常理解，但还请你见谅，这个事实在不是我能作主的，市人大已经排定了朱书记的行程和时间。"

　　李全兴虽然明白，但顾不得那么多，稍纵即逝的机会就在眼前，他只能拼死一搏："陆书记，对不起，我可能有些不礼貌，但务必请你想想办法，或者在朱书记走访的每个地方都压缩一点时间，让我把片子放给朱书记看一下。那个片子里对山泉新村的规划建设、设计理念、资金安排等各方面都有形象直观的展示。如果单纯让我口头介绍，他们可能会听得云里雾里，恐怕到时会适得其反呐。"

　　陆钢被说服了，沉默一会儿，作出了艰难的承诺："好吧，我尽量争取。"

　　见陆钢说到这个份儿上，李全兴也不好再过分坚持，只得说："非常感谢，但有一点还需要你支持。从朱书记进入山泉村的那刻起，直到离开，中间所有的行程，都由我来负责安排，请你放权给我。"

　　陆钢语气轻松下来，打趣道："那当然，进了山泉村，都听你的。"

　　挂了电话，李全兴喜忧参半，反复揣摩着，虽然陆钢书记宽限了时间但是规划片的时间，再算上走路、上下楼、寒暄，甚至可能临时兴起在某处驻足的时间，短时间内让朱书记对山泉村的规划有全面的了解还是很难的。

"这可怎么办?"李全兴越想越着急,立即把在岗的几位副书记叫来共同商量对策,但上级的命令谁也不敢忤逆。

万般无奈之下,有人试着提出:"要不然片子只放一半?这样时间就宽裕了。"对此提议,有人称好,有人静默,大家都知道,这是一个不是办法的办法。

"不行。"李全兴并没有犹豫,立刻摇头否决了,"想争取下'三置换'试点,片子是制胜的关键。有头无尾的观看,先不说给人的感觉好不好,甚至都可能让人看得云里雾里,效果肯定大打折扣。"

现场了无声息,只剩下打火机"啪嗒啪嗒"地响,渲染着众人的漫天愁绪。

眼见许久也未商量出结果,李全兴只好结束这无意义的集体沉默,让大家各自离去了。空荡荡的办公室,只余一个雕塑似的身影,后仰在椅背上。

天空降下黑幕,晚练的村民已经热闹起来,乡村平和又安详。对比之下,李全兴心如乱麻,他还没有整理出头绪。他干脆心一横,弹坐起来,自言自语道:"不行,不能按常理出牌,还是得出奇制胜。"很快,一个大胆的决定在他心中升腾而起,闪着炽热的光芒。

他立刻拨通几个电话,将任务布置下去,宛若一位运筹帷幄的将军在战前排兵布阵。

离开办公室时,李全兴用红色粗笔在桌面的台历上重重圈出明天的日期,又在旁边画上一个大大的五角星。

这个日子意义深远,或许就是山泉新村建设的分水岭。迈过去,一马平川,迈不过去,则前功尽毁。

次日早，李全兴到村委后，立刻沿着计划路线走了一遍，村干部寸步不离地跟在旁边负责计时，对解说节奏进行严密把控，力争要在最短的时间内，让朱书记深入了解山泉新村建设的必要性和紧迫性，以及村委推行"三置换"工作的能力和决心。

来到会议室，李全兴看见规划片已按要求准备就绪，一位村干部正在电脑前紧张待命。

环视一圈，感觉没问题后，李全兴悄悄把村干部拉到一旁，神色凝重地叮嘱道："你听好，现在我有件非常严肃、非常重要的事要和你交代。朱书记就快要来了，你的任务就是在这里候着，一步也不能离开，哪怕想上厕所，也要暂时憋着。等我领朱书记到这里坐下后，你看我的信号，只要我一挥手，你什么都不要管，马上开始播放片子，中间不能有一秒钟间隙，听懂没有？"

任务很简单，村干部自然听明白了，但并不了解其中的缘由。他望着李全兴心神不宁的样子，也不敢过多询问，只能疑惑地点点头。

临近午时，一辆考斯特准点驶入山泉村，稳稳地停在村委门口。西装革履的李全兴带领一众村干部，早已在路边等候。

按照计划，朱民阳刚下车，李全兴就争分夺秒地上前引导，边走边看边介绍，脚步丝毫不敢停顿。朱民阳也饶有兴致，不停向李全兴提问村子的相关情况，气氛相当融洽。

李全兴虽谈笑自若地应答，但心中神经一直紧绷着。在他带领下，一行人来到会议室。刚落座，他就立刻说："朱书记，按照中央和省市关于建设社会主义新农村的指示和要求，我们结合村里情况，做了一个山泉新村规划建设方案的短片，目前还正在申请'三置换'试点村，想借这个机会跟你汇报一下。"话音刚落，手已挥出，规划片的声音同步响起。

李全兴紧张地暗暗观察朱民阳，发现他正专心地观看视频，才稍微放下心来。他知道，自己强制为上级领导安排任务，可能犯了错误，但为了村民的期待和山泉村的未来，除此下策，他没有更好的办法。

片子结束，随着音响声音戛然而止，会场也随之恢复了安静。李全兴不敢说话，忐忑地望着朱民阳，等待他发表意见。

朱民阳似乎还沉浸在片中，目光上扬，额头微点。略微沉思一会儿，他侧身转向随行的市委农工办主任："到目前为止，这是我看到的关于全市新农村建设规划最完善的方案，你们要重点关注一下。"

农工办主任听明白了朱民阳的意思，立刻回道："好的，朱书记，我们一定跟进，详细了解。"

朱民阳又看向李全兴，意犹未尽地继续与他交谈，对山泉村全产业布局、高标准规划、人性化设计，尤其是村民搬得进、住得起以及村建设资金实现自我平衡等做法给予了充分肯定与赞赏。

从朱民阳的讲话中，李全兴欣喜地铺捉到了最有价值的信息。

果然，次日上午，村委就接到市委农村工作办公室的电话，告知他们批文已下来，同意将山泉村列为全市"三置换"的试点。李全兴听闻，激动地双手直颤，急忙安排人将批文领回来。很快，一份名为《关于同意周庄镇山泉村列为全市农村"三置换"改革试点村的批复》的文件就摆在了李全兴面前。

看着文件上盖着的鲜红印章，李全兴情不自禁地将批文紧紧捏在手中，两行热泪抑制不住地顺颊而下。他仰天长叹道："太不容易了！"见此情形，几位村干部也忍不住抹起了眼泪。

中共江阴市委农村工作办公室文件

澄委农〔2009〕14 号

★

关于同意周庄镇山泉村列为
全市农村"三置换"改革试点村的批复

周庄镇党委、人民政府：

你镇《关于增加山泉村列为农村"三置换"试点村的请示》已收悉。根据市委主要领导的要求，经研究，同意将山泉村列为全市农村"三置换"改革试点村。请镇党委、政府督促山泉村在充分尊重农民意愿的基础上，按照"一次整体规划、分期推进落实、逐步完善功能、提升建设水平"的总体要求，优化规划，细化方案，规范运作，带领和依靠群众认真组织实施"三置换"改革工作，确保早日取得试点成效。

江阴市农村综合改革工作领导小组办公室
中共江阴市委农村工作办公室
二〇〇九年九月四日

关于同意周庄镇山泉村列为全市农村"三置换"改革试点村的批复

批文到手，意味着山泉新村建设的关键难题被突破，村干部的热情像压制许久的弹簧，瞬间爆发出来。山泉新村的建设大步流星向前迈进，火速进入施工阶段。

项目有了实质性地推进，不仅让村委如释重负，也让一些流言蜚语不攻自破。这段时间以来，由于程序问题遭遇卡壳，山泉新村的建设陷入停滞。尽管村委向大家作了说明，表示正在与上级部门沟通协调，但由于持续一个多月的沉寂，还是让不少村民对事情真假起了疑心。各种猜测争先恐后地冒出来，像是一场场闹剧，令村干部哭笑不得。有人说，村委雷声大雨点小，新村建设只是口号喊得响，到头来还是竹篮打水一场空；更有人质疑，村委是为了骗取大家的宅基地使用权，手段比前任书记还要恶劣；另有人干脆跑到村委大吵大闹，胡搅蛮缠，差点连维权的横幅都拉了起来。

经过村委半年多的工作，好不容易使村民们改变了对村委的固有印象，李全兴对此时众人的议论丝毫不敢大意，冷静耐心地对来访村民作好解释和安抚，并千叮咛万嘱咐，要求村干部一定要重视村民的情绪疏导。

其实，李全兴十分理解，面对遥遥无期的批复和生活环境依旧糟糕的村庄，些许牢骚可以算是村民程度最轻的发泄途径了。

如今，盖着鲜红印章的批文终于发了下来，村干部顿时觉得腰杆子也挺起来了。李全兴趁热打铁，立刻召集开会，部署山泉新村的建设推进工作。

鉴于前段时间村民的情绪反应，李全兴心有余悸，再次强调："我还是这个宗旨，山泉新村是全体村民的新村，要赋予他们充足的知情权。他们关心的，我们一定要让他们知道，不能藏着掖着。通过前段时间的反响看，乡亲们对新村建设十分关注，那我们就最大限度地做到公开，超出他们的预期。要记住，透明、阳光，方可万事无恙。"

有村干部不解地问："下一步是建筑施工了，过程本身就是半开放的，谁想看都能清楚地看到施工进度，还需要怎么去进一步公开？"

李全兴既然抛出问题，当然已有考虑。他对比万事兴集团车间管理的方式，解释道："怎么看是不一样的，在外看和在内看更是不一样的，既然村民有这个需求，那我们就要做到极致。"随后，他将具体任务安排了下去。

几天后的吉日，在乡亲们共同见证下，山泉新村破土动工了。李全兴在奠基仪式上作了简短的讲话，向村民们对村委工作的理解和支持表示感谢，并重申一定会尽心尽责做好山泉新村的建设，让这个历经磨难的村子振兴起来。

一片喜气洋洋的气氛中，山泉新村若隐若现地出现在村民的眼前。

根据施工规范要求，施工现场按照不同的房型，划分为不同区域。为了让这个过程更加公开透明，村委在每个区域外都放置了十几套安全帽和红袖章，并附上温馨提示，如果村民们有兴趣，可以随时戴上红袖章和安全帽进入现场。此举既能够无形之中监督施工，又可使村民了解自己意向户型的施工进度和过程，从而打消顾虑，一举两得。

施工伊始，现场无比热闹，村民们迫不及待地扎堆前往，都想亲眼一睹自己未来的新家究竟是如何一点点盖起来的。由于瞬时人流量

山泉新村建设施工

过大，村委在施工期间不得不安排几名村干部驻守现场，维持秩序。高峰时，有的村民要排将近一小时的队才能入场。

不过，人越多，三分钟热度的效应也越明显。仅仅两三天后，村民的热情就如瀑布般倾泻直下。一周过后，大家对此更习以为常，施工现场已罕见村民的身影。

经历了短暂的热闹后，曾被村民纷抢的红袖章和安全帽，最终寂冷地趴在箱子里无人问津。

村民的热度过去了，村委却不能懈怠。随着施工进度向前推进，村干部更加忙碌，特别是李全兴，稍有空闲就向工地跑，无论是材料质量、施工进度，还是安全生产、迎检整改，都亲自过问，一旦发现问题，立刻现场处理。几个月下来，他倒了解掌握了不少建筑专业知识，被人戏称为半个建造师。

值得一提的是，在山泉村新农村建设如火如荼开展过程中，在振兴山泉村的壮阔梦想从愿景逐渐转化为现实的道路上，李全兴也迎来了自己人生中的重要时刻。2009 年 12 月 30 日，他的预备党员预备

山泉村党总支部李全兴书记任免大会

期已满一年。同样在周西村，同样是熟悉的面孔，他的转正事宜在支部会上全票通过。

从此，李全兴成为一名光荣的中国共产党员。望着会议室那面鲜红的党旗，他心里暖洋洋的，感觉有股源源不绝的澎湃动力在体内奔涌，浑身充满了力量。

元旦刚过，陆钢书记就风风火火地赶到山泉村委，亲自宣布了镇党委的重要决议，任命李全兴同志为山泉村党总支书记。决议一出，村委班子齐声鼓掌，欣慰的、激动的、感慨的眼神交相闪烁，不约而同地聚焦在李全兴身上，融汇成一句话："祝贺李书记！"寥寥五个字，其间透出的真诚让李全兴备受感动。

决议宣读完毕，陆钢单独与李全兴谈话，赞赏地说："李书记，我很感激你，这一年里你的出色表现，足以证明镇党委没有看错人，让我们顶住了压力，对上级算是有了交代，更对几千名山泉村父老乡亲有了交代。希望你继续发光发热，甩开膀子加油干，不要有任何后顾之忧，镇党委始终是你的坚强后盾。我期待着这个伤痕累累的村庄早日焕发光彩，迫切地等着看到山泉村新农村建设的辉煌成果。"

李全兴紧紧握住陆钢的手，郑重表态："非常感谢陆书记认可，请你放心，我一定再接再厉，带领同志们加倍工作，带领乡亲们共同努力，争取早日将山泉村高质量建成名副其实的社会主义新农村，重新绽放村庄昔日的光彩。"

因事务缠身，几句过后，陆钢不得不匆匆离开。上车前，他将李全兴拉至身边，说道："李书记，我听得出来，刚刚其他人对你的祝贺发自肺腑，对你的认可源自内心，能够把原先的队伍凝聚成这样，你真的很了不起。"

李全兴欣然一笑，回道："其实没什么，只要自己行得正，风气自然能改正。"

经过半年多的紧张施工，当时间的指针转向新的一年时，村民们魂牵梦萦的幸福大事终于走入现实，满载着希望和憧憬的第一批新居拔地而起，山泉新村站起来了。

在村委的配合下，新居顺利通过验收，达到了交付标准。首批报名的村民看到崭新亮丽的楼房丝毫不亚于周边模范村、先进村的住宅，甚至大有超越之势，心中才算彻底踏实下来。大家脸上露出笑容，心里更是自豪，迫不及待地想要乔迁入住，与"住新居"的梦想零距离拥抱。

有的村民耐不住性子，闲来无事就跑到村委，询问交房时间。李全兴见大家如此迫切，便嘱咐村干部贴出告示，统一解释道："近期，村委正在进行山泉新村首批住房的资料分装工作，准备工作就绪后会第一时间通知大家办理手续，请各位乡亲谅解，少安毋躁。"

让李全兴怎么也想不到的是，一场风波竟因此而起。

告示贴出后，村民们暂时安静了下来。但眼见两天过去了，村委依然没有任何动静，有些心急的村民坐不住了，聚到一起议论猜测。躁动之下，担忧、质疑、不安的声音再次响起：

有人说："奇怪，村委怎么还没有动静？不会出什么问题了吧？"

有人附和："就是的，说是分装资料，不就是领个钥匙吗？搞不清楚还有什么资料好分装的？"

更有人说道："一直这样拖着，不会是因为盖的房子不够分吧？"

此话像一颗炸弹投入人群，立刻掀起一阵恐慌潮。

宁可信其有，不可信其无，村民们当场相约到村委讨说法，要求今日必须拿房。

望着情绪激动的村民，负责接待的村干部不敢马虎，急忙劝解道："乡亲们，资料分装工作已经快结束了，最多两三天，一定会通知大家来办手续，请大家再耐心等等。"

有人冷静下来，但有人依旧不买账，认定这是村委的托词。受此影响，大家焦躁不安的情绪完全爆发出来，村委大院瞬间陷入混乱。

李全兴了解情况后，感到好气又好笑，匆忙赶到现场。见李全兴出面，村民们才平静下来。

李全兴面对村民大声保证："乡亲们，大家听我说，我以个人名誉作担保，以万事兴集团的所有资产作担保，参加首批报名的家庭，一定每户都有房。这段时间，因为村委工作比较多，人手也有限，所以耗费时间长了些，我向大家道歉。我保证，村委一定会加班加点做好扫尾工作。后天一早，大家就可以来办手续。如果食言，你们尽管提补偿条件，我李全兴绝对不打折扣，全部满足。"见李全兴这般表态，并没有推诿责任，村民们也都平息了情绪，知趣地纷纷散去，约定后日再来。

李全兴叹口气，稍觉轻松又备感无奈。可承诺既出，不可再改，他不得不暂时放下手头其他事，亲自上阵，带着全体村干部披星戴月地奋战两天，终于把几百户资料逐一分装到位。

第三日晨，村民们喜气洋洋地围在村委门口等待，像是赶集现场，热闹非凡。有些人为了讨个好彩头，还特意换上了新衣服。上班时间到了，村干部准时出现，按购买的不同房型，将人群分成几列。村民组织有序地挨个排队抓阄，确定房号，并在工作人员引导下，办理付款、交房、领钥匙等一系列手续。

大家个个喜笑颜开，心中只剩欢喜，早已将前几日的那场聚众闹剧抛之脑后。

直到最后一步，村民们方才猛然领悟，了解了村委前段时间所进行的"分装资料"究竟是怎么回事。

交房手续办完后，每人都领到了一个硕大的红色纸袋，上面写着房号和户主姓名。有些心急的村民迫不及待当场撕开，一阵翻看后，眼眶却红了起来。

原来，袋子里除了钥匙及相关房屋资料，还附有一张精致的红色卡片。卡片上清清楚楚地标明了该套房屋的奠基时间、开工时间、上梁时间、封顶时间等所有施工的关键时间节点。要知道，在山泉村这类传统乡村，无论是装修或是搬家，抑或其他重要事宜，都要选择吉时。而吉时，必须根据这些时间节点进行推算。

这份温暖来得太突然，不禁让村民们灵魂一颤，措手不及。

在此之前，没有任何人能想到，村委竟然会细心到这个程度，连这种微小的细节都替他们考虑到了。这份细致入微的服务，即使放眼全市范围，山泉村也是独一份。捏着这张小小的红色卡片，许多人当场留下了惊喜的泪水，也为自己前几日的无理取闹而羞愧难当，懊恼不已。

感动还不止于此。

在山泉新村动工前，村委就曾多次宣布："山泉新村面向的对象是全体村民，每一个群体都不应该也绝对不能被落下。"话虽光耀，情也动人，只是当时并没有多少人能细细品味这其中的豪迈与担当。

在正式施行的《山泉新村小区管理办法》中，有这样一项引人注目的条款：山泉新村所有多层及高层楼房的第一层均不出售，而是统一作为老年公寓，低价出租给本村 60 周岁（含）以上的老人，或免费提供给本村 70 周岁（含）以上的老人使用。虽然这个条款在村民代表大会上已表决通过，但究竟何为老年公寓？这到底是什么模式？没有人真正了解。尽管有效果图，但耳听为虚，眼见亦为虚，绝大多数村民并无具象的概念，至多在心里有个隐隐的轮廓。

有人觉得，老年公寓本质上就是养老院，把老人都集中起来生活；还有人觉得，老年公寓应该类似以前单位的福利房，只是名字听起来更洋气而已。

事后大家才知道，这种种推测，如无根浮萍，都没有触及老年公寓的最核心内容。因此，当时的村民们对老年公寓并没有过高的期待值，甚至许多老人都抱有抵触情绪。受传统养老观念的影响，一时间，"送老人去老年公寓就是不孝顺"的观点在村内大肆横行，以致在最初统计时，没有一户家庭、没有一位老人愿意主动报名，这令村委多少有些始料不及。苦思无解之下，村干部只好反复登门，告知村委的良苦用心，介绍老年公寓的特点和优点。最后，有几位腿脚不便的老人实在经不住村干部暴雨来袭般的热情，觉得抹不开面子，才极不情愿地答应入住老年公寓。用他们与同伴的话说，那就是"献身山泉村，甘当小白鼠"，既有自我调侃式的光荣，更有迫不得已的无奈。

孰料，美好的现实总会在不经意间给人以丰厚的回馈。待到新房落成，老人们忐忑地踏入老年公寓后，立马察觉到，此处别有洞天。普通新居是毛坯交付，而这里则是精装入住。所有公寓风格统一，都是两室一厅一厨一卫的格局，天然气、空调、家具、家电、厨房用品等设施一应俱全，房间干净整洁、宽敞亮堂，公寓隔壁还有可用以堆放农具或杂物的储物间，并且由于公寓都在一楼，老人们相互之间走动也更为方便，免去了上下楼梯的苦恼。更让他们感动的是，除了装修的常规配套外，屋内还增加了许多老人专属的设计，比如在浴缸、马桶的两侧及部分沿墙区域，专门安装了扶手，供行动不便的老人使用；所有地砖全是防滑材料，丝毫不必担心跌跤滑倒；每间屋内都配有紧急呼叫器，遇到危险或突发状况，均可一键呼叫村干部或子女，大大提升了安全系数。此外，为了方便子女照顾，村委还尽可能将老人安排在与子女同一栋楼居住。凡此种种，无不令老人们心生感动。

俗话说，金杯银杯不如老百姓的口碑。首批入住公寓的老人从满腹不甘到赞不绝口，心态发生了大转弯。有的老人饱含热泪道："村委真是替我们着想，公寓里的那些细节，说实话，就连我的亲生孩子都不会考虑到。"

还有的老人竖起大拇指，感叹称好："这等于扩大了自家的房屋面积，既可以与子女分开居住，各不打扰，又方便他们上门，随时见

老年公寓内景

面。我们之间就是一碗热汤的距离，真好。"

有了实景展示，再加上亲历者的现身说法，首批老年公寓很快被抢租一空。

其实，作为远近闻名的大孝子，实现老有所养、老有所居、老有所乐是李全兴一直挂在心头的事。在山泉新村规划时，他就主张将"敬老"通盘考虑进去。老吾老以及人之老，对于此点，心态发生根本性变化的村委们自然举双手赞同。

除了老年公寓，村委不吝有限的资金，另斥资兴建了大型老年活动中心，中心内丝竹弹唱、琴棋书画等各种设施配套一应齐全，为丰富老人们的精神文化生活提供了多样化平台。更为贴心的是，村委在活动中心对面规划办起了村办幼儿园，两者中间仅隔几步路，使老人们在娱乐之余，丝毫不必担心延误接送孩子的问题。

些许看似不起眼的小事，却如涓滴成河、百川汇集，村民的幸福感绵绵不绝地流淌出来。

一位民政部领导在山泉村调研时，深为村里的养老创新举措所震撼，欣然题词曰"孝亲敬老，山泉示范"。

老年人生活舒心，子女更加放心，村民们的日子也愈加安心。

一件件暖心的事情，一次次周到的考虑，一桩桩贴心的行为，让村民与山泉村委的感情日益深厚。这个曾被村民们感到失望的组织，如今已深深地烙在每个人心里，散发着冬日暖阳般的温暖。

第 *15* 章
流淌幸福之泉

第一批新房落成后，苍老的山泉村气质有了明显的改变。如果俯瞰整个村庄，会发现雅致的新房建筑群如同一颗颗硕大的闪亮珍珠，镶嵌在这片厚重的土地上。

那段时期，每逢村委开会时，李全兴总是特别喜欢与村干部一起，透过会议室干净明亮的玻璃窗，眺望着远处整齐划一的住房，看到与旁边沧桑的旧农居形成鲜明对比，心中感到无比畅快。他多次和村干部说："大家不能懈怠，第一批住房虽然圆满交付，但山泉新村的建设才刚刚起步。"

干劲满满的村委班子首战告捷后，信心倍增，越发觉出新农村建设的重大现实意义，很快启动了第二轮新房的建设工作。

因为大气端庄的新居带来的视觉冲击力，以及首批入住村民产生的示范效应，一些原本持观望态度的人彻底放下了顾虑，踊跃投身到山泉新村建设的宏伟事业中。因此，当新一轮住房认购开始后，几乎剩余的所有村民都争先恐后地报名参加。很快，第二批房屋名额就尘埃落定。

一切看起来似乎都是最好的模样，但现实终究不是童话世界，意外与坎坷时有发生。村委还来不及击掌相庆，新的问题便接踵而至。

随着第二轮山泉新村建设脚步的加快，征地范围也在相应扩大，难免涉及拆迁事项。而拆迁，无论何时，不管何地，都是个老大难问题。

尽管村委未雨绸缪，在破土动工前就召开村民代表大会，表决通过了《山泉村新农村建设安置办法》，其中明文规定了拆迁要求和补偿标准，并且办法公布后，村民们基本上表示支持，村委并没有收到反对意见，但当事情真的来临，却又是另一番光景。眼看自己脚下几十年的土地转眼间要上交集体使用，就仿佛在割裂自己的命脉一般，不少人还是下意识地产生了抗拒心理。再华丽的新居、再宽敞的住所，在溶于血液的领地意识面前，也会脆弱得不堪一击。

根据村委的安排，村干部分头前去协商搬迁事宜，怎奈村民们摆出了五花八门的理由。有的说，习惯了原来的住宅，暂时不想搬走；有的说，子女马上结婚，婚房刚刚装修好；有的说，搬迁是大事，要择个黄道吉日；等等。总之，理由不同，诉求各异。还有个别村民纵然一时找不到合理说法，但就是不肯挪屋。

当这些五花八门的信息反馈回来，村委班子陷入了群体性焦虑，毕竟山泉新村的建设不只是盖新房的单一项目，而是严丝合缝的系统性工程。在推进新居建设的同时，村委还依照新农村建设的总体要求，在同步规划着全村土地的资源整合、产业的片区划分、经济的结构调整等，每项任务都有预期的时间节点。这盘棋环环相扣，牵一发而动全身，断不能因为拆迁工作，搅乱整个山泉新村的建设大局。

村委实在没有办法，只能开会讨论，决定采用最直接的方式，由班子成员分头组队，挨家挨户去做工作，苦口婆心地解释和劝说，晓之以理，动之以情，并结合各家各户的具体情况，有针对性地协商解决途径。在遵循安置办法所定原则的大前提下，能照顾的照顾，能变通的变通，距离新村选址地较远的住户，甚至可以允许延迟搬迁。

在这些住户中，村委最为关注的，莫过于江缪家基村的村民。

按照既定规划，山泉新村是在江缪家基自然村的原址上兴建的，故村委在组织第一批村民报名选房时，就优先考虑了该村村民，动员他们参加选房购房。这同时也意味着，相对于其他六个自然村，这个村的村民没有周转余地。为了不影响第二轮建设进度，他们拿到房后必须尽快装修搬离，腾出土地以建新房。

好在经过村委耐心细致的沟通，江缪家基村的村民基本都很支持并配合拆迁工作。即使个别家庭突遇意外情况，如家中老人刚离世，按风俗不能搬迁，但在与村干部真诚的交流中，对方也愿意舍小为大，作出一些让步和牺牲。

为此，村委专门写了一封感谢信，并制作成红榜张贴在公告栏内，标题是硕大的"感动山泉"四个烫金大字。信中，村委对江缪家基村的村民顾全大局的崇高境界进行赞扬，对这些可爱可敬的乡亲们为打造全村人的山泉之梦作出的无私奉献大加赞赏。经村委会研究，还决定酌情给该村主动搬离的每户人家发放额外关怀补贴金，借以引导和鼓励其他村民们主动配合做好搬迁工作。

几招频出，立竿见影，各自然村的搬迁有条不紊地进行着。只是，依然有一户人家，着实让村委碰了一鼻子灰。

这户人家位于江缪家基村相对边缘的地带。前几年，户主重新拾掇家里时，顺便把院子的围墙向外拓展，借机并入了一大块闲置土地。因无人过问，他便心安理得地住着，时间长了，住习惯了，认知就有了变化，理所当然地认为这就是自家土地。因此拆迁时，矛盾不可避免地浮现了出来，在补偿费用上发生了纠纷。户主强势提出，自己圈用的土地也要补偿，并且因为自家拆迁面积大，任务重，购置新房时还要再额外给予优惠折扣。

"这怎么行？拆迁补偿都是有标准的，不能因人而异呀。"前往协调此事的村干部听后，果断拒绝。

户主也不含糊，干脆说道："好，既然你说不行，那我也说不行，就这样耗着呗，看谁着急。"

村干部沉住气，苦口婆心地解释政策，说明原委。但无论如何做工作，对方就是铁板一块，毫不松口。村干部又气又恼，急得直跺脚，却无计可施。

户主用玩味的眼神望着他，轻蔑道："都说风水轮流转，这下你们也知道求人的滋味了吧？"说着，冷嗤一声，"我知道你做不了主，也不为难你。这样吧，别耽误时间了，你赶紧去把能作主的人叫来。"

村干部憋了一肚子委屈，眼见围聚的村民越来越多，担心把事情闹大，无奈之下只好打电话给李全兴，如实报告了现场情况。

厚实的嗓音从电话中传来："知道了，我马上过来。"让村干部心里顿觉踏实许多。

李全兴满面阴云地赶到现场，一把将村干部拉到自己身后，站到户主面前，示意道："有什么需求请和我说。"

户主上下打量对方一番，又把要求重新复述一遍。

李全兴声音严肃浓重："你这是无理取闹。根据我们掌握的信息，你圈的这块土地本身就是集体的，无端占用这么多年，没有收你的租金已经是网开一面，你怎么还能要求补偿呢？"

"你……"见被一语戳中要害，户主自知理亏，瞪大眼，气呼呼地将头转向一边。

李全兴波澜不惊地继续道："再者说，新房定价标准是经过村民代表大会表决通过，也公示给大家看过的。现在村委是按规矩办事，一视同仁，怎么可以搞特殊化？"

对方眼见节节败退，不由有些恼火，提高嗓门嚷道："你说话注意点，现在是你们村委求我，而不是我求你们！"说完，冷哼一声，抱臂摆出无所谓的姿态，"废话也别多说，反正我条件就摆在这儿，你们不答应我就不搬。"

"大言不惭！"李全兴火气"噌"地窜上来，眼神凌厉如剑，毫不畏惧地怒斥道，"什么叫我们求你？村委这么做是为了改善乡亲们的居住环境，为大家做好事。你也是山泉村的一分子，不想着给村子作贡献，还净添乱，你是揣的什么心思？不要摆错自己的位置！"

此话引起了围观村民的共鸣，周围人群指指点点，现场很快形成了一边倒的言论倾向，纷纷劝户主要识大体、顾大局。

李全兴攻势不减，继续摆事实："退一万步说，就算你对拆迁补偿方案有想法，有自己的考虑，那么当初村委公开征求意见的时候，你为什么只字不提？现在倒好，已经实施了，你又跳出来闹，这是什么道理？还有没有规矩？"

户主此时，丝毫没了反驳的底气，干脆缄口不言。只见他突然扭头愤愤然转进院子，死死地闭上门。

李全兴有些惊诧，气呼呼地立在原地，村干部也显得手足无措。

个别村民凑上来安慰道："李书记，你消消气，别和他一般见识。"

这次沟通不欢而散，让李全兴心里像横降了一座山。返程路上，村干部望着垂头不语的李全兴，几次想上前劝慰，又因不知如何开口，忍住了那份冲动。

李全兴脚步不停，脑中同样也没停，反复琢磨着刚刚的情形。在全村上下对建设山泉新村呼声如此高，且纷纷主动为新村建设让路的情况下，这户村民为何偏偏反其道而行之，提出明显过分的要求？真的是见钱眼开，还是另有隐情？他的话语中频繁出现"求"字，是不是曾经找村委办事受过怠慢，才因此结恨？

几种可能性交织在一起，亦真亦假。走了一路，李全兴虽没得出确凿结论，但却再次激发起他不破难题誓不罢休的干劲。困难多一重，成功的价值也就多一分。他决定从现在开始，自己要亲自抓这个典型问题，不管对方是什么原因，一定要拿下他。

次日起，李全兴便带着村委副书记江金岳，每天下班后都去登门做工作。可鉴于初次交锋所产生的分歧，双方心中都已留下不小的隔阂，无论怎么沟通，实质性问题总是达不成一致。

连续三天下来，江金岳有些泄气了，面现沮丧之情，放弃的念头不断涌现。李全兴察觉出他的情绪波动，鼓劲道："我们是要做大事业的，成功的路上哪能没点坑坑洼洼，一定不能放弃。就算是铁棍，我们也要把他磨成针。"

时间跟着日升月落的节奏一点点溜走，户主依然油盐不进，协商陷入了胶着状态。眼见第二轮新居预定的动工日期逐步逼近，李全兴望着每日翻过的台历，不禁暗暗揪心。

这天下班后，李全兴对江金岳说："我们没时间和他耗下去了，今晚无论如何要把这座山攻下来。"

"今晚?"江金岳满足忧虑。

"是的。"李全兴目光坚毅,斩钉截铁地说,"今天可能会谈到很晚,你要有个思想准备。"

江金岳苦笑一声说:"只要能谈下来,熬个通宵也没问题,只是……"可能是怕扫了李全兴的士气,他紧急刹住了话头。

李全兴拍拍他的肩膀,故作轻松地说:"走吧,战斗马上开始。"

孰料,当晚的情况比前几日还要糟糕,李全兴万万没有想到,这次户主竟然连门都不开了。得知还是两人来访,户主留下一声不耐烦的嘶吼,"你们这根本不是求人的态度,不答应要求我是不会搬的",便再没了动静,任凭如何敲门拍门都无济于事。

时值寒冬,两人在院门口冻得瑟瑟发抖,多次打电话给对方,但一直被挂断,不含情感又不停重复的语音提示像是呼啸不止的寒风猛烈灌入,让两人的心如坠冰窖,似乎陷入了毫无回旋余地的僵局。

江金岳叹了口气,一团浓浓的白雾从嘴中散出。他使劲搓搓手,才感觉稍微暖些,但看到紧闭的大门,一股凛意又登时袭来。他落寞劝道:"李书记,要不我们回去吧?面都见不到,怎么可能解决问题呢?"

李全兴摇摇头表达了态度,尽管知道江金岳说的有道理,但他不甘心就这样放弃。他在门口来回转了几圈,掏出手机,又一次呼叫被挂断后,他用冻得通红的双手哆嗦着编辑了一条短信:"天寒地冻,万家灯火,你在屋里全家团圆,我们在外受着饥寒。我们没有做错事,更不欠你什么,本不用在此遭罪,但还是义无反顾。苍天有眼,大地有灵,我们不是为自己求利益,而是为全村乡亲们的未来幸福着想，顶天立地，问心无愧。你也是山泉村的一员，请你想想，就因为你的固执，山泉新村建不起来，连累了几千名乡亲，这是多大的罪过，这会让大家以后怎么看你？你还能否在乡亲们面前昂首挺胸？我们不能勉强你做决定，但请你深思。"

消息发出后，李全兴赶紧把手揣兜里，冻得打着寒战对江金岳说："再等等吧。"

至于等什么，李全兴心里也没底，或许是在等一个契机。

庆幸的是，短信有了效果。没过一会儿，门突然被拉开了，户主出现在门口。望着厚衣紧裹的两人，刚硬的眼神中闪过一丝难堪，语气软下来："李书记，江书记，天怪冷的，你们别站在这儿了，赶快回去吧。"

李全兴盯住他，坚定地说："你能够出来我很欣慰，但今天是最后期限，山泉新村第二轮新房开工在即，我们不能走。你的决定事关全村父老乡亲们的幸福生活，我必须得到你的明确答复。"

户主见李全兴坚持不退，显得很犹豫，支支吾吾道："李书记，你让我再想想。"

李全兴点头道："没关系，你可以想，我们就在这里等你想出结果来。你想一分钟，我们就等一分钟；你想一晚上，我们也可以等一晚上。"话语中透着不容置疑的硬气。

户主表情有些复杂，右手微攥成拳上下晃动，似乎纠结不已。片刻后，他干脆"呼啦"一下把大门彻底拉开，开口道："那个……李书记，要不你们俩到我家吃个晚饭吧。"

李全兴拒绝道："不必了，你吃吧，我俩带了干粮过来的。"说着，他从包里摸出两块饼，递一块给江金岳。对方心领神会，两人当场啃起来。

这次轮到户主无措了。他再次尝试邀请两人进屋，依然被李全兴拒绝。原地进行了一番思想斗争，过了一会儿，户主重新回屋搬出三张凳子，自己陪着两人靠在墙边坐了下来。

户主的这个举动，让李全兴着实有些意外。在那个瞬间，他感觉到，眼前这位难缠的户主也并非那么蛮横无情、不讲道理。他恍然意识到，说不定是自己前几天的工作思路出现了问题。

这样想着，李全兴便不再谈搬迁之事，而是拉起家常，从小时候的苦难日子到今天的小康生活，从家长里短到社会发展，从自己摸爬滚打外出办企业到满怀激情回村干事业，等等，全凑着对方感兴趣的话题侃侃而谈。在李全兴的引导下，户主越说越兴奋，中途还特意跑回屋内取出一瓶酒，边喝边聊。

一个小时过去了，两个小时过去了，三个小时过去了……或许是因为酒精的刺激，户主面色发红，越聊越动情，忽然他话锋一转，面现愧疚地说："李书记，不瞒你们说，我也知道，自己的做法实在上不了台面。我确实有自己的心思，今天我就向你坦白，我之所以这么坚持，一方面是为争口气，因为我对过去的村书记实在恨之入骨，失望透顶。你不知道，江书记应该知道，我曾经有事找过他多少次，每次都拖拖拉拉、含含糊糊，到最后连个面都见不到了，随便找个人把我打发走，只顾着自己吃喝玩乐。"

"嗯。"李全兴目不转睛地看着他，等待着下文。

户主又抿了一小口酒，继续道："还有就是我们在这里住了几十年，老父亲对这片土地感情很深，他年纪大了，脾气又犟，无论如何不愿意搬走。当然，我们自己也有小算盘，想着闹一闹，说不定能占点便宜。"

李全兴这下彻底明白了缘由，真诚地说："你愿意把心里话告诉我们，说明对我们很信任，这一点我非常感激。不过拆迁补偿和新房购置标准都有白纸黑字的明文规定，其他事情村委可以照顾你的具体情况，但这个确实不行，否则，我们就是对其他乡亲不负责任，希望你能理解。"

户主红着脸点头道："我理解。这一年来，虽然我和你们接触不多，但村里的变化我都看在眼里。尤其是今天和你们聊这么长时间，我也摸透了你们的心思，知道你们是真心为村里好、为大家好。我要向你们道歉，给你们的工作添麻烦了，对不起！我答应你们，明天就搬家。"说完，起身向二人深深鞠躬。

李全兴与江金岳慌忙站起来，将对方扶起。

江金岳插空问道："可是你父亲不同意怎么办？"

户主轻松地说："没关系，我去做他的思想工作。既然村委都换了，我们也要顺应而行。"

心中的疙瘩终于解开了，三人相视而笑，酣畅淋漓。在早已跌至零下的低温中，每人都觉得身上有股暖意在流淌，消弭了寒凉、驱散着冰冷。

任务终于圆满完成，临走前，李全兴难掩兴奋地握住户主的手，用力说："我代表村委，代表全村乡亲们感谢你。"

此时已是深夜两点半，宽阔平整的路面上覆盖着薄薄一层冰，一脚踩下去，发出清脆的断裂声。眼前的空气被氤氲月光照亮，让这个沧桑的村庄显出端庄的容貌。解决了这户人家的难题，两人兴致高昂，有说有笑地行进在返程途中，那些李全兴刚回村不久就竖起的路灯，此刻正从高处投下温馨的光亮，照亮着两人回家的路。

人的问题解决了，事的问题就顺了。在村委的大力推进下，山泉新村第二批新房建设工程快马加鞭地开展着。很快，这轮分房的日期又近在眼前。

针对分房选房问题，村委专门召开会议。李全兴拿出第一批选房汇总表，分析道："第一批分房时，我们采取的是每户轮流抓阄，随机确定房号的形式。公平是有了，但偶然性太大，确实不科学，也有人向我反映过，不够人性化，村民的自主权没有得到充分尊重。后来，我向搬进去的乡亲们了解情况，谈到这事时，我真没想到，会有那么多的人对选房结果不满意。比如有些腿脚不利索的人抽到了顶楼，那么上下楼梯就非常不方便；再比如，有的个别人家闹过矛盾或关系不好，却抽成了面对面的邻居，每天低头不见抬头见，尴尬得很，两家人心里都不舒服。"

有人附议道："的确如此，不过随机分配下，这种情况在所难免。如果村委插手重新调整，那不仅有损公正性，更会削弱抓阄的原本意义。"

另一人补充说："何况众口难调，村委即使干预，也不能保证大家百分百满意，到时还容易落下话柄。"

李全兴认可这些顾虑，提议道："事实虽然如此，但既然发现村民的需求，我们自然不能置之不理。毕竟村委工作的初衷就是要让村民们满意。他们如果不满意，我们就想办法让他们满意。所以，我觉得我们应该换个思路。"

一声疑问响起："可是换什么思路呢？"

李全兴认真地解释道:"首先我们要搞清楚,村民对房子不满意确实是不可避免的,因为一家人内部可能都没有形成统一意见。根据我的了解,有的家庭老年人想要低楼层,图个方便,而年轻人想要高楼层,为了清静。在这点上,我们确实没法替每个家庭做主,但是我们分房的方式是可以改进的。"他也不等别人插话,便继续说,"这段时间我琢磨了一下,觉得是不是可以这样,我们采用打包抓阄的方式。比如五层楼的房子,除去一楼的老年公寓,还剩四层,每层有两户人家,一共就是八户人家。我们发出通知,让村民们根据各自家庭关系的亲疏远近,自由搭配组合,然后以每八户人家为一组来进行抓阄。不是抓房号,而是抓单元号,至于具体哪一家住哪一户,则由这一组的八户家庭自行协商。没有组队成功的家庭,则在最后安排单独的房源抓阄。这样的好处,就是既减少了抓阄数,又最大限度地赋予了村民们自主选择左邻右舍的权利。也许结果依然不能百分百满意,但我想较之以前,满意度一定会有很大的提升。"

大家听明白了,"这是个好主意。"立即有人赞同。经过表决,这一提议全票通过。

第二天,一张红色喜庆的告示醒目地贴在公告栏中。村民们还是第一次见到这种选房方式,新鲜好奇之余,纷纷利用休息时间互相走访,寻找意向中的组合邻居。

到规定日期后,村委便开始着手组织抓阄单元号。由于抓阄数量大大减少,不到一个小时,该工作就顺利完成。

正如李全兴所料,本轮分房后,村民的满意度有了大幅度攀升,甚至还有意外收获。第一批分房后,有些邻里关系不融洽,导致对双方共享的楼梯、过道等公共场所的环境卫生视而不见。不仅如此,甚

山泉新村分房抓
阄现场

至还有人故意在这些场所扔垃圾。一旦保洁人员来不及清扫，便会滋
生飞虫，异味弥散，生活质量被直线拉低，村委对此苦无良策。而第
二批分房后，邻里彼此间关系融洽，不仅相互见面热情招呼，就连公
共卫生区域也争抢负责清理，安静、舒适的环境回来了，村民的幸福
指数也有了极大提升。

　　除此之外，在新居施工的同时，村委对山泉新村的配套设施建设
也在同步推进，丝毫没有耽搁。村民入住后不久，村里的便民服务
站、商店、卫生室、老年活动室、小剧场、健身中心、休闲广场等就
陆续建成，共同增添了山泉新村的新农村时代气质。为了凸显乡村美
学，村委还在新村内外种植了大量花草树木，使得山泉新村草木葱
翠、生机盎然。"远看像林园，近看像公园，细看是农民生活的乐
园。"华西村老书记吴仁宝曾经形象生动描绘的新农村新景象，如今
在山泉村也真切地呈现了出来。

　　斗转星移，光阴荏苒。山泉新村的建设就这样一轮轮扎实推进
着，村委为之倾注了极大的心血，村民为之投入了满腔的热情，镇党

委也始终关注着建设进展。百倍其功,终必有成,原定的五年计划,仅用了三年多便走完全程。据统计,山泉新村的建筑总面积达 30 多万平方米,总投资约 3.8 亿元,别墅、多层、高层等不同类型的 161 幢新居整齐排列。

更让人眼前一亮的是,新村入口处耸立起一座假山,它是用形状各异的太湖石堆砌而成。山上有一个小小的山洞,流水从洞中汩汩而出,注入一条清澈的小河之中。这条新开挖的小河穿村而过,直通村外的自然河流。新村中心是一座充满现代气息的村民广场,鸟语花香,绿草茵茵,清晨老人们在这里锻炼身体,各种健身器材一应俱全;傍晚年轻人在这里休闲娱乐,亲水平台、演唱舞台、凉亭吧台称心合意。而这,都是李全兴自己的构思。

环望当下之山泉村,一排排、一幢幢崭新的、高质量的住宅楼雅然静立,多种户型、多种面积可供选择,各种配套、各种设施应有尽有。道路的硬化、村庄的美化、夜间的亮化、环境的净化,使村容村貌焕然一新。走进山泉新村,到处绿树成荫,鸟语花香,雕梁画栋,曲径通幽,绿水环绕,流水淙淙,水乡风韵拂面而来。

从此,山泉村改变了无山无泉的历史,实现了华丽转身,成为名符其实的山泉村。在社会主义新农村建设澎湃不息的大潮中,又一个具有代表性的新农村乘风破浪、崭露头角。

这个曾经飘零散落的村庄历经了三轮新房的建设、原有老房的拆迁、配套场所的落地和景观绿化的布局等规模浩大的系统改造后,获得了涅槃重生。新村建成的第一天,村委班子集体站在河边的护栏旁,面向村民,攥紧拳头,自豪地宣布:我们要让山泉村成为流淌着幸福的美丽村庄。

2010 年 7 月，在山泉新村第二轮新居建设正火热开展之际，一个机遇悄然来临。如同"三置换"的出台助力山泉村突破政策瓶颈一样，对村委来说，这又是一次雪中送炭的及时雨。

那天，若透过村委会议室的玻璃窗，便可看到李全兴红光满面地向大家展示着两份文件，神采飞扬，娓娓而谈。村干部围桌而坐，仔细倾听。时而点头，时而惊呼，时而掌声四溢。

让李全兴如此兴奋的这两份文件，是不久前江阴市人民政府下发的《关于历次被征地农民和被征地农民中就业年龄段人员参加企业职工基本养老保险的意见》和《关于进一步完善被征地农民基本生活保障制度的意见》。

根据这两个《意见》规定，符合条件的山泉村村民均可参加城保；缴费年限从 2009 年 12 月 31 日起，按照其实际从事农业生产劳动的时间向前折算，最多不超过 15 年；所需缴纳的基本养老保险费以历年公布的企业职工基本养老保险缴费基数下限乘以所对应的历年缴费比例确定，总计 31895 元，其中个人缴费 8086 元，剩余部分由开发区、市、镇（街道）财政按比例承担。缴纳这笔费用后，村民到龄就可以按月领取养老金，比如女性满 50 岁后，每个月可领到一千多元钱。

这两份《意见》的内容深度契合了山泉新村"新"的内涵。它所带来的重大利好，即便是见惯世面，经历过大起大落的李全兴，内心也不能毫无波澜。他按捺不住激动，眉飞色舞地向大家解读："村委这两年花大力气盖了很多房子，做了很多布局，山泉村已今非昔比，乡亲们都说，这让他们很有面子，确实，我们也感觉很有面子。但从村委的角度来说，我们要面子，也要有里子，如果说山泉新村的建设是面子，那么乡亲们的生活保障就是里子。为什么有很多年迈的农民依然坚持下地耕种？归根结底还是因为缺乏保障。对他们来说，不耕种就没有收入，不干活就没法吃饭。所以面子固然重要，但没有里子，那就华而不实。再者说，我认为市里之所以强调三置换，最终落脚点就是置换城镇保障这条。没有这条，一切白搭。"

李全兴介绍完政策，将任务当场布置下去，要求村干部要即刻进行彻底地宣传和动员，做到村里符合条件的村民全部参保，搭上这趟政策车，一户一人都不能落下，应保尽保。

村干部们肃然表态，表示这是对村民极为利好的政策，一定会全力为大家争取。

可理想的大道一帆风顺，现实的道路往往崎岖坎坷。由于山泉村几十年衰落积累下的病根，导致许多村民手中几乎没有积蓄。再加上新农村建设热火朝天，村民的绝大部分资金已投入买房和装修中，不少人都没有富余的存款。此外，还有个致命的关键问题，许多村民的思想囿于现状，并没有意识到这项政策的长远意义，认为是在花冤枉钱，内心有抵触情绪。

　　文件有要求，所需缴纳的基本养老保险费次月底前必须缴纳完毕，逾期不再受理，这让村委感到时间非常紧迫。村干部们绞尽脑汁去做村民的思想工作，鼓励他们抓紧参保，甚至还专门召开了一次动员会，将没有参保的村民聚在一起，再次重申参保的重要性。可有了先入为主的观念，再想扭转并非易事，村民们舍不得这份"冤枉钱"，不以为然地躲闪着话题，反倒有人认为是村委小题大做了。

　　眼看着怎么都说不通，李全兴着急上火了，一反平常对村民温和的态度，拍桌子强势命令道："这是你们未来的生活保障，哪怕是借钱，你们也一定要给我交上，一个都不准少！"李全兴突然动怒，确实起到了震慑作用，村民们神经一颤，会场静谧无声。

　　近一个月来，经过村干部苦口婆心的反复劝说，不管主动被动，也不论情不情愿，符合条件的村民最后基本都缴足了费用，仅剩两人因家中经济条件极度窘迫，实在拿不出这近万元钱，不得已决定放弃。到了缴费截止的最后一天，村干部不敢隐瞒实情，如实向李全兴作了汇报。获悉情况后，李全兴二话不说，自掏腰包为这两人垫付了费用。

　　两人听到消息后，哽咽无言，拎着新买的水果，含着热泪相约到村委拜谢，表达自己最滚烫的敬意。

　　幸福路上，一个都不能掉队，这是村委对全体村民的承诺。当几年后，那些曾经心存犹豫的村民开始逐月领到养老金，那些认为村委多此一举的乡亲看着发到手中的真金白银，才真正体会到村委当初"逼迫"他们参保竟是那么感人和温馨。

　　山泉新村流淌的幸福，因为这一步，有了更坚固的保障，也因为有了保障，新村内才处处庭院飘香。

　　根据词条释义，村民委员会是行政村的村民选举产生的村民自我管理、自我教育和自我服务的基层群众性自治组织。可见，村委会本应在村庄治理中承担着重要的作用。可由于领头人迈错了步、带偏了头，致使在 2009 年前的几十年间，山泉村的村委会如同虚设，反而起了助纣为虐的消极作用，自从李全兴上任后，情况才有了根本性转变。

　　一桩桩小事，一点点变化，一丝丝拉近，特别是山泉新村的落成，让村民们终于放下了心中包袱，打破了村两委和村民间长久以来的厚重隔阂。对村民来说，村两委变成了大家庭，为成员们的幸福生活而倾尽全力，无怨无悔。作为"家长"的李全兴更是率先垂范，鞠躬尽瘁，从不索取一分钱的回报，偶有村民家中遭遇突发困难，他还会自掏腰包，帮助其渡过难关。这些年来，李全兴每年都定向资助镇里二十多位贫困大学生，并将上级考核奖励的几十万元工资和奖金全部捐赠给村慈善基金，以无私的善举引领着山泉村的民风新风。

　　李全兴心系山泉的大格局令人敬佩不已，村民们都亲切地称他为义工村官和慈善家。对于不求名利的李全兴来说，何种称呼或者名头并不重要，甚至在不经意间，他还偶尔会想起刚回村时被称为"畜生"的场景，不禁释然而笑，曾经让他心凉如冰的记忆，如今已"古今多少事，都付笑谈中"。

　　在村民眼里，李全兴是"家长"，但在父母那里，他又是个孩子。

　　这短短几年间，为了打赢山泉村的翻身仗，李全兴可谓呕心沥血，殚精竭虑，将全部精力都投入山泉村新农村建设的宏大事业中。过度的劳累悄然蚕食着他的身体健康，尽管他心无旁骛，并未察觉，但关爱有加的母亲一眼就发现了异样。她眼看着自己的儿子为他人的幸福劳心焦思，面色一天天憔悴，疼在心里，又不知如何相劝。

趁着一日，李全兴回去看望，母亲一把拉住他的手，略显难过地说："儿子，有些话我憋在心里很久了，但不知道该怎么和你说，担心打扰你工作。"

李全兴见母亲欲言又止的样子，忍不住笑了，轻轻拍着她的手背道："娘，你怎么这么客气了？有什么话就直说，哪怕是批评我、骂我，都无所谓，我洗耳恭听。"

母亲叹口气，语气中满是担忧："以前听你说要回村工作，我是支持你的，这既是你自己的选择，也是组织和村民的信任。但我实在没想到，这才几年，你看看你都忙成什么样子了，几乎没有一天休息日，天天向村里跑，弄得脸色蜡黄，头发也白了不少。你离家闯荡也几十年了，就算以前在万事兴集团，我也没见你卖命到这个程度。你身体本来就有病根，医生还多次嘱咐过你不能太劳累，你全当耳旁风，一干起活来什么都不顾了，这样下去，怎么吃得消？"说着，母亲的牵挂之情涌上心头，眼眶缓缓变红了，泪珠开始在眼眶里打转。

李全兴看着难受，忙安慰道："娘，你放心，我身体好着呢。以后我会注意的，我心里有数。"

母亲摇摇头说："看你这么拼命，我怎么能放心呢？"犹豫一会儿，她还是开口道，"我就想问一句，你和我说实话，你觉不觉得苦？要是觉得苦，觉得累，那你就和镇领导提申请，还是回集团吧。不管怎么样，你都是我们的骄傲。"

李全兴望着满头银发的老母亲，心中荡漾着温暖。他没有立刻回答，而是抿起嘴想了想才说："娘，这样讲吧，其实我现在的状态和你诵经念佛是一样的。你念经的时候累不累？我想那么长时间一动不动，一定是累的，对吧？起码腰酸背痛是肯定的，但你觉得苦吗？”

母亲知道他想表达什么，但还是有些不理解：“儿子，可你图什么呢？难道真的只为了大家口中那声好吗？这值得吗？”

李全兴真诚地看着母亲说：“娘，还是刚刚那句话，我和你诵经念佛是一样的，我什么都不图，就是图个心里踏实，只不过我们俩的表现方式不一样。”

母亲听懂了，终于放下顾虑，拭去眼泪，舒心地笑出来。她慢慢将李全兴的领口整理好，柔声道：“既然你能这样想，我就不多说什么了，我会一如既往地支持你。不过，记得一定要多注意身体。你要知道，村里离不开你，家里更离不开你。”

这下，轮到李全兴的眼睛湿润了，母亲的关切之语不停地触动着他柔软的情感神经。他轻轻地拥住母亲，在耳边回答道：“娘，你放心！”

第 16 章

与先进比肩

　　山泉村与华西村相毗邻，虽然不属于同一个镇（山泉村属周庄镇，华西村属华士镇），但缘于紧密的地理关联，历史上两村人家的交流一直较为频繁。不过，自山泉村跌落高坛后，两村村民的心中就发生了微妙的变化，尤其是对山泉村的村民来说，这种感觉更为强烈。眼看着曾经携手共进的华西村一路领跑，站到了全国乃至世界的舞台上，他们明白，两村之间已划出了一条不见边际的鸿沟。根植于内心的自尊让山泉村村民们识趣地主动减少了与华西村的来往，固守在自己落魄的土地上黯然神伤。

　　几十年来，村民们亲眼见证了华西村的腾飞，也亲身经历了山泉村的衰落，两相比较之下，对村庄领路人的重要性有着更为切身的体会。作为土生土长的山泉村村民，李全兴同有此感，为山泉村痛心之余，他对华西村领路人吴仁宝的胆识和魄力十分钦佩。

　　2009 年 1 月，李全兴上任山泉村村主任后，便萌生出一个念头，想带领村委班子到华西村取经，学习华西村新农村建设的成功经验，尽快找到适合山泉村发展的破茧成蝶之路。但一方面苦于当时班子成员各怀心思，毫无凝聚力，另一方面，鉴于山泉村积贫积弱的惨淡窘境，他也不好意思以丑示人，想着待村庄有些起色后，再以崭新的面貌示之于众。于是，此事被暂时搁置下来。

只是，李全兴没有想到，在他关注着华西村，酝酿造访计划时，吴仁宝老书记同样也注意到了山泉村的变化。

草长莺飞二月天，拂堤杨柳醉春烟，大自然从不会因为某地区发展的衰退而对其另眼相看。进入春季，山泉村与周边村庄一样，共同沉浸在春意浓浓的勃勃生机中。此时，华西村的一份邀约不期而至。

这一天，一位老友来到山泉村村委，找到李全兴，发出口头邀请，想请村里的老干部及老党员到华西村走访交流。

李全兴听闻，颇觉意外和荣幸，顾不得多想，立刻回道："好的，这事可不能懈怠。感谢华西村村委的邀请，我们非常荣幸，一定组织好……"

对方连连摆手，打断道："李主任，你误会了，这不是村委的意思，是我个人的想法。我琢磨着，大家都是邻居，理应多走动嘛，否则不就生分了。"

"噢。"李全兴有些明白了，点头道，"这倒是，应该多联系的，非常感谢你的挂念，我本来也有此意。不过，这样的话，我们就不方便以村委的名义发通知了。"

对方说："那肯定呀，我也没有这个意思，只是先来和你汇报一下。"

李全兴笑道："你太客气了，这事有什么可汇报的，你想邀请哪些人，直接和他们说便是，村委又不会阻拦。"

对方"哈哈"笑起来："有你这句话，我就安心了，那我去叫一些人。"又闲聊几句后，他便告辞离去了。

李全兴继续埋头于工作中，一门心思规划着山泉新村的建设，并未将此事挂在心上，直到下班时，在某个瞬间他蓦然忆起，方才觉得，自己对此事的处理可能有些欠妥。不管于公于私，这都是他上任后，村民们首次集体拜访华西村，作为村主任，他理应重视起来。

这般想着，他立即请村干部打听前往华西村的人员名单，并在其中锁定了一人——李进才。李进才是山泉村的老书记，比李阿青还要再早一任。

当晚，李全兴来到李进才家中，交心道："老书记，明天你们就要去华西村了。你也知道，华西村现在是明星村、模范村、先进村，你们这次去代表的不是个人，而是我们山泉村，尽管我们村子现在和华西村比，差距很大，但还是希望大家都能注意形象和言行举止，让他们感受到我们的尊重和敬意。按理说，我应该陪你们一起去，可实在不巧，明天我要出差，你们在路上一定要注意安全，并请替我转达对吴仁宝老书记的问候。"

李进才惊讶之余显得有些激动，拉住李全兴的手说："哎呀，李主任，这种事竟然还劳你费心，我实在过意不去。你放心，我一定会转达的。"

从李进才家里出来后，李全兴方略感安心。

那次华西之行，虽然李全兴没有去，但他的细心，却收获了吴仁宝老书记的好评。李全兴出差回来后，李进才来到村委，喜形于色地告诉他："李主任，前几天到华西村，我们完全按照你的要求去做了。临走时，吴仁宝老书记还对我们说，李全兴这个人很不错，你们一定要多支持他的工作。"

"是吗？"李全兴突觉有些感动，真诚地说道，"谢谢老书记。"

山泉村村民参观华
西村

他将目光投向华士河方向，嘴角微微向上扬起。

自那以后，李全兴便一直有个心愿，想找个时机正式组队，并亲自带队到华西村参观交流，向老书记学习请教。

然而，随着江阴市开展"三置换"试点行动的逐步深入，李全兴敏锐地意识到这是次极为难得的发展机遇，迅速启动了山泉新村的规划和前期工作，并将全部精力都扑在了新村建设上，拜访华西村之事便一拖再拖。

经过风雨兼程的不懈努力，村委终于在当年9月份拿到试点批文，李全兴这才算松了一口气。就在山泉新村即将正式进入施工阶段时，他接到了吴仁宝四儿子吴协恩的电话。

李全兴从小就与吴协恩一同长大，彼此间非常熟悉。只是后来，随着各自事业的蓬勃发展，牵扯了大多数精力，使得两人见面频次锐减，但互相还保持着密切联系。

简单寒暄后，吴协恩表明意图："全兴，听说你把山泉村管理得有声有色，真是厉害。我们以前是好朋友，从现在起，可以算是同行了，我们老书记想请你们村委班子过来坐坐，毕竟是邻居嘛。"

李全兴对这份主动邀请有些不好意思，抱歉道："嗨，说起这事，还真是惭愧，老早我就应该去拜访老书记的，是我安排欠妥。"

吴协恩笑道："你别客气，我特别能理解你现在的处境。村里遗留问题那么多，你刚上任肯定一头雾水，是要多费点心思去理清头绪。这次，老书记也是听说你们新村建设已经取得阶段性成果，估摸着你可能会轻松一些，所以才让我请你们过来坐坐。"

李全兴谦虚道："成果不敢说，工作都还在推进中。"借着这个话头，他趁机提起构思许久的想法，"对了，说到这里，还有个不情之请，我之前就一直想组织大家到华西村去学习，正好有这个机会，你看能否征求老书记的意见，我们安排村委班子、全体党员和村民代表一起去，请他给我们上上课，传授一些乡村治理和发展的经验？"

吴协恩爽快答应下来："这个是好事，应该没问题，我马上就去问一下。"

没过一会儿，吴协恩回了消息："全兴，老书记同意了，非常欢迎你们过来，而且，他还说晚上要陪你们吃晚饭呢。"

"太好了！"李全兴兴奋道，"谢谢老书记。能亲耳聆听到老书记授课，这个机会简直太珍贵了，我们一定会受益匪浅。"

吴协恩的情绪也很高昂，问道："你们大概有多少人？我安排车子去接。"

李全兴想了想说："估计有一百人左右。不过不用麻烦，反正距离不远，我们自己过去即可。"

吴协恩坚持道："那可不行，一定要接的。来了即是客，如果怠慢客人，老书记也会批评我的。而且参观、讲座、晚饭都不在一个地方，你们走来走去很不方便。"

李全兴觉得有道理，也就松了口："那好吧，先谢谢你，但是车子不用开过来了，就停在桥边吧，我们走过去。"

"好，就这么办。"吴协恩没有争执，痛快应下来。

结束通话后，李全兴立刻召开村委工作会议，向大家通报了华西村邀请一事。让他没想到的是，几乎所有人的表情都写满了惊讶。他没心思去细究各人背后的想法，当务之急是要抓紧做好组织部署工作。

为了提高认识、统一思想，李全兴首先向大家阐释了本次参观的特殊性。他说："这次我们即将去华西村，和年初一些乡亲们受邀去的情况不一样，和大家平日走亲探友的意义更不一样，这是以村委的名义前往，代表着山泉村的形象，而且吴仁宝老书记还会亲自给我们上课，机会非常宝贵。所以，大家一定要端正态度，认清我们与华西村的实力悬殊，既要怀着尊敬去参观，更要带着目的去学习，要虚心学、认真学、透彻学，努力学以致用。"

按照村委成员、党员、村民代表这三类，大家很快敲定了人员名单，随后，围绕参观过程中可能涉及到的细节问题又一一讨论。临近会议结束，李全兴补充道："还有一事，我们应当格外注意。为了体现对吴仁宝老书记、对华西村的尊重，这次所有前去的人员都要衣着整洁、面貌清洁、精神饱满，要展现出山泉村今日不同往昔的精神面貌。虽然这是面子工程，但在非常时期却有非常之用。大家务必要将这个要求及时传达下去，不能遗漏一人。"

众人想想确有道理，散会后就各自着手推进落实。

这天，来了。

午饭过后，就有村民陆续在村委门口集中，到了规定时间点，90多人已全部到齐。在村干部引导下，大家排成整齐的队列，精神抖擞，面带春风，甚是气派。考虑到有不少老同志前往，为确保安全，村委还贴心地为每位 70 岁以上的老人安排一位年轻同志随行保障。

看着规整的队伍，李全兴很是满意，一股极为难得的自豪情愫在心头环绕。他阔步走到队伍正前方，高声道："乡亲们，今天我们一起去华西村参观，既是学习也是交流。他们是先进村，我们是潜力村，虽然发展过程不一样，但最终目的都是一样的，那就是建成社会主义新农村。大家一定要有信心，不能妄自菲薄，要保持饱满昂扬的精气神，展现出我们山泉村的精神风貌。"说完，他看看手表，大手一挥，"出发！"

近百人的队伍紧跟着意气风发的李全兴，浩浩荡荡地向前迈进，这在山泉村的历史上可是百年不见的情景，惹得不少村民驻足围观。

行进间，李全兴正和村干部商量着到华西村后的一系列事宜，一阵谈话声钻入他的耳朵。

他隐约听到有人问："华西村为什么突然邀请我们过去？我总感觉有些奇怪。"

又一个声音飘过来："我也没想明白，他们发展那么好，而我们弄成这个样子，我都感觉去了难为情。"

还有人忧虑道："其实我也有这个担心，你说他们不会是为了嘲笑我们吧？"

"啊？应该不至于吧？"

"说不定噢。"

……

身后嘈嘈切切的声音越来越响，讨论越来越激烈。

李全兴听着心里很不是滋味，说明他适才的动员完全未起到效果。但他脚步没有丝毫停顿，依然大步流星向前走着。他坚信，吴仁宝老书记一定是真心实意地邀请他们。至于村民们的疑虑，他多说无益，事实自然会给出解释。

不多时，队伍就过了七房桥，转眼看到三辆大巴车正候在路边蓄势待发。吴协恩立在车前，与司机们聊着天。

李全兴急忙迎上去，与吴协恩热情地打招呼。三两句话简单交流后，他便安排村干部引导村民依次分批上车，由吴协恩带队，前往村内各个参观点。每到一处，吴协恩都亲自为大家讲解。

在这一批参观队伍中，几乎所有人都到过华西村，且绝大多数人不止一次。他们觉得对华西村的情况已了如指掌，这次参观是碍于村委下达的任务，多数人并没有抱多大期待，只是以走过场的心态前来"例行公事"。然而，听了吴协恩的讲解后，大家才猛然发觉，原来华西村别有洞天，每一处场所的背后，都有着深厚的内涵。

前期参观的行程结束后，吴协恩将大家领到村里的大会堂。待众人落座完毕，台上出现了一个身影，吴仁宝老书记缓缓地走到讲台前。

吴仁宝坐定后，目光在会场来回扫视，似乎在打量许久不见的老友。好一会儿，他才慢慢张开口，第一句话就是赞美之词："不错！今非昔比，非常好！"他的右手在空中比画，欣慰地说，"其实，刚刚你们参观时，我就一直在后面跟着。这一路观察下来，我真实感受到，现在的山泉村已经大变样了，变得有组织、有纪律、有素质，真的非常好！特别好！从今天的情况看，我对山泉村未来的发展充满信心，非常欢迎大家以后常到华西村来做客。"

吴仁宝简短的开场白，引发了台下一阵热烈的掌声。山泉村的村民们个个脸上洋溢着难以自持的兴奋与骄傲，能得到天下第一村的老书记肯定和表扬，那可是相当不容易的。放在以前，这真是不敢想的事。

按照预先的计划，吴仁宝为大家作了一场朴实又生动的讲座。老书记从华西村的发展历史讲起，追溯了这些年来的时代变迁，传授了历年总结的宝贵经验，最后还对两个相邻村庄的发展进行了展望，对山泉村的未来再次流露出殷切期待。情真意切的言语和极接地气的内容，引得村民们阵阵共鸣，也让大家对本村的未来充满信心。

当晚，吴仁宝设宴款待，尽管已年逾八十，但他依然坚持从头至尾在场作陪，让村民们备受感动。觥筹交错间，宴会大厅内喜气洋洋，氛围热烈。两个相邻村庄多年来结下的真挚友谊，似乎在那一刻得到了升华。

临走前，吴协恩为每人赠送了一份精美小礼品，解释道："这是老书记的一点心意，请你们务必收下。"

村民们拿到包装精巧的礼品，感受到一股不可言说的暖流在心间流淌，异口同声地回道："谢谢老书记！"

下了大巴，90 余人的队伍如来时一样，整整齐齐地走过七房桥，顶着银色的月光，踩在硬邦邦的村路上。村民们激动的心情还未平复，争先你一言我一语地交谈着感想：

"以前我们无论走到哪儿，都会受人家歧视，遭别人白眼，还从来没有一个地方能这样对我们。"

"可不是呢，而且还是世界闻名的华西村。"

"哈哈，简直就像做梦一样，我到现在还是不敢相信，今天发生的事居然是真的。"

"唉，不过话说回来，真希望我们村子也能建得像华西村一样好。"

"会的，我们不是也开始建新村了吗？我有信心，一定建得比他们漂亮。"

……

这次，依旧走在队伍前方的李全兴饶有兴致地听着大家交谈，联想到下午去时村民的言语，感到如一阵凉风吹拂过的惬意。

队伍解散前，他叫住大家，声如洪钟道："下午去的时候，有些人心里有顾虑，担心被人挖苦、被人瞧不起，我都听到了，这种心情我能理解。但是现在，我想大家都感受到了，这其实是我们脆弱的自尊心在作祟，是我们长期以来携带的自卑感在捣鬼，华西村并没有看不起我们。相反，他们对我们很尊重，吴仁宝老书记还亲自为我们上课，为山泉村今后的发展提供思路和指导。对于这些事，我们要懂得感恩，要将它记在心里。山泉村与华西村是友邻，今后，村委还会多与他们沟通，请他们帮助和支持我们建设新农村。今天的参观对我们是一种鞭策，我们要树立起信心，以华西村为榜样，瞄准目标、勇往直前。这不仅仅是几户人家或村委的事，而是全体乡亲们的共同使命。有作为才有地位，我们要齐心协力，通过实实在在的行动，打造一个漂亮的新村；我们要携手共进，通过扎扎实实的成果，赢得更多人的尊重。"

人群中爆发出一声叫喊："好！"随后声势愈益增大，形成一片欢呼的浪潮，经久不息。

大家面带满足的笑意，彼此挥手告别，欢欣鼓舞地各自散去。朦胧的月光下，山泉村又变得静谧安详。

吴仁宝的授课内容给了山泉村村干部很大的启发，尤其是对领路人李全兴来说，受益最丰。此后几日，他将记得密密麻麻的笔记本随身携带，一有空就翻开琢磨，反复咀嚼其中的思想和深意。对比山泉村的治理难点，一些悬而未决的管理症结，在一遍遍的研究和思考中，逐渐有了清晰的答案。

为了表达对华西村的感谢，同时展示山泉村的发展决心，村委特意安排制作了十块十平方米的大牌子，"学习华西村　建设新山泉"。十块牌子沿着华士河一字排开，看起来威武端庄、气势如虹。

高高伫立的牌子，既鼓舞了村民们的干劲和斗志，更成为两村睦邻友好的温暖标志。

几日后，李全兴再次接到吴协恩电话。对方赞叹道："全兴，老书记刚刚开会夸你了，说你有志气，有骨气，更有胆气，山泉村在你的带领下已经焕然一新了。他相信你一定能带领山泉村走出困境，重现当年的辉煌风姿。山泉村的振兴，指日可待了。"

李全兴有些不好意思，忙说："老书记太客气了，现在的山泉村实在还不值得夸奖。实不相瞒，上次参观完，特别是听老书记讲课后，我收获很大，也更加有紧迫感。从那天起，我就经常在村委会上强调，我们一定要自加压力，努力向前，找准定位。华西村是一朵鲜花，我们的目标就是争取成为称职的绿叶，而不能做枯枝烂叶。"

吴协恩被这个比喻逗得哈哈大笑："你太谦虚了。"

"哪有，我说的都是事实。"李全兴心里清楚，这绝非是谦虚，

李全兴带队到华
西村交流

而是对未来发展的清晰导向。取法乎上，得乎其中；取法乎中，得乎
其下。对于大伤元气、百废待兴的山泉村来说，认清自身处境、找准
发展标杆至关重要。

有了良好的开端，两个村庄便开始了经常性地互相走动，尤其是
举办重大活动，都会热情邀请对方参加。在一次次你来我往的互动
中，两村关系愈加亲密。当全国瞩目的华西龙希国际大酒店建成后，
山泉村尽管经济拮据，还是想方设法凑钱，捐赠了一头铁牛，安放在
展示大厅以示祝贺。如今，李全兴站在办公室窗口，就能望见不远处
的龙希国际大酒店，仿佛一个标杆，竖立在眼前。

2012 年 10 月 8 日，国庆节后上班的第一天，李全兴正看着规划
材料，忽听一阵敲门声。他抬头望去，发现是华西村的一位村干部。

还没等李全兴招呼，对方就先发声了："李书记，冒昧打扰了。
我们老书记的同名电影《吴仁宝》明天在华西村首映，老书记交代，
要给你们留 180 张票，邀请你们过去观看。"说完，从包里掏出两个
厚厚的大信封，恭敬地放在桌子上。

李全兴双手拿起信封，当即表态："非常感谢老书记的盛情邀请，有劳你转告老书记，我们一定组织好，按时到场。"

送走对方，李全兴立刻停下手头工作，把副书记江金岳叫到办公室，吩咐道："我们现在需要 180 个人，你马上安排村干部，分头通知班子成员、全体党员和村民代表，另外再通知一些平日里思想进步、表现积极的乡亲们，一定要凑齐人数，今天下午两点准时到村会议室集中，我有重要事情布置。"

江金岳离开后，李全兴又拨通吴协恩电话，抱歉地说："电影票已经收到，请你替我再次感谢老书记的关心，村委一定会组织好队伍去观看，请老书记放心。不过有一事非常遗憾，市里安排我明天到外地出差，这个行程节前就确定了，实在身不由己。我没办法到场祝贺，还请你和老书记作个解释，请他见谅。"

吴协恩回道："没关系，你有事忙你的，我会转告老书记。"

当天下午，李全兴准时来到村会议室，看到 180 人已整整齐齐坐于台下。不少人在交头接耳，纷纷猜测如此兴师动众地临时召集大家究竟是为何事。

李全兴径直走上台，开门见山道："同志们，乡亲们，今天上午，华西村送来 180 张电影票，吴仁宝老书记的同名电影明天将要在那里首映，邀请我们去观看。大家要明白，这不是一场普通的观影活动，而是老书记的盛情和信任，我们一定不能辜负，要高度重视起来。所以，明天我们的村干部会带领大家集体去观看。以前办活动时，村委给大家都发过白衬衫和黑裤子，明天大家全部穿这身衣服，并且洗漱整洁，该刮胡子的赶紧刮胡子，该理发的赶紧理发。看电影时切记保持安静，不要喧哗。大家要怀着尊重和崇敬的心情，要让老书记感觉到我们的重视，要让华西村看到我们的形象。"

简短的动员会结束后，李全兴顾不得歇口气，紧接着又召集村领导班子开会。他再三叮嘱，一定要组织好，特别是要制订周到的应急方案，确保观影活动顺利完成。

安排完这些事，李全兴才稍微松口气。思来想去，确认所有环节都已部置妥当后，当天傍晚，他便出发去了外地。

次日，李全兴结束工作回到酒店，心里始终挂念着观影活动。放下公务包，他就迫不及待地掏出手机，准备询问情况，正巧，江金岳的来电适时响起。

一接通，他就听到对方兴奋地说："李书记，向你汇报，今天的活动非常成功。老书记确实很看重，给我们留的是全场正中最好的位置。看完电影后，他很高兴，在现场还连连夸奖我们村，说我们做事情特别用心。"

"是吗？"李全兴紧绷的心情顿时放松下来，难掩喜悦之情，说道，"太好了。"

通话刚结束，吴协恩的来电又至，语气中满是激动："全兴，今天你们可出了大风头，那么多人全部白衬衫、黑裤子，整整齐齐的，场面太让人震撼了。再看其他村，都是零零散散，穿得五颜六色，对比很明显。能感觉得出来，你们非常上心，组织得真棒。"

李全兴望着窗外，想象着当时的场面，感到心情很舒畅。他由衷地说："这都是应该的。"

吴协恩笑了："你应该还不知道，电影结束后，老书记就对其他村子的人说，你看你们平时老书记长、老书记短的，嘴里叫着都挺亲切，可真正落到实际事情上就看出问题来了，你们有谁能像李全兴一样用心？你们看看山泉村组织的队伍，再看看你们的，这就是态度，这就是差距。通过今天这件小事，我对李全兴这位同志刮目相看，我敢断言，在李全兴的带领下，山泉村的发展不可限量，今后一定能一飞冲天。"

得到吴仁宝如此高的评价和认可，李全兴万分惊喜，同时也更加坚定了向老书记取经、向华西村学习的信念。在此后的各类会议和公共场合中，他都反复强调，一定要在全村形成共识，将华西村作为灯塔、列为标杆、视为追求。

后来，在山泉新村建成投用，新农村建设取得显著成绩后，破茧成蝶的山泉村吸引了各级领导、各家媒体及社会各界人士的广泛关注。在迎接一批批前来参观考察的队伍时，李全兴被问的最多的问题就是："山泉村的发展和旁边的华西村有什么不同？"每一次，李全兴都会挺起胸膛，将目光投向华士河对面，坚定有力地回道："没有什么不同，我们都是共产党员，都是在中国共产党的领导下，努力去建设社会主义新农村。我们都在一心一意地为村庄谋发展，为村民谋幸福。"

炯炯如炬的眼神，铿锵有力的表态，奏响了山泉村飞跃发展的最强音。

第 *17* 章
农民思想家

几年来，山泉村翻天覆地的变化像是如镜湖面上投下一块石子，不仅在村民心中起了涟漪，也向全镇及更广范围传播开去。

无锡市一位副市长看到相关报道后，深觉不可思议，急忙搜集汇总了许多介绍山泉村的资料，越了解越觉得惊奇和震撼。他立即放下手头工作与李全兴联系，约见详谈。

刚碰面，副市长就急不可耐地直奔主题："李书记，作为江阴市首批'三置换'的试点村，你们进行了很多创新实践，成绩非常突出，远超市里的预期。你也知道，现在全国各地都在大力推进新农村建设，而山泉新村的成功经验对我们很有借鉴意义，所以我想请你谈谈，你认为在推进新农村建设方面，下一步市里应该怎么做？"

李全兴客气道："也谈不上什么成绩，我只是做了一点本分工作而已。"

副市长诚挚地说："李书记，这事关全市工作大局，有一说一，你可不能藏私啊。"

李全兴见副市长认真起来，便调整了坐姿，将桌面上提前备好的资料归整一番，轻轻地放在一旁。略作思索，这几年的发展脉络及关键节点很快浮现在眼前。他细数着这些年的大事小事，心中渐渐有了数，朗声回答道："既然这样，我就结合山泉新村的建设，谈一些拙见吧。说到社会主义新农村建设，现在全国遍地开花，声势浩大，我认为首先要弄清楚三个问题：第一，我们为什么要建设新农村？第二，建设新农村是为了谁？第三，建设新农村的意义是什么？"

副市长急忙翻开本子记录，期待道："嗯，你说，我虚心求教。"

李全兴边想边说道："先说第一点，党和国家为什么要大力推进新农村建设？我认为，并不是想拔苗助长地快速实现现代化，更不是好大喜功的面子工程。有人和我说，建设新农村是因为老房子破旧了，有的都成危房了，我觉得的确有这方面的考虑，但并不是关键，开展新农村建设其实有很深刻的现实原因。最直观的，现在许多农村的房屋基本上还停留在改革开放初期的模样，大多是二层农房。殊不知，当初分田到户，建造这种结构的房子是有大智慧的。它的底层是为了满足劳动需要，比如晒麦扬场、喂猪养羊、堆放柴草农具等，二楼才是供人居住的，用来满足日常生活。所以，这种看似不起眼的房屋，却融合满足了生产和生活两种不同的需求，它并不是想当然随意那么盖的，里面有着时代的鲜明印记。但如今，生活环境已经发生了质的变化，比如现在许多农民既不养猪羊，也不种地，改为外出经营或打工了，那房屋就只剩下生活需要，底层就成了浪费空间的摆设，所以，农房的面貌要改，要建设更贴合当下农民生活状态的新房子，这也是顺应农村生产生活重大变迁的实际举措。

"再说第二点，建设新农村是为了谁？这是最重要的问题。建设新农村是为了满足村民对美好生活的向往和追求，它是为了村民而建，而不是为政府而建。如果在规划建设中，相关部门和单位只考虑上级指导、政绩需求、任务考核，只求建得漂亮、盖得整齐，而忽略了农民的真实愿望和情感，那乡亲们怎么会买账呢？要知道，每户家庭的人员结构不同、经济能力不同，自然对房屋的需求也是不同的。我举个例子，在山泉村里，有的老夫妻只有一个女儿，而女儿早晚是要出嫁的，那他们对房子的需求就不是越大越好，否则女儿搬走了，空那么多房间做什么呢？但如果这对老夫妻有两个儿子，那他们的需求就截然不同了，当然是越大越好，要为以后添丁进口做准备。所以，我们要充分了解民情、尊重民意，真正掌握每个家庭的个性化需求，然后才能更有针对性地建设新农村。甚至进一步说，在建设中，我们还可以适当超前，嵌入式地提前规划一些养老、教育、医疗等配套服务，提升新农村建设的内涵。在目前，这些配套服务都是当下农村极为欠缺的。我印象最深的一点，就是我小时候，村子里几乎都有小学、中学，但现在的农村呢，有个幼儿园就已经很不错了。这当然有社会发展的必然性，但仍然值得我们关注和思索。

　　"至于建设新农村的意义，我认为更像是搭建一个平台，发挥集体合力。再打个比方，村民们勤奋劳动赚了些钱，他们可以自己翻建农房，盖得多气派都可以，但建好以后呢？线路、水管、天然气、雨污分流等这些基础设施怎么解决？相关部门会专门为他一家做规划吗？不现实。再比如，现在几乎家家都买得起汽车，但如果村里还是坑坑洼洼的土路，汽车根本没法开，那买了车有什么用呢？这个公共道路问题该怎么解决？要村民自己掏钱修吗？也不现实。所以，这些普遍存在的许多问题，仅凭乡亲们的个人力量是根本没法解决的，故而我们要建设新农村，就要把这些诉求凝聚在一起。有了集体，也就有了力量，涉及的问题就可以顺利解决。我觉得，这才是我们建设社会主义新农村、打造山泉新村的意义所在。"

李全兴连说带比划，一口气讲完，匆忙抿了一口茶，又补充道："当然，这些只是我个人的一些想法，肯定还有许多不成熟的地方。也许随着山泉新村的建设和时代的发展，我会有新的感悟。我和你说的，也只是基于此时此刻的想法，所以局限性在所难免，不当之处，还请你多包涵指正。"

副市长没有接话，依然在"唰唰唰"地记个不停。好一会儿，他才停下笔，眼睛透出亮光，激动之情溢于言表，竖起大拇指感叹道："李书记，我今天才真正体会到，什么叫听君一席话，胜读十年书。我算是了解了，山泉村这几年的崛起绝对是有道理的，你很厉害。"

李全兴笑道："过奖了，这只是一点拙见。"

"来，我以茶敬你。"副市长端起茶，带着尚温的热气。两个陶瓷杯清脆地撞在一起。

以人为鉴，可以知得失；以史为鉴，可以知兴替。抱着这样朴素的念头，李全兴特别喜欢思考，尤其乐于总结过往的经验，没事就会回过头琢磨琢磨，再将探究的些许心得套入当下现实进行分析，倒也别有滋味。

2012 年 6 月，暑气刚刚升腾，山泉新村的新居建设进入了尾声。此时的山泉村，已然成为了明星村，一路开疆拓土，一路逆袭而上，书写着新农村建设的华美篇章，吸引着络绎不绝的队伍参观来访。

这日，李全兴刚送走一批交流队伍，手机又响了起来。镇党政办公室的工作人员告诉他，中共中央党校的专家学者正在做一项关于社

课题组到山泉村
调研

会治理的课题，其中有多名博士后。他们了解到山泉村的发展变迁，非常感兴趣，计划以蝶变新生的山泉村为对象，组队到村里进行专题调研。李全兴欣然应允，经过前几次接待来访，村委对此已颇有经验，他们甚至有一套完整的书面材料可以提供。

不料，这次的队伍有些不一样。

当李全兴用夹杂着吴侬软语声调的普通话致完欢迎辞后，对方领队微笑致谢，并表明了此行的目的："李书记，山泉村这几年的发展有目共睹，你作为村里的领头羊，在这涅槃重生的过程中一定深有心得。如今，基层社会治理这一块内容得到了党中央和各级党委政府的高度重视，所以我们特前来求教。结合治理山泉村的成功经验，你能否通俗地谈谈，对社会治理有什么样的思考和认识？越通俗，越简单，越形象越好。"

对李全兴来说，这个问题说新不新，说旧不旧。自从山泉新村第一批新居交付以来，他就经常性地面对此类问题，也形成了一套独特的应答体系，但如何才能"通俗""简单""形象"，他倒一时间没了主意。望着事先准备好的资料，他挠挠头，调整着思路。不经意地，他眼神飘向窗外，那个瞬间，从老年活动中心传来的欢笑声灌入耳中，让他猛然想到一件事，顿时有了灵感。

他笑着说："各位都是高才生，而我没上过几年学，不敢在大家面前妄谈，并且基层社会治理这个课题太大，我也驾驭不了。这样吧，既然你们提出要通俗，那我就围绕自己身边的琐碎小事，谈一些浅薄的想法，可以吧？"

对方表示："客气了，当然可以，我们洗耳恭听。"

李全兴的眼神开始变得柔和。他望向远方，开口道："每个国家的体制不同，管理理念不同，因此社会治理的模式也不尽相同。但我认为，相对于国外，中国的社会治理模式其实是非常成熟的，甚至远超西方发达国家。"

博士后们听到这个论调，均涌出了兴趣，好奇地问："李书记，此话怎讲？"

李全兴亮明主题："麻将，大家都了解吧？"见众人不明所以地点头，他继续道，"我本人并不喜欢打麻将，但我的母亲特别热衷于麻将。因为打麻将多少会涉及金钱往来，所以我有时会提醒她，千万不要因为钱与别人发生矛盾。没想到，她却很奇怪地反问我，打麻将怎么会有矛盾呢？后来，我细细回想起来，发现确实如此。就以我母亲为例，她打了几十年麻将，与身边人相处一直很和谐。我的第一反应，就是这里面不简单，一定很有门道，于是就开始研究它。越研究，越震撼，我发现，其实打麻将和社会治理有很多相似之处。"

这番铺陈有力的话吊足了大家的胃口，众人不解地急切问道："这又怎么说？"

李全兴的兴致也上来了，他喝了口茶，接着讲述："大家都知道，麻将有四个人玩，本质上是一种竞技类游戏。只要是竞技，最后就一定有人输有人赢。因此玩的时候，每个人都会绞尽脑汁，观察已打出的牌，算计对方手里的牌。不过和游泳、赛跑、跳水、足球等其他竞技项目不同的是，它没有裁判。当一局结束后，没有任何人站出来裁定，指出这局是哪家赢。但尽管如此，大家都会毫无异议地一致认定最终的赢家，并且其乐融融。各位有没有想过，这是为什么？"

大家摇摇头，饶有兴致地盯着李全兴，等着他接下来的答案。

李全兴简洁地蹦出两个字："规则。"他解释道，"当四个人决定坐下来玩的时候，一些关键内容就已经确定了，比如打几圈？每把多少钱？可不可以吃或碰？等等。这是建立规则。在打麻将过程中，规则会贯穿始终。首先，大家玩的是同一副麻将，它全部摆放在桌面上，大家都能看到，并且每人按顺序轮流抓牌，没有人可以指定说要某一张牌，这就是规则的公平性。其次，如果有人出牌太慢，另外三家会共同催促，如果有人耍赖或作弊，那下次一定没人再和他玩，他会因为违反规则而被淘汰，这就是规则的公正性。最核心的是，当一个人和牌后，他需要把自己的牌展示给其他人看。你们想，如果有人说和牌，却把牌扣起来，其他人会买账吗？当然不会。这就是规则的公开性。规则设定要公平、规则实施要公正、规则结果要公开，我认为这就是规则的灵魂。"

李全兴形象生动的介绍仿佛打开了另一个世界的大门，令众人听得津津有味，频频点头。课题组组长更是激动地站起来说："太棒了！李书记，你这个比喻简直太到位了！令人醍醐灌顶，对我们有很大的启发。难怪常听人说麻将是国粹，原来还有这么深层次的道理在里面，我们倒真的没有从这个角度去思考过。"

李全兴谦虚道："其实这也是我没事的时候瞎琢磨出来的，不一定对，权当参考吧。"

对方对这个话题依然怀有极大的兴趣，其中一人问道："李书记，请问山泉村的社会治理工作是不是参照'打麻将'这个思路来进行的？"

李全兴没有马上回答，稍微想了想，才点头道："虽然我以前没觉得，但细想起来，确实如此，都能对应得上。比如我回村后不久，村委就组织对《村规民约》进行重新修订，先后召开了大大小小15次会议专题讨论，并且聘请律师全程参与，这就是建立规则，也是大前提。在《村规民约》里，对村委、村民双方都进行了约束，明确各自对等的权利和义务，这就是公平。那何为公正？我认为无外乎两点，既要对村民加强管理，也要同步加强服务。只有服务到位，村民才会心甘情愿地服从管理。那么这一点如何保证？我们有几个小举措，一方面，要求每位党员和村民代表每月要做不少于一天的义工；另一方面，村委会给各家发放便民服务卡，上面印着服务清单，里面包含用电、用水、有线电视、电话、纠纷调解等9个方面的服务内容。乡亲们家里有任何事，都可以打电话找对应的村干部。事情处理完后，村民要在村干部的工作台账上评价、签字。村民的评价高低将直接与村干部的全年收入挂钩，并且这些结果也全部向村民公布。通过这种手段，将权利还给村民，促使村干部对每户人家都心存敬畏，这就是公正。通过试行，村委还意外发现，这种做法的示范性远超预期，比如村干部能够真心实意地为村民服务，村民自然而然会受到感染，从而也投身其中。山泉村现在就有一支便民服务队，里面有不少是村民志愿者，他们 24 小时为他人提供水电维修及其他的一些便民服务。至于公开就更简单了，村委定期会将村级资产收支明细、村委决议、重大工程进展情况、拟增补村民代表名单、结对帮扶人员名单、各类补贴发放等乡亲们关心的信息全部张贴，并印成小册子分发到每位村民手上，让村民的知情权落实落地。村里每一块土地的使用，每一项公共设施的建设，每一种公共设备的购置等大事要事，也都要经过村民代表举手表决，让村民有参与权。我想，山泉村之所以能在短短三年的时间发生今非昔比的变化，有了些社会主义新农村的样子，正是因为我们将公平、公正、公开这三个因素充分注入其中，从而滋养出了充盈蓬勃的动力和活力。"

李全兴说完，便彻底歇住口，望着端正坐在面前的听众，脸上带着自在的笑意。

在场的博士后们专心致志地听着，现场鸦雀无声。他们没有想到，社会治理这个高大上、高精尖的话题竟然被一个村官用麻将做比喻，如此通俗易懂地诠释出来。更关键、更令人振奋的是，它不仅精准、适用，而且有极强的可复制性和推广价值。

一片沉静中，突然有人蹦出一句话："说得好！"紧接着又陆续有人道："说得妙！""说得精辟！透彻！"一阵激烈热情的掌声骤然响起，持久不息。

无锡市宜兴市丁蜀镇的原党委书记陈雪峰与李全兴相识已久。他在刚上任镇党委书记时，第一站就来到山泉村调研，并深深为之震撼。一段时间后，他调任无锡市住房和城乡建设局局长，同样把履新后的首站调研点安排在山泉村。

好友相见，四手紧握，其乐融融。李全兴开心地向陈雪峰表达祝贺后，对方笑呵呵地表明了来意："李书记，我又来学习请教啦。我在丁蜀镇这些日子，亲眼见证了山泉村的发展变化，也经常琢磨你们的振兴之路，虽然有些心得，但感觉还是意犹未尽。现在，我又到了新的工作岗位，学习取经的意愿更加迫切，这不，趁着空闲，专门再来向你讨教讨教。"

李全兴哈哈大笑，忙道："陈局长，你太客气了，我可担当不起。"他请对方坐下，倒上一杯茶，"不过说来也巧，我最近确实在思考一些问题。你现在是住房和城乡建设局局长，正好我们可以探讨一下。"

陈雪峰闻言大喜，举起茶杯道："太好了，你赶紧说说看，我就知道到你这里一定会有收获。"

李全兴抿口茶，先抛出一个问题："陈局长，对老龄化这一块，你怎么看？按照当前国际通行划分标准，当一个国家或地区 65 岁及以上人口占比超过 7% 时，就意味着进入了老龄化社会，达到 14% 就是深度老龄化社会，如果超过 20% 以上，那就是超老龄化社会了。不知你有没有了解过，现在无锡的老龄化比例是多少？"

陈雪峰脱口而出："这个我有印象，记得好像是 25% 以上，已经超过四分之一了。"

李全兴对陈雪峰对业务的了然于胸非常敬佩，他竖起大拇指说："对的，确切地说，是 26.8%，山泉村更是到了 28%。"

陈雪峰深吸口气，感叹道："唉，如此高的老龄化比例，今后必将是一个很大的社会问题，对民政部门来说，考验很严峻呐，这以后……"

"此言差矣。"李全兴打断对方，轻轻摇头道："陈局长，恕我冒昧，以前我的想法和你一样，而且我觉得大部分人可能都会这样认为，觉得应对老龄化问题是民政部门的事。不过，经过在山泉村磨炼这几年，我切身体会到，情况并非如此，老龄化社会与我们国家的各个阶层、各个方面都有着千丝万缕的关系。"他意味深长地望着陈雪峰，"陈局长，我甚至觉得，尤其是与你当前所在的住建部门关系更为密切。"

"哦？是吗？"陈雪峰有些惊讶，疑惑地问，"和住建部门有关？这个怎么说？"

李全兴解释道："我打个比方，比如我们规划新建一片小区，入住居民总数有十万人，那么按照现在的老龄化比例，老年人就会有两万六千八百人，规模很庞大了。老年人是独立的群体，他们与年轻人的生活需求并不一样，这也是我在山泉新村建设过程中发现的。例如他们更向往低楼层，更倾向于小户型，更在意日照时间等，他们期待和子女挨得近，却又不希望与子女同在一个屋檐下。这些需求都带有这个固定群体的特征。"陈雪峰安静地听着，觉得这条思路很新奇，时不时做着记录，听李全兴继续说，"既然老年人有这些意向，那我们在规划小区时，有没有将他们的特殊需求考虑进去？据我了解，目前来看好像还没有这个意识，新建住宅基本上还是以非老龄化群体的需求为导向。所以这就埋下了一个隐患，前期基础工作没有到位，后期等到老龄化需求爆发出来，往往就会措手不及，结果大家两手一摊，把问题全部抛给社会。耗到最后，最终还是要由政府买单。"

陈雪峰埋头思考着，若有所思地点点头，抬头征询道："那依你之见，有什么解决措施？我想听听你的高见。"

李全兴谦虚道："高见谈不上，不过有些思考罢了。我认为，今后的房地产开发一定要面向各个年龄段，我们政府在规划时，就需要把老龄化因素考虑进去，比如和山泉新村一样，把每栋楼的底层或低楼层都开发成老年公寓。"

陈雪峰肯定道："你们山泉新村的做法确实不错，科学实用，很受村民和外界的好评，的确很有参考和借鉴价值。"

李全兴毫不隐瞒地说："陈局长，说实话，也不怕你笑话，把山泉经验向外推广，为全市甚至全省全国的乡村振兴作出山泉贡献，这正是我的夙愿。"

陈雪峰十分钦敬："你的这种胸怀和格局让人佩服。那我们再说回来，就围绕山泉新村老年公寓这个点，你能系统总结一下它的特点和优势吗？"

"嗯……"李全兴低头想了好久，才又开口道，"这个问题倒有点复杂。如果非要总结，我觉得就是五个字：既像也不像。"他把目光投出窗外，边思考边说，"说它像是像什么呢？像城市里的养老院或护理机构。我们和他们一样，与相关的专业机构都有合作约定，针对老年人的特定需求，请他们上门提供医疗卫生、生活照料等服务。它们本质上是一样的，都是追求老有所养。那说不像是什么意思呢？就是生活方式、生活氛围不像。和养老院相比，村里的老年人不是被集中圈在一个固定区域，这里没有那么多约束，他们可以随时见到子女，尽享含饴弄孙、膝下承欢的天伦之乐；他们也可以在自家菜园种地养花，收获劳作的乐趣；他们还可以走街拜户，找几十年的老友聊天娱乐；等等。相比一般的养老机构，我们追求的是老有优养。这就是我们老年公寓的特点。"

陈雪峰豁然开朗，不禁鼓起掌来："了不起！李书记，真了不起！我回去一定认真学习消化。"接着又打趣道，"你还有什么心得，不要藏私，都分享出来听听。"

李全兴也乐了，又喝口茶说："那我再说一点，也是我最近思考的心得。我发现一个很有意思的现象，现在的小区基本都有物业，那么居民和物业之间有没有矛盾？我敢说几乎都有，很少听说两方之间互相是百分百满意的。不知你有没有想过，这是为什么呢？"

"嗯？"陈雪峰向前倾了倾身子，表现出极大的兴趣，"确实，现在各个小区普遍都存在着物业和居民的矛盾，那请你再谈谈对这方面的高见。"

李全兴双手比画着说："我认为这也是规划的原因。当然，服务态度是一方面，但是有个客观原因是物业公司挥之不去的硬伤。你想想，在小区的建设过程中，绿化密度、车位配比、水电引进、管道安排、线路铺设等事项是不是在施工时就已经提前规划好了，而物业是在小区建成之后才参与进来。直白点说，物业就是接摊子的。"

陈雪峰笑了笑："你这个比喻有点意思，确实很形象，请继续。"

李全兴接着道："如果这个摊子底子好，物业公司就能省点劲，管理起来也更为顺畅。但如果这本身就是个烂摊子，那又凭什么去指望物业公司能经营管理好呢？我举个最简单的例子，老小区普遍存在的老大难问题——停车难，停车区域严重不足，稍不留意就有刮蹭，业主对此意见很大，物业公司也苦不堪言，这就属于典型的烂摊子。规划时对车位考虑不周，预留数量不足，物业公司接手后又能怎么办？这是永远也调和不了的矛盾。再比如，水电、管道、线路等特殊设备都有专门的政府部门负责管理维护，像是否停水停电，物业公司根本没有权力去干涉。但这些方面出了问题，业主骂谁？我敢打包票，基本上矛头都会指向物业。闹严重点，不交物业费，物业的服务质量自然下降，业主进而更不愿交物业费，形成恶性循环。在这种情况下，你说两者能和谐相处吗？那只能寄望奇迹了。所以，这些问题都是今后我们在规划新小区时应该提前考虑进去的。"

陈雪峰认真听完李全兴讲话，感叹道："真是太受教了。李书记，每次和你交流，我真觉得十分解渴尽兴，你简直就是一座宝藏。"随即，他追问道，"那我冒昧问一下，这个问题在山泉新村你是怎么实现平衡的？是规划时就通盘考虑进去了吗？"

李全兴摇头道："刚刚谈的只是我的想法，想要真正落地，要走的路还很长。因为水电气等都涉及政府部门，所以就现阶段来说，村委单方面做这些规划意义不大，要彻底解决这个问题，必须靠上级政策推动，相关部门共同配合才行。"稍一停顿，他又略显骄傲地说，"当然，村委也做了一些实质性的尝试，比如考虑到居民和物业之间可能出现的矛盾，我们在山泉新村干脆就不请物业，实行村民自治。目前来看，效果非常好，但是否具有推广意义，这我现在不敢下结论。"

陈雪峰此时想起来，曾经看到过一篇关于山泉新村的经验介绍文章，里面提到了村民自治这块内容，让他很受启发。他"嗯"了声，瞥了眼时间，将笔记本合起来，塞回包里，端起茶杯道："这趟不虚此行，令我大开眼界，受益匪浅，我回去一定认真学习消化今天的谈话内容，在全系统传达你的精彩见解。来，我以茶代酒，敬你。后面我还有事，以后我会经常来。"

李全兴也举起茶杯，热情道："你太客气了，这些只是我个人的一些浅薄想法。欢迎你随时再来，我们继续交流探讨。我也相信，随着社会不断发展，随着国家治理体系和治理能力现代化进程的逐步推进，今后一定会有更好的理念和解决方式，让这些治理难点、痛点迎刃而解。"

陈雪峰肯定道："那是一定的，我们期待着。"

两只茶杯碰到一起，发出清脆的声响，伴着茶叶的清香，向外扩散开去。

第 *18* 章
新时代新山泉

2012 年，对快速发展中的中国来说，对中国特色社会主义事业来说，是一个有里程碑意义的年份。

当年 11 月，在我国进入全面建成小康社会的决定性阶段，党的十八大在北京胜利召开。这是一次统一思想、凝聚力量、承前启后、继往开来的盛会，是高举中国特色社会主义伟大旗帜，从思想上、政治上、组织上为实现全面建成小康社会宏伟目标、奋力开拓中国特色社会主义更为广阔的发展前景作出战略部署的盛会，对凝聚党心军心民心、推动党和国家事业发展具有十分重大的意义。

中国共产党第十八次全国代表大会

党的十八大是在特殊的时代背景下召开的。经过 30 多年改革开放，我国经济社会发展取得了举世瞩目的成就和进步，且发展仍处于可以大有作为的重要战略机遇期，这就要求全党全国人民要全面把握机遇，沉着应对挑战，赢得主动，赢得优势，赢得未来，确保到 2020 年实现全面建成小康社会的宏伟目标顺利实现。下一阶段，我们党将举什么旗、走什么路、以什么样的精神状态、朝着什么样的目标继续前进，世界各国都在争相观望，全党全国各族人民也在热切期盼着。

作为山泉村的掌舵者，李全兴以高度的政治觉悟，全程密切关注着党的十八大会议进程，并组织村两委成员观看直播，以便及时了解、学习、贯彻中央最新精神和最新指示。11 月 16 日上午，党的十八大闭幕的次日，山泉村就召开了一场别开生面的村委扩大会议，组织全体村干部共同学习党的十八大相关内容。

李全兴朗声道："这次学习会的议程简单，但十分重要。我们主要学习两份材料，一是十八大报告中与山泉村有关联的部分内容，二是习近平总书记昨天中午在与中外记者见面时的讲话。之前，我们已经组织村两委观看了直播，所以今天既是重温，也算巩固。下面，我们先学习第二份材料，习近平总书记的讲话内容。"说完，他拿起准备好的材料，满怀深情地朗读起来。

"在见面会上，习近平总书记说，全党同志的重托，全国各族人民的期望，是对我们做好工作的巨大鼓舞，也是我们肩上的重大责任。

"这个重大责任，就是对民族的责任。我们的民族是伟大的民族。在五千多年的文明发展历程中，中华民族为人类文明进步作出了不可磨灭的贡献。近代以后，我们的民族历经磨难，中华民族到了最危险的时候。自那时以来，为了实现中华民族伟大复兴，无数仁人志士奋起抗争，但一次又一次地失败了。中国共产党成立后，团结带领人民前仆后继、顽强奋斗，把贫穷落后的旧中国变成日益走向繁荣富强的新中国，中华民族伟大复兴展现出前所未有的光明前景。我们的责任，就是要团结带领全党全国各族人民，接过历史的接力棒，继续为实现中华民族伟大复兴而努力奋斗，使中华民族更加坚强有力地自立于世界民族之林，为人类作出新的更大的贡献。

"这个重大责任，就是对人民的责任。我们的人民是伟大的人民。在漫长的历史进程中，中国人民依靠自己的勤劳、勇敢、智慧，开创了各民族和睦共处的美好家园，培育了历久弥新的优秀文化。我们的人民热爱生活，期盼有更好的教育、更稳定的工作、更满意的收入、更可靠的社会保障、更高水平的医疗卫生服务、更舒适的居住条件、更优美的环境，期盼孩子们能成长得更好、工作得更好、生活得更好。人民对美好生活的向往，就是我们的奋斗目标。人世间的一切幸福都需要靠辛勤的劳动来创造。我们的责任，就是要团结带领全党全国各族人民，继续解放思想，坚持改革开放，不断解放和发展社会生产力，努力解决群众的生产生活困难，坚定不移走共同富裕的道路。

"这个重大责任，就是对党的责任。我们的党是全心全意为人民服务的政党。党领导人民已经取得举世瞩目的成就，我们完全有理由因此而自豪，但我们自豪而不自满，决不会躺在过去的功劳簿上。新形势下，我们党面临着许多严峻挑战，党内存在着许多亟待解决的问题。尤其是一些党员干部中发生的贪污腐败、脱离群众、形式主义、官僚主义等问题，必须下大气力解决。全党必须警醒起来。打铁还须自身硬。我们的责任，就是同全党同志一道，坚持党要管党、从严治党，切实解决自身存在的突出问题，切实改进工作作风，密切联系群众，使我们党始终成为中国特色社会主义事业的坚强领导核心。

"人民是历史的创造者，群众是真正的英雄。人民群众是我们力量的源泉。我们深深知道，每个人的力量是有限的，但只要我们万众一心、众志成城，就没有克服不了的困难；每个人的工作时间是有限的，但全心全意为人民服务是无限的。责任重于泰山，事业任重道远。我们一定要始终与人民心心相印、与人民同甘共苦、与人民团结奋斗，夙夜在公，勤勉工作，努力向历史、向人民交出一份合格的答卷。"

抑扬顿挫地读完，李全兴感慨地说道："人民对美好生活的向往，就是我们的奋斗目标。总书记说得多好啊，通俗亲切，鲜明有力，我们需要认真学习体会。"说完，他又拿起另一份材料继续道，"下面，我们来学习党的十八大报告。这份报告中，有两部分内容特别让我有共鸣，让我备感鼓舞和振奋。第一部分是谈论'三农'问题的，报告中指出，解决好农业、农村、农民问题是全党工作的重中之重，城乡发展一体化是解决'三农'问题的根本途径。要加大统筹城乡发展力度，增强农村发展活力，逐步缩小城乡差距，促进城乡共同繁荣。在这方面，我们已经有了实际的举措，比如山泉新村的建设，比如'三置换'的推行，等等。

"报告指出，坚持工业反哺农业、城市支持农村和多予少取放活方针，加大强农惠农富农政策力度，让广大农民平等参与现代化进程、共同分享现代化成果。加快发展现代农业，增强农业综合生产能力，确保国家粮食安全和重要农产品有效供给。坚持把国家基础设施建设和社会事业发展重点放在农村，深入推进新农村建设和扶贫开发，全面改善农村生产生活条件。着力促进农民增收，保持农民收入持续较快增长。坚持和完善农村基本经营制度，依法维护农民土地承包经营权、宅基地使用权、集体收益分配权，壮大集体经济实力，发展农民专业合作和股份合作，培育新型经营主体，发展多种形式规模经营，构建集约化、专业化、组织化、社会化相结合的新型农业经营体系。这些内容大家要重点关注，将是我们下一步的方向和目标。

"报告还提到，改革征地制度，提高农民在土地增值收益中的分配比例。加快完善城乡发展一体化体制机制，着力在城乡规划、基础设施、公共服务等方面推进一体化，促进城乡要素平等交换和公共资源均衡配置，形成以工促农、以城带乡、工农互惠、城乡一体的新型工农、城乡关系。对山泉村来说，有些要求其实我们已经在做了，比如为村民提供基础设施和公共服务等方面，目前来看，也得到了乡亲们的认可，但在其他当面，我们依然还有很多的工作，不容懈怠。"

李全兴喝口水，稍作停顿，继续道："第二部分是关于生态环境方面，这部分内容比较多，我就有选择性地读。报告中指出，建设生态文明，是关系人民福祉、关乎民族未来的长远大计。面对资源约束趋紧、环境污染严重、生态系统退化的严峻形势，必须树立尊重自然、顺应自然、保护自然的生态文明理念，把生态文明建设放在突出地位，融入经济建设、政治建设、文化建设、社会建设各方面和全过程，努力建设美丽中国，实现中华民族永续发展。

"坚持节约资源和保护环境的基本国策，坚持节约优先、保护优先、自然恢复为主的方针，着力推进绿色发展、循环发展、低碳发展，形成节约资源和保护环境的空间格局、产业结构、生产方式、生活方式，从源头上扭转生态环境恶化趋势，为人民创造良好生产生活环境，为全球生态安全作出贡献。这里我多说几句，关于山泉村的生态环境，我已经作了一些思考，之前也多次和大家沟通，就是将村内的土地按照不同的功能区定位进行重新划分，专门开辟一块生态区。不过这是项系统性的大工程，我们后续还要做更多的论证和规划。"

说完，李全兴拿起材料，继续念道："报告中提出了具体要求和目标，一是优化国土空间开发格局。国土是生态文明建设的空间载体，必须珍惜每一寸国土。要按照人口资源环境相均衡、经济社会生态效益相统一的原则，控制开发强度，调整空间结构，促进生产空间集约高效、生活空间宜居适度、生态空间山清水秀，给自然留下更多修复空间，给农业留下更多良田，给子孙后代留下天蓝、地绿、水净的美好家园。加快实施主体功能区战略，推动各地区严格按照主体功能定位发展，构建科学合理的城市化格局、农业发展格局、生态安全格局。

"二是全面促进资源节约。节约资源是保护生态环境的根本之策。要节约集约利用资源，推动资源利用方式根本转变，加强全过程节约管理，大幅降低能源、水、土地消耗强度，提高利用效率和效益。推动能源生产和消费革命，控制能源消费总量，加强节能降耗，支持节能低碳产业和新能源、可再生能源发展，确保国家能源安全。加强水源地保护和用水总量管理，推进水循环利用，建设节水型社会。严守耕地保护红线，严格土地用途管制。发展循环经济，促进生产、流通、消费过程的减量化、再利用、资源化。

"三是加大自然生态系统和环境保护力度。良好生态环境是人和社会持续发展的根本基础。坚持预防为主、综合治理，以解决损害群众健康突出环境问题为重点，强化水、大气、土壤等污染防治。

"四是加强生态文明制度建设。保护生态环境必须依靠制度。要把资源消耗、环境损害、生态效益纳入经济社会发展评价体系，建立体现生态文明要求的目标体系、考核办法、奖惩机制。建立国土空间开发保护制度，完善最严格的耕地保护制度、水资源管理制度、环境保护制度。加强环境监管，健全生态环境保护责任追究制度和环境损害赔偿制度。加强生态文明宣传教育，增强全民节约意识、环保意识、生态意识，形成合理消费的社会风尚，营造爱护生态环境的良好风气。我们一定要更加自觉地珍爱自然，更加积极地保护生态，努力走向社会主义生态文明新时代。"

李全兴放下资料，又喝了口茶，颇有感触地说："这次学习的内容就到这里，通过学习，我想每个人都会有更深的心得体会。就我自己来说，习近平总书记对人民的关心关切，让我非常感动；党的十八大报告中对'三农'工作提出的要求，让我备受振奋；对于生态环

村两委观看党的
十八大直播

境的重视，也让我信心倍增。无论是乡亲们的生活水平，还是村庄整体布局，生态环境治理，这些事，这几年，我们都在做，只是有的已经有了阶段性成绩，而有的还没有完全启动。但有一点值得我们骄傲，那就是现在看来，我们在前几年制定的发展思路和规划，基本上都是符合党中央的大政方针的，今后，我们要沿着这条道路，持之以恒地走下去。"

为了把以习近平同志为核心的党中央的重要指示落实落地，李全兴干劲满满，目光如炬，带领村委班子及时研判形势、更新思路，最终决定双剑出锋、共指未来：

一是要在山泉村现有发展的良好基础上继续勇攀高峰，把现状维持好、把成果巩固好、把水平提升好，重点是围绕新时代下村民生活的新需求和新诉求，对村庄进行改造升级，让村民享有更好的生活环境，进一步提升居住"满意度"。

二是要加大力度完善和推进山泉村生活区、生产区、生态区的规划落地，努力打造分区合理、功能独立、相互补充、平衡稳定的发展格局。

对于各功能区的规划，班子成员很快达成了一致。这些年来，村委也正是按照这条思路在逐步迈进，建设山泉新村，正是将生活区的理想照进现实。但对于山泉新村的改造和提升，也有人提出了不同意见，认为新村刚刚落成不久，一动不如一静，倒不如将精力放在生产区和生态区的实践上。

李全兴耐心地听对方讲完，如实表达了自己的想法："一动不如一静固然有道理，但要分情况来看，村民静下来是享受生活、安居乐业，村委静下来那就是慵懒、就是懈怠了。理念在更新，社会在发展，时代的车轮滚滚向前，为了山泉村的美好未来，我们千万不能满足成绩，让自己安逸下来。"

作为一名优秀的掌舵人，李全兴作出决定必然是经过深思熟虑的。他向大家解释道："对于山泉新村的改造升级，我们要做的事情其实很多，现实需求也确实很迫切。我举两个例子，一是绿化，根据测算，村里绿化率已经到了42%，远远超过了省里和市里的标准要求。现在正是秋季，你们都能看到，外面落叶漫天飞舞，地上树叶厚厚一层，给新村管理带来了很大的压力，并且植物太多会影响视线，特别开车骑车时，转角处容易造成盲区，也带来了交通安全隐患，你们说，这一块要不要修整？"

有人理解了，认可道："确实，这个事应该弄一下。"

李全兴继续道："我再谈一个例子。万事兴集团是做汽车配件起家的，所以对于汽车行业的发展，可能你们不太关注，但是我会关注。近期，汽车行业正经历着一场重要变革，相比传统的燃油汽车，新能源汽车极有可能是未来汽车行业的发展方向。今年7月底，国务院颁布了《节能与新能源汽车产业发展规划（2012—2020年）》，明确指出要大力推广普及混合动力车。十一之前，财政部、科技部、工信部、发改委又联合下发通知，决定将混合动力公交客车包括插电式混合动力客车的推广范围，从目前的25个节能与新能源汽车示范推广城市扩大到全国所有城市。由此可见，这是低碳环保发展的必然趋势，我们要顺应上级号召、顺应时代大潮。那么，新能源汽车的推广必然会遇到一个现实问题，它需要专门的充电桩。如果没有便利的充电条件，如果每次充电都让人折腾许久，那谁会去购买新能源汽车呢？所以，我们现在就要考虑起来，未雨绸缪，做好规划。说到底，乡亲们能不能在具体行动上响应国家低碳环保的号召，还是要看我们的基础工作扎不扎实。"

事实证明，李全兴的理念深度契合了时代发展的潮流趋势。根据科技部公开的资料显示，到2012年底，全国25个节能与新能源汽车示范推广试点城市一共示范推广各类节能与新能源汽车2.74万辆。其中，公共服务领域2.3万辆，私人领域0.44万辆；建成充（换）电站174个、充电桩8107个，新能源汽车的发展呈现出如火如荼的态势。而山泉村，正先人一步，自信而稳健地融入新的时代发展进程中。

随后几年，村委始终以党的十八大精神为指引，在山泉新村现有的高起点上，牢牢保持着与时俱进的姿态，围绕时代发展的新形势和村民们产生的新需求，及时调整完善。例如为了提升村民们的生活质量，感受现代化的生活气息，村委讨论并经村民代表大会投票决定，拆除原有的农贸市场，兴建现代商超。大型超市内宽阔整洁大气，各类商品琳琅满目，村委还聘请了专业管理队伍规范化运营，使卫生安全、食品安全、环境安全一跃实现了质的跨越。再比如，随着生活水平的提升，为了满足村民们家庭聚餐、朋友聚餐或招待用餐等需求，村委斥资兴建了共享中心，按照五星级的标准打造出了环境幽雅的高档酒店，优先满足本村村民，费用却只有同等酒店的五分之一。

村民们的美好生活在村委的精心维护中，精彩又甜蜜地上演着。

《人民日报》曾刊载了一篇题为《"美丽中国"：十八大报告"生态文明"独立成篇》的文章。李全兴读到后，喜形于色，拍案叫绝。他立刻请村干部通知，马上召开村委扩大会议，专题学习这份材料。

"生态文明"概念的正式提出最早见于党的十七大报告中，经过五年的发展探索，党的十八大报告再次论述"生态文明"，内涵更加饱满，思路更加明确，并将之独立设置成篇。报告中指出："把生态文明建设放在突出地位，融入经济建设、政治建设、文化建设、社会建设各方面和全过程，努力建设美丽中国，实现中华民族永续发展。"由此，中国特色社会主义事业也形成了"五位一体"的总体布局。

报告中提到的"美丽中国"，是一个古老而又崭新的名字。

从《诗经》《离骚》而下，美丽中国呈现在一代代中国人的文字里。"晨兴理荒秽，带月荷锄归。"这是陶渊明描绘的田园之美；"半壁见海日，空中闻天鸡。"这是李白挥洒的旅途之美；"大漠孤烟直，长河落日圆。"这是王维目睹的边塞之美……农业社会的自然风光和人文底蕴相交织，古典世界的风景和诗性相融合，温润着一代代中国人的心灵。

近代以来，中国面临着如何认识并接轨现代化的严肃课题。"美丽中国"于是有了两张面孔：一张沿袭乡土中国，一张贴近工业社会。就像开国领袖毛泽东的诗句，既珍惜"风起绿洲吹浪去，雨从青野上山来"的山川自然之美，也礼赞"更立西江石壁，截断巫山云雨，高峡出平湖"的建设之美。

历经60多年的建设发展，中国日益走向繁荣富强。但毋庸讳言，许多发达国家工业化时期出现的问题也摆在了当代中国人的面前。作为当今世界上最大的发展中国家，资源紧缺、环境污染、生态退化等实际问题，让人们意识到，不尊重自然，不顺应自然，不保护自然，必将伤及人民福祉、危及民族未来。

因此，"美丽中国"在党的十八大报告中应时而生，有着崭新的时代意义，蕴藏着丰富的时代内涵。

李全兴之所以如此兴奋，是因为他在党中央对"美丽中国"生态文明的高度重视和权威阐述中，找到了"美丽山泉"生态区规划和建设的理论支撑和现实依据。

在上任伊始，面对百废待兴的山泉村，李全兴就有了"三足鼎立"的初步构想，即将村里土地按功能重新整合，分为生活区、生产区和生态区。生活区重点建设山泉新村，以改善村民居住环境；生产区重点进行产业优化和升级，以适应绿色发展的需要；生态区重点打造田园综合体，融入乡村美学。但由于上任时严峻的现实形势所迫，李全兴没有精力、村里也没有实力同步展开这三个功能区建设，只能集中力量解决主要矛盾，从村民们感受最直观的生活问题入手，声势浩大地推进山泉新村建设，以彰显村委改头换面的决心，缓和村内干群对立、剑拔弩张的紧张氛围。

如今，山泉新村完美落地，生活区的蓝图已基本实现，村委班子终于可以抽出精力，将目光投向生产区和生态区建设，在另外两个层面发力，共同助力村民们对美好生活的新向往。

第 **19** 章

人新则乡村新

2014 年 12 月 22 日至 23 日，中央农村工作会议在北京召开。会议对全国的新农村建设提出了新的要求，指出"要积极稳妥推进新农村建设，加快改善人居环境，提高农民素质，推动'物的新农村'和'人的新农村'建设齐头并进"。

此时的山泉村，经过 6 年的蜕变，已基本实现了村容村貌的大变革，放眼新村，乡村面貌焕然一新，生活环境干净整洁，配套设施齐全完备，在"物的新农村"方面，山泉村交出了堪称模范的答卷，而在建设"人的新农村"方面，村委同样煞费苦心，努力做着有益的探索和尝试。

早在规划伊始，村委就围绕全方位打造和提升山泉新村的品质进行过系统论证，并很快达成了一致。村干部们都清楚地认识到，如果说兴修住房、建设新村是硬件，那么乡村治理、文明创建就是软件，并且两相比较之下，往往后者比前者更难、更重要，也更长远。但就是这至关重要的软件建设，却恰恰是多年羸弱的山泉村的短板。尤其是在与华西村的几次交流走访中，两村村民在言谈举止、行为习惯、气质精神等方面流露出的差距，让村委感触更为深刻。

　　随着山泉新村建设完美收官，村民们喜气洋洋乔迁新居后，"身体住进新农村，思想还停留在旧乡下"的尖锐矛盾很快暴露出来，"物的新农村"与"人的新农村"这两个层面不对等的问题愈加凸显。一些村民长期形成的不良习惯难以改变，不文明、不按规则行事的情况甚至各种陋习屡见不鲜，与亮丽的新村美景格格不入，如乱扔垃圾烟头、到景观河里洗涮拖把、口暴粗话脏话、随地吐痰甚至当街小便等，让村委大伤脑筋。虽然村干部经常阻止和教育批评，还是无法杜绝，小部分村民依然我行我素。村委几次专题讨论也找不出有效的解决方案，不少村干部哀声长叹，意识到"人的新农村"建设任重道远。

　　形势逼人，刻不容缓，山泉新村的宏伟大厦不能因为个别村民的不文明行为而坍塌。在迫切的形势面前，村委不得不剑走偏锋，考虑一些非常规的手段。

　　那是一次专题讨论会结束前，李全兴忧心忡忡地告诉大家："今天，我又看到有人在景观河里洗拖把，已经记不清多少次了，真的让我痛心疾首。洗拖把不只是个人行为，它折射出的是我们山泉村的村风民风出现了偏差。那条河也不仅仅是景观河，它是山泉新村的一面镜子，代表着新村的未来。河水如果能一直保持清澈，山泉村就有希望。如果哪一天，河水被污染了，变浑浊了，甚至发臭了，那山泉新村也就完蛋了。这个事我们必须得重视起来。"

　　在看到被不良风气浸染的上一届村委班子给村庄造成的严重危害后，新一届村委班子深知好的氛围对于山泉新村发展的重要性，各位村干部不仅时刻以此警醒自己，而且推己及人，意识到这种潜移默化的熏陶对村民同样重要。会上，李全兴向大家征集意见："对于不文明的行为，我们一定要管起来。这次是被我看到，制止了，如果没有看到呢？这样下去可不行，倘若人人效仿，那山泉新村迟早毁于一旦。大家集思广益，想想看有没有好办法根除这种现象。"

一位村干部焦虑地说："李书记，不瞒你说，其实这事我们早就注意到了。我自己就制止了好多次，可治标不治本，他们总能找到我们不在的时候，更可笑的是，甚至有人专门趁天黑去涮拖把，似乎就是铁了心要这么干。"

另一人接话道："那些不自觉的人，其实来来回回就那么几户。有时我们接到举报找上门，他们还死活不肯承认。"

李全兴皱着眉头琢磨道："到河里涮拖把的确是他们的老习惯，但现在新村既然已经建起来，老习惯也要适应新环境，还是得想个办法才行。"

有人建议道："李书记，我们的《村规民约》里面有明文规定的，这种不文明行为屡教不改的，应当受到处罚。从现在情况看，我觉得劝阻没意义，不如直接罚款，看到一次罚一次，看到十次就罚十次，罚到让他们心疼，罚到让他们害怕，这样对其他人也能起到震慑作用。"

大家对这一提议几乎全都表示赞同，觉得这是个不错的方法，依据依规，合情合理。顺着这条思路，几人七嘴八舌地讨论起来，似乎解决方案已唾手可得。

可李全兴不这样认为。他摇摇头道："这是乡亲们几十年来保留的老习惯，改是一定要改，但不能硬来，如果处理不好可能会使问题激化，造成新的干群矛盾，让我们几年来苦心经营的和谐山泉功亏一簧。"他看向大家，发现有些人似有不甘或不满的情绪，便话锋一转道，"当然，也不是说我们不依规办事。我的意思是，对村民来说，钱是很敏感的东西，罚款的冲击力太大，容易衍生新问题，不到万不得已尽量不用。目前，我们还是要以劝阻和引导为主。"

这个定调让会场重陷沉默。大家心里都清楚，能劝阻和引导当然最好，但就当下情况来说，此路明显不通。李全兴提出的目标是很好，但究竟该怎么落实，没有人有可行的方案。

李全兴也暂无明确的措施，只能跟着大家继续冥思苦想。当他的眼神漫无目的地飘向窗外，落到村中央的 LED 大屏幕上时，突然灵光乍现，有了主意。

那块大屏幕是村委不久前为配合山泉新村建设，在村子中央立起来的，主要用途是播放宣传标语、提醒重要事件、传达村委通知及天气预报等信息。

此时，李全兴正颇有兴致地反复打量着大屏幕，像是找到了解决问题的钥匙，神秘地笑了。当他把自己的想法分享给其他人时，轻松的笑意便在会场荡漾开来。

随后一段时间，按照计划，村干部们只要手头没有工作，就在村里来回溜达，一旦发现有人涮拖把或其他不文明行为，便悄悄拍照取证后，上前制止。

一周后，村干部对所有照片汇总整理，锁定了一位"惯犯"。村委掌握情况后，决定从此人入手，作为典型处理。

当天下午，三名村干部敲响了这户人家的门，表明来意："有人举报你违反了《村规民约》，到景观河里去洗拖把……"

话还没说完，对方顿时急眼了，大吼道："谁举报的?"

村干部心平气和地回道："这个你不需多问，《村规民约》有规定，我们要对举报人的身份保密。这次来，主要是与你核实一下，到底有没有这件事？"

村民红着脸，生气地说道："没有，纯属瞎扯！"

村干部并不意外，摸出一张照片递过去："你看看这个，今天上午拍的，你身上这套衣服都还没有换呐。"

村民没有伸手接过，只是瞄了眼照片，面色便陡然一变，牵强地解释道："我……就洗过这一次。"

"是吗？"村干部微笑着又掏出三张照片，不急不躁地说，"只是最近三天，你就去洗了四次，再加上以前的呢？"

村民望着对方手中摆成扇形的照片，大吃一惊。

村干部循循善诱道："《村规民约》人手一份，你应该知道规定，这个行为是要罚款的。"对方气鼓鼓地把头扭过去，不接话，村干部继续道，"但是，村委考虑到你的生活也不容易，这几次叠加的处罚金额会比较大，所以就不罚款了。李书记安排我们来，是对你进行口头警告。不过，我们会把这些照片放到外面的大屏幕上，向所有村民通报。"

听说不罚款，村民刚松一口气，马上又慌了神，急忙阻拦道："不要，不要，千万不要放照片。总共多少钱？我交罚款好了。"

几人相视一笑，见目的达成，趁机教育道："罚款不是目的，只是手段。这几年，村委和大家一起，花费了那么大的精力才打造出让邻村都羡慕的山泉新村，乡亲们好不容易在外面挺直了腰杆，我们自己难道不应该珍惜和保护它吗？怎么能去亲手污染它、破坏它呢？"村民脸憋得通红，一言不发。村干部见状，语气软下来，"这样吧，我们相信你，只要你保证下不为例，这次就不处罚了。不过，如果再发现一次，不仅要加倍罚款，而且我们一定会把照片公布出去，让全村乡亲们都看到。"

豆大的汗珠从村民额头上滚滚落下，他连连称是，发誓保证痛改陋习，并恭恭敬敬地将村干部送出门。随后，村干部如法炮制，对经常去河边涮洗拖把的几户人家，一一登门做工作。

很快，大家惊喜地发现，这个疑难杂症竟然真的销声匿迹了。村里那条象征着希望与未来的景观河流，清澈见底，汩汩流淌，充满生命力地向前翻腾，仿佛与山泉新村气脉相通，代表着村民们的美好向往，生生不息，源源不断。

解决涮洗拖把问题，只是山泉村委探索乡村管理的一个缩影，类似的片段经常于日常事务中上演，在探索基层社会治理体系的道路上光耀生辉。此种情境，正似心怀未来的逐梦者，在奔向诗与远方的漫漫路途中，留下的一个个清晰足迹。

正如李全兴曾向陈雪峰介绍的那样，山泉新村至今没有物业，多年来完全是村民自管模式。而这种治理方式，正起源于村委对新农村建设的生动实践和不懈探索。

此事最早可追溯到 2010 年初，村干部们至今还清晰记得，那是山泉新村第一批新居建成交付之时。按照《山泉新村小区管理办法》，自村民拿到新居钥匙起，有六个月的过渡期，可供装修及搬迁。满六个月后，村民就要搬出老房子，腾出土地确保下一批新房建设周期不受影响。有了硬性指标的框定，故而领到房的村民们丝毫不敢耽搁，按照红卡片上标注的各节点日期推定吉日后，便陆续开始了紧锣密鼓的装修。

这本是件喜事，孰料祸从"天"降。有的村民图省事，施工中直接将装修垃圾从窗口向下扔，溅落四周的砖块瓦砾刺破了和谐的山泉新村，不仅毁坏了公共绿化和环境，更带来极大的安全隐患。这种事情一旦没有遏制住萌芽，破窗效应便会很快显现。其他人家紧随其后，纷纷向楼下抛扔建筑垃圾，硬生生将小区绿化带变成了垃圾场。住在一楼老年公寓的老人们不仅备受粉尘污染，而且成日提心吊胆，日子苦不堪言。

村委接到群众反映后，第一时间派村干部登门劝阻。可对有的人家非但无用，反而还会起争执。

村委为此集体讨论许久，大家开动脑筋，最终觉得解铃还须系铃人，这种事情靠外力施压迟早会反弹，要想改变现状，还是要从村民身上想办法。

几天后，村委终于商定出一套具体方案，并即刻召开村民代表大会。李全兴气势威严地在会上说："今天召集大家，主要讨论一件事，就是山泉新村到底要不要请物业公司？村子是大家的村子，所以这个问题由大家来共同表决。"他语气中透出罕见的生硬和愤懑，"村委为什么要突然提这件事，相信有些人心里有数。山泉新村第一批住房前不久已全部交付，首批拿到房的乡亲们几乎都开始装修了。但这才几天，就暴露出让人大跌眼镜的问题，在这文明社会里，竟然还有人从楼上向下扔建筑垃圾，既破坏公共设施，也威胁他人的人身安全，且屡教不改。不得不说，这些人胆子真大啊，万一砸到人，那可不是一句道歉就能解决的。村委研究后认为，在这种情况下，就必须要有专门的物业公司来维护和管理，以制约这种极不负责任的行为。物业有物业的好处，作为独立专业的第三方公司，他们在这方面的管理力度和治理水平肯定在村委之上，发现任何问题和隐患，都会有比较成熟的应对或追责机制。当然，村委认为，请物业公司也有弊端：一是由外来人员管理我们自己的小区，双方对村子的感情基础不同，难免会有潜在矛盾；二是物业公司入驻后，各家各户都要缴纳物业费，参照行情，按一个家庭160平方米为基数计算，每年需要五千元左右，如果是别墅，还会更高……"

李全兴话没说完，现场便翻滚起窃窃私语声，令他心中窃喜。

村委在当时研究此方案时就料定，村民们一定会对费用问题相当在意，如今看来确实如此。李全兴继续借此引导道："如果不请物业，自然也就不存在物业费了。但有个前提，那就是各家各户都要看好自己的人，每个人都要管好自己的手，做到门前三包，将家中垃圾全部投放到村内指定的垃圾站，村委会安排保洁公司定期清理公共区域，费用由村里承担，不需要大家掏一分钱。请大家考虑。"

会场的交头接耳声逐渐增大，如同有人推高了音量，村民代表激烈地交流讨论着。

李全兴稍停片刻，见大家讨论得差不多了，便提议道："我个人意见，倾向于不请物业，同意的请举手。"说完，他首先高高地举起手，代表们见状，也纷纷把手举起来。

李全兴扫视一圈，满意地点点头，又继续问："有没有希望请物业的？请举手。"会场一片安静，像是凝固的湖面。

结果已定。李全兴高声宣布："通过决议，不请物业！山泉新村的面貌由我们自己打造和维护。"语毕，一阵热烈的掌声在会场久久回荡。末了，李全兴不忘补充道："大家一定要记住，这是我们共同的选择，我们要带头遵守。如果今后还有乱扔垃圾等危害他人和村子的情况，村委将立刻聘请物业公司进行管理，并严肃追究责任。"

李全兴浑厚有力的结束语，开启了山泉新村治理的新篇章。就这样，山泉新村成为完全由村民自治的村庄，直至现在。

尽管山泉新村在杜绝涮洗拖把、高空抛物等方面取得了显著成绩，但在推进"人的新农村"建设中，村委还是深感后劲不足，随即意识到，要解决村民们各式各样、层出不穷的不文明行为，思路必须调整。文明习惯的培养、文明风尚的培育不能仅靠点对点的劝导，而需要全面铺开，统筹加强对村民的基础性文明教育，使他们在思想上尽快转变，真正融入新农村所带来的新的生活方式之中。

值得庆幸的是，如今的山泉村有了一位优秀的掌舵人。李全兴经营万事兴集团多年，曾投入很大精力在集团文化的缔造和深化上，对文化影响的深远性有着深刻的认知和切身的体会。他知道，精神文明建设从来不是一蹴而就的，它是一项环环相扣的工程，需要长期滋养，方能茁壮成长。

基于这样的理解深度和实践背景，在他的主导下，村委对打造山泉新村文明乡风的需求变得愈益迫切。

为了全面加快实现"人的新农村"，村委大胆创新，在既有的"物的新农村"建设成果上，尝试丰富和拓展其内涵，除了抓好住房及道路、电力、水利、网络等配套设施建设外，还兴建了各种文化活动场所，如道德讲堂、农民学堂、小剧场等，各有侧重、各有特点，不仅为村民们丰富多彩的精神生活提供了活动平台，也使其成为文明教育的有力阵地。

在道德讲堂，村委安排宣讲员向村民们介绍好人好事及先进模范事迹，宣讲人物以本省、本市及身边人为主，有时也会请模范人物现身说法。

在农民学堂，村委邀请本村各个行业的优秀代表给村民传授专业知识，其中有企业家、教师、律师、大学生等，在为村民答疑解惑的同时，分享各行各业的逸闻趣事。

而在小剧场，村委不定期地引进村民们喜闻乐见的经典剧目，使他们在轻松愉悦的氛围中受到浓郁的文化熏陶。

人的精神生活丰富了，精神状态自然会随之改变。通过打造并充分挖掘这些平台的潜在资源，山泉新村的民风民貌有了显著改观。

山泉新村的每一次进步，都令村干部备感欣喜，也更加激发了村委管好治好服务好村民的热情。在强烈的自主驱动下，村委火力全开，不断尝试更新更好更有效的治理方式，在那些常规动作之外，还探索出不少令村干部引以为傲的为乡亲们自创的"私人订制"栏目。

那源于一次偶然的遭遇，是李全兴到市里办事，乘电梯时受到的启发。当时，电梯中有两位妇女刚看完锡剧《庵堂认母》，正聊着各自的观后感。

作为土生土长的本地人，李全兴对此戏亦有了解。

该剧讲述的是新科解元徐元宰在得知自己的亲生母亲实际是法名智贞的出家人后，便寻到法华庵认母。智贞得知后又惊又喜，但因礼教束缚，也怕影响元宰前程而不敢相认。最终，在元宰一番真情打动下，她才勇敢地与骨肉相认。相对于其他剧，该剧剧情较为简单。

因知晓，故有共鸣，李全兴饶有兴致地听着双方交谈。岂料，两人热聊正酣时，一人情到深处，被元宰的真情所打动，竟哽咽着抹起了眼泪。

刹那间，李全兴很是意外，也是在那一刻，他突然意识到了文艺化人的重要功效。而后，顺理成章地，一个想法在他脑中慢慢成形。出电梯后，他兴奋地拨通了村委办公室的电话。

那天，村里的小剧场请来了当地十分有名的评弹演员。村民们提前获知消息，很早就赶到剧场抢座，可容纳几百人的小剧场很快塞得满满当当，不少村民虽然没有座位，但仍兴致勃勃地站在走道上引颈而望。

演出准点开始，演员们风范十足地走上台。

行家一出手，就知有没有。名家风范，不同凡响，开场仅几分钟，一出《白蛇传》就让村民们听得如痴如醉，掌声不断。随后，又一折《孙二娘与武松》更令大家感到酣畅淋漓，浑身畅快。就在村民满心期待接下来的演出时，评弹演员却戛然而止，说道："演出已经结束，今天到此为止，我们下回再见。"

村民们兴致正浓，意犹未尽，况且又是名家献艺，机会难得，哪里肯轻易散场，不知谁起了头，观众们齐声高喊："再来一段！再来

小剧场演出

一段!"

　　评弹演员笑了,春风拂面地说:"今天确实只准备这几段。不过既然大家那么热情,我也不忍搅了大家的雅兴,要不然这样,我现场自编一曲,你们看可好?"

　　眼见如愿以偿,村民们登时来劲了,纷纷嚷道:"好!好!"掌声也更加热烈。

　　评弹演员点点头,挪了挪身子,略加思索,即兴用村民们熟悉的"迷魂调"开腔唱道:

　　　　话说江苏江阴有周庄,

　　　　虽比不上昆山周庄名声响,

　　　　却也是——

　　　　舟车之会襟带之邦。

　　　　相传 2450 年前,

　　　　孔子弟子言偃来周庄,

　　　　见此地——

　　　　民众勤劳、节俭,规矩又善良,

　　　　于是乎,在此定居施教名声扬,

　　　　从此后,这里村风纯正得褒奖。

　　　　周庄范围不小,有众多村庄,

　　　　其中山泉村堪称好地方。

　　　　可叹是,一度衰落成洼地,

　　　　可如今,面貌大变新模样。

　　　　家家住上新洋房,

> 漂亮姑娘入洞房。
>
> 村里村外灯光亮，
>
> 夜间听得泉水响。
>
> 白天上班晚上白相，
>
> 还可来此听我演唱。
>
> 大家说——
>
> 这样的生活与天堂有啥两样？
>
> 你们讲——
>
> 山泉村是不是文明的榜样？

"是！"场内响起一阵高呼，音调嘹亮响彻。笑声、掌声、欢叫声混成一团，村民们个个洋洋自得，轻松愉悦的氛围弥漫在会场中。

突然，只听得"啪"一声惊堂木响，演唱者表情瞬间严肃起来，一股悠扬的韵律旋即浮起："我却说不是！"他唱道，"如今的山泉村好是好，可不好的地方也不少，更称不上是文明的榜样。"

这番话让刚刚还人声鼎沸的剧场霎时安静下来，村民们火热的心如同被一盆冷水泼灭，个个瞠目结舌，心中透着凉意。

在一片令人压抑的阒静中，评弹演员转调唱道：

> 我几次来到咱村庄，
>
> 每每看到有人小便在路旁，
>
> 常常听到粗话脏话在飞扬，
>
> 还有是——
>
> 烟头乱丢在地上，
>
> 垃圾乱倒不入箱。

更不该——

龌龊拖把河里洗浆，

清澈河水不再清爽。

你们说——

这些行为像不像样？

大家讲——

村民同志要不要提高素养？

唱调骤停，场内又回归鸦雀无声。村民们像是被人揭了老底，有的面红耳赤，有的冷汗涔涔，有的低头不语，有的手掌微颤……

演唱者面露笑意，不慌不忙地收拾器具慢慢离场。这次，观众席再没有了适才结束时的喧嚣。临走前，他声音洪亮地向大家道别："山泉新村，幸福长存，望大家齐心担当，让山泉幸福流淌。朋友们，下次再会！"

眼见台上变得空荡荡，村民们才各自揣着心思，闷头不语，逐个离开了。

如果有人留心，一定能感受到，那场评弹演出像是个分水岭。从那次起，村庄真的有些不一样了。村民们的不良习惯大有改观，不文明现象出现的频次锐减。曾经绞尽脑汁解决不了的问题，竟然被一场评弹给解决了。

殊不知，这场别开生面的评弹演出正是李全兴携同班子成员共同精心策划酝酿、组织实施的。

演出取得的显著教育效果，让村委进一步认识到了文化所特有的影响力和教育意义。从此，村委开始更加重视发挥文化的作用，通过加强文化建设，来引导村民，治理村庄。

秉持这样的文化理念，近年来，村委始终坚持以培育"爱党、爱国、有文化、懂技术、会经营、讲文明、守法纪"的新型农民为目标，紧贴农民思想实际和精神文化需求，紧扣农村熟人社会的特点，着力丰富村民的精神文化生活，以此加强道德教化和文化传承。

其中，村委采取的最重要手段，是大力发展公共文化服务体系，形成以文艺汇演为主打的文化品牌，构建以文化活动中心为主要阵地、全民健身活动为特色、群众性文娱活动为重要抓手的基层文化建设体系。比如，建成藏书量动态保持在 7000 册左右的江阴市图书馆山泉分馆，为村民学习充电提供好去处；建成由村书记任校长，配备专、兼职教师的村民学校，为村民们学习知识搭建平台；建成全省首个 WI-FI 全覆盖的村庄，并打造和引进丰富多彩、灵活多样的配套网络课程，全面加强村民接受文化教育的基础条件；设立"民俗文化节"，打造传统手工艺制作室，多方面推进农村优秀传统文化传承。每逢传统节日和节气，村委都会邀请村里精通各类传统手艺的村民现场施教，通过端午节制作粽子，中秋节制作"山泉月饼"，十月制作"十月白酒"，重阳节制作各色敬老糕点等，在丰富村民文化生活、传承宝贵的非物质文化遗产的同时，提高村民的文化内涵和文明素养，使其真正成为新时代新村民。

为了使文明的理念深入人心，李全兴还参照自己年轻时曾有感而作的《人生三字经》，与村委班子一道，共同起草撰写了《山泉村民文明公约》，以通俗的形式，将文明的内涵与要义传达给每位村民。

《山泉村民文明公约》的内容是：

山泉村图书馆

　　山泉村，美名扬，好地方，众周知；好村民，跟党走，爱国家，爱集体；肯劳动，能创业，会学习，敢创新；讲文明，善自律，守规章，创和谐；有修养，懂礼仪，辨善恶，明是非；讲卫生，爱生态，新环境，好秩序；扶老幼，孝父母，行善举，乐奉献；讲诚信，知荣辱，追梦想，心飞扬；新农村，崇民主，村中事，共治理；此条约，大家立，执行好，同受益。

因简洁易懂又朗朗上口，《山泉村民文明公约》一经公布，很快便引得村民们争相背诵、口口相传，成为山泉村文明建设中又一项出彩的举措。

十余年的建设与发展，不仅造就了美丽富庶的新山泉村，更培养了文明有素的新山泉人，形成了"以人为本、励精图治、坚韧不拔、追求卓越"的山泉精神和"顾全大局、风清气正、勤劳致富、互帮互助"的山泉村风。全村公共场所井然有序，村民们自发维护村容村貌。村民间多了互助，多了温暖，多了爱心。敬老爱幼、和睦相处、尊重知识、遵纪守法，已经成为全体山泉人的自觉行动，所有村民像爱护自己的家一样爱护着这个美丽、幸福的村庄。

繁星点点，浩瀚九天。对山泉新村来说，村委推出的每一项措施都是搭建幸福的基石，新村的文明新风尚也就在这系列措施中悄然成形。如今，山泉新村已逐渐形成了独特、个性化的山泉文化品牌，并日益成为村庄稳步发展的动力源泉和强力支撑。心无畏惧，剑指未来，在推进"人的新农村"建设的道路上，山泉新村正蹄疾步稳、勇毅笃行。

第 *20* 章
站在人生的分岔口

俗话说：君子一言，驷马难追。言而有信，是外界对一个人常见也极高的评价。失信者，往往令人不齿。只是，谁也不会想到，被大家视为谦谦君子的李全兴，竟也会明目张胆地"食言"。

2016 年 9 月中旬，李全兴偷闲抽出半天空，再次回了趟万事兴集团。碰巧高管们都在，他便把大家叫到办公室，召开了一场阔别已久的会议，关心了解集团最近的经营和发展情况。大家围坐下来后，提出最多的问题就是："李总，你到底什么时候回来？"

李全兴苦涩着摇摇头，不是逃避回答，而是真的没想好。

众人理解他的处境与顾虑，纷纷劝道："李总，你快回来吧，集团需要你。难道你忘了当时离开前的承诺了吗？"

李全兴怎么会忘记？虽已有几年之隔，但那日的场景仍历历在目，他在董事会上慷慨激昂地许下铮铮誓言："我只干一届，也就是五年时间。时间一到，我立刻回集团。"

掐指一算，竟已流过了近八年的光阴。这期间，山泉村蒸蒸日上，而万事兴集团却划出了与之交叉相反的发展曲线，令人扼腕，让人痛心。

大家抓住机会，继续劝道："李总，集团的经营情况你是知道的，快回来吧。""你回来了，我们就有了主心骨。""只要你在，我们万事兴也可以和山泉村一样，重新振兴起来。""是的，我们有信心。"

纷纭言语中的共同指向使李全兴心中备感惆怅。他没有正面回答，只是说："知道了，我再想想。"

当晚十点多，夜幕高悬，繁星点点，天气微凉。山泉新村内处处是扑面而来的桂花芬芳，给村子增加了别样的气息，恰似一位淡雅的女子，举手投足间都散发出婀娜多姿的韵味。

此时此刻，除了暖色调的路灯依然亮着，绝大多数的居民都已熄灯休息。农村家庭普遍习惯早睡早起，虽说村庄早换了人间，但深入骨髓的传统却难以改变。

凝滞的时空中，一个形只影单的身影忽然出现在远处。

李全兴凑着路灯，满怀心思地迈着小步。他时而驻足长叹，时而垂头冥思，显得格外犹豫，心情沉重。忙碌一天，本应该在家中休憩养心，但他实在辗转难眠，集团高管们急切焦虑的话语持久回荡在耳边，搅得他心中起伏不安，似有潮水汹涌撞击，始终无法平静下来。

转眼间，他已在村里干了七年多。这些年仿佛弹指一挥间，他还清晰地记得 2009 年 1 月村主任改选时的场景，以及自己因紧张而汗涔涔的手心，不禁哑然失笑。

这七年，山泉村发生了翻天覆地的巨大变化，村级经济由弱到强、人居环境由差到优、社会秩序由乱到治、产业布局由散到聚，每一次变化都像一帧美好的画卷，共同构成了山泉村这幅新农村建设的壮美图景。

李全兴兑现了自己的承诺，实现了预期目标，如今的山泉村光彩亮丽，自信满满。他没有辜负镇党委的谆谆重托，也对得起百姓的殷切期待。只是，山泉村的蜕变却是以牺牲万事兴集团的前途换来的。

与大多数回村当书记的企业家不一样，他不是"两头兼顾"，而是"专攻一方"。他把公司全权委托给他人打理，自己则全心当着村里的专职书记、职业主任。从回村工作到现在，他将全部精力都投入到山泉村的振兴发展上，无暇顾及集团的发展。由于长时间在村委，以致有几次回集团时，竟被忠于职守的门卫拦下来，严加盘问："你找谁？外人不能随意进入。"令他哭笑不得。当董事长变为陌生人，这背后隐藏的其实是真金实银的巨额流失。根据财务报表显示，这几年时间，集团的销售额锐减了三分之二。

村干部都非常感慨，钦佩地说："比他大的老板有的是，但有他这样境界的老板，我们这辈子还是第一次见。"

不过，虽然重振山泉使命重大、福泽子孙，但李全兴毕竟也是有血有肉的普通人，七情六欲系于身，眼看集团正走下坡路，说不心痛是假的。想到自己费尽几十年心血打拼的集团市值严重缩水，换作谁都不会无动于衷。

他之所以会突然纠结起这些，是因为如今正好有个契机，这一届村委任期届满，很快又要换届了。

再一次站在分岔路口，他不得不慎重地重新调整着面前的天平，思考着其中的取舍。

反复思考之下，他萌生出一个念头，是时候离开村庄，回归集团了，重新搏击商海，全力扭转局势。想到此，他忍不住叹口气。话虽这样说，但几年来与村民结下的深厚感情，实在令他不忍割舍。

惬意的凉风从远处拂来，吹动了粼粼河面，也将他从漂浮的遐想中拽了回来。望着村里零星点亮的几户灯光，听着偶尔传来的几声婴儿啼哭，他忽然间有了新的感悟：山泉新村不就像自己的孩子吗？几年来朝夕相伴、倾注心血，将其抚养长大，帮助其渡过难关，但当孩子成熟后，终将离他而去，学会独自面对生活。

打定主意，他顿觉畅快许多。氤氲路灯下，他轻步穿梭在静谧的村庄里，像是怕惊扰了睡梦中的村民。

经过一晚的反复酝酿，李全兴愈加坚定了这个念头。

当下，山泉村的发展已步入正轨，镇里有决心、村委有信心、村庄有民心。纵使有万般不舍，但李全兴相信，不管哪一位书记接任，只要按照既定方向，山泉村总能够顺风顺水地发展下去。而相较村里的科学运转，集团面临的形势则要困难严峻得多，权衡之下，他更应该回去与大家同舟共济。

不论于情于理，还是于公于私，这看起来都是最好的选择。

上午，李全兴把自己关在办公室，花了半天时间，挥毫写就了一份辞职申请。完稿后，他来回读了好几遍，增删数次，才郑重地打印出来，折叠成块，塞进信封。此事他没有与任何人说，揣着这个秘密，独自驱车来到镇党委。

不料，党委书记吴国忠外出办事，让他扑了个空。

工作人员热情地招呼道："李书记，您要不要坐这儿等一会儿？或者如果有急事，您也可以给吴书记打电话。"

李全兴摆摆手道："不必了，没要紧事，请你帮我转交吴书记即可。"说完，他将信件交给对方，目光落在信封上，又急忙抽了回来。

离开时，他给吴国忠发了消息："有封要信已委托办公室转交，届时请查收。"

回到村委，李全兴难得有雅兴地仰靠在办公室沙发上，感觉刚刚完成了一件人生大事，微闭双目。只是，繁芜的心绪难以言明，时而像混沌初开，周身空荡荡，时而又有不同情愫如麻花般扭在一起，既有如释负重的畅快感，更有藕断丝连的难舍情。他尽力平稳呼吸，调整着心情，不管怎样，总算迈出了这关键的一步。他双手撑膝，起身移步到窗前，望着灰蒙蒙的天空，如同前途不清的万事兴，不由开始规划起集团未来的发展之路。

临近下班，李全兴收拾资料，关闭电脑，刚端起茶杯准备再抿一口，手机突然响起，是吴国忠的电话。他思绪停顿片刻，接通了来电。

吴国忠言简意赅："李书记，今晚有安排吗？有空的话我们一起吃个饭？"

李全兴十分清楚对方此举的意图，想到自己终究要当面向镇党委汇报此事，便痛快应下来，回道："好的，吴书记。不过现在订饭店有些仓促，不如就在万事兴食堂的小包间如何？"

吴国忠利索地答："就这么定。"

李全兴早早到食堂等候，天色偏暗时，吴国忠推门而入，他刚掐灭一支烟，房间里还飘荡着袅袅青丝。

吴国忠丝毫没有客套，随手拉张凳子坐下来，面色平静地直奔主题："李书记，信我收到了。你实话和我说，到底怎么回事？干得好好的，是不是遇到困难了？"

李全兴笑着说："感谢吴书记关心，没什么困难，我的想法都写在信里了。"他放平嘴角，认真道，"吴书记，我不是开玩笑，更没有危言耸听，再这样下去，山泉村是保住了，但万事兴集团恐怕就要消失了。"

吴国忠轻轻点头，表示听到了。他端起茶杯啜一口，放回桌面，没几秒钟，又端起来啜一口，再放回桌面。他面色显得很为难，开口道："李书记，你的苦衷我能理解。只是你也知道，现在山泉村确实没有合适的新书记人选，你看是不是再考虑一下？"

李全兴坦诚地说："吴书记，不知你还记得吗，我当年到山泉村就职时，曾立下三个目标：建设一个美丽的山泉新村，打造一个全心为民的村委班子，找到一条可持续发展的山泉之路。无愧地说，我觉得这三个目标都已基本实现。现在的山泉村正走在一条合理有序、良性循环的道路上，不论换谁做书记，一定都能够带领乡亲们继续前行。再退一步说，如果因为我的离开，导致山泉村再度没落，那说明我这几年的基础工作是失败的，没有能够为村里找到一条科学合适的发展道路，这也是我不希望看到的。"

吴国忠很认可李全兴的观点，但依然在全力争取："你说的固然有道理，村庄乃至国家的发展，应该是靠法治，而不是人治。但我们也不得不承认一位优秀领导者的重要性。假如你离开，换一位新的村书记来，我实话实说，未知因素太多，变数太大了。暂且不说那位新书记的能力能否胜任，也不考虑他另起炉灶或藏有私心的可能，单单就说他能不能得到乡亲们的认可，能不能被大家接纳，都要打个大大的问号。山泉村好不容易走到今天，村民们好不容易过几年安稳日子，实在经不起折腾了。"他恳切地望着李全兴，"李书记，要说山泉村的领头人，你是最合适的。"

一番话中同时出现的数个关键词竟让李全兴恍惚起来。这情景、这对话如此熟悉，仿佛和当初胡仁祥劝自己回村工作时别无二样，依然那样情真意切，依然为了山泉百姓。

李全兴不再说话，闷头喝着茶，内心进行着剧烈斗争。

吴国忠见状，知道自己的话起了作用，便不再纠缠此事，而是转了话题："李书记，我听说村里有位老太太，一直喊你儿子，这是怎么回事？"

"啊，这个事。"听对方蓦地提及此事，李全兴有些意外地抬起头。想了一会儿，他脸上不由浮现起微笑，开始回忆那段往事。

几年前，村里有位老太太的儿子因车祸去世，村委得知后前去吊唁。刚走进灵堂，就看到捶胸顿足的老太太闭着眼在号啕大哭，身边几人不停宽慰却无济于事。白发人送黑发人，几乎是生命无法承受之痛，几位村干部端正肃静地立在一旁，心中都很不是滋味。

哭了好一会儿，老太太筋疲力尽，声音渐弱，颤抖着睁开了通红的眼。见到李全兴，她情绪顿时又失控了，扑上去一把攥住他的手，悲痛欲绝地说："李书记，我唯一的儿子走了，让我今后可怎么活啊！我还不如随他去了。"引得在场许多人纷纷抹眼泪。

李全兴心里也十分难受，哽咽着安慰道："老人家，节哀顺变，人死不能复生，你这样会把身子气坏的。你放心，如果你愿意，从今往后，我就是你儿子。你以后的生活也不用担心，有什么问题就到村委来找我，我们一定会努力帮你解决。"发自肺腑的一番话多少宽慰了对方的心。李全兴紧紧拉住老太太，搀扶她坐下。老太太抽泣着，在李全兴的安抚下，情绪逐渐平稳下来。

从那日起，老太太对村里的事就格外关心，只要村委组织活动，只要条件允许，她一定积极参加，并热情地帮助宣传动员。平日生活中，她还会不厌其烦地向别人介绍，说李全兴就是自己的大儿子，时不时还跑到村委，给他送些自己做的糕点食品。好几年过去了，在村委的关心下，老太太已基本走出阴霾，在村里幸福地安享晚年。

听完这个故事，吴国忠不禁感慨道："把村民当成自家人，这话说着容易，但即使放眼全国，又有几个村书记能真正做到呢？你为全体村民能过上好日子殚精竭虑，所以乡亲们都认可你、信任你，这不是没有理由的。换作其他人，谁知道又会是什么情况？从这件小事就可以看得出，同样是从弱到强，与经营万事兴集团相比，管理山泉村一定让你投入了更多的精力。"

李全兴舒心地笑着，算是认同。他认真地说："吴书记，我说真心话，并不是自吹自擂，事实确实是这样。我举个例子，比如签票报销这个事，我以前在集团是从来不看的，有人拿来我就签，即使签错了，损失的也是我个人的钱，最多难受几天就过去了。但到了村里，感觉不一样，责任感明显更强了，那可是村民们的血汗钱，让我签字是乡亲们对我的信任，我不能辜负他们。所以，每一张发票我都要翻来覆去仔细看，打破砂锅地问，直到了解清楚每一笔账的来龙去脉，我才能安心签字。"

吴国忠笑道："所以说，乡亲们支持你都是真心实意的。他们很朴实，一般也只会用简单直接的方式表达他们的情感。不过话说回来，人的感情是双向的，你感动着他们，我想他们一定也做过让你感动的事吧？"

"嗯……"吴国忠话音刚落，李全兴脑中就迅速闪现出一段往事。

那是一个工作日，临近中午时分，他刚从外地风尘仆仆地出差回来，正准备泡杯茶，就有人敲响了办公室的门，是村里一户人家的两兄弟，只见他们眼眶泛红，面容憔悴。李全兴不明所以，急忙关切地问："你们怎么了？遇到麻烦了吗？"

其中一人毕恭毕敬地说："李书记，我们兄弟这次来，是专程向您汇报两件事。"

李全兴请他们进来："来，坐下慢慢说。"

两人却坚持站在门口。那人说："不了，谢谢李书记，我们说完就走。第一件事，昨天老爷子走了。"李全兴颇为意外，还没有来得及反应，对方又道，"第二件事，老爷子临走前特意嘱咐我们，山泉村能有今天，完全是靠李全兴书记带着大家实打实干出来的，没有您就没有山泉村的今天，他叮嘱我们，今后凡事一定要坚决服从村委的安排。"

另一人平静地补充道："李书记，我们今天来，就是和您表个态，以后但凡村委有需要，我们兄弟二人随时待命，万死不辞。"

说完，两人也不多停留，向李全兴深深鞠躬，便转身离开了。

办公室的门被缓缓关上，关门声响起的瞬间，李全兴的泪花飞落而下。

此外，还有许多令李全兴倍觉温馨的事。比如村民们为表达对他的感激，经常到他母亲住所送一些蔬菜瓜果等农副产品。母亲本不愿意收，但实在架不住村民的热情。不过，即使万不得已收下来，她也会想方设法硬塞给对方一些钱或者其他物品。几次下来，村民们倒形成了默契，后来干脆不敲门也不打招呼，将东西放在门口就走。母亲经常和他说，今天不知谁又在门口放了几袋果蔬、几桶米油。每当吃着村民们送来的食品，李全兴总是感觉特别暖心，并将对村民的这份情意融入工作中，更加饱满地投身到山泉村振兴的壮伟事业中。

这些充满温情的往事让李全兴沉浸其中，但他并没有告诉吴国忠，只是泛着幸福的笑意说："确实，他们有时令我很头疼，但更多的时候，乡亲们让我很感动，我很珍惜和他们在一起的每一刻时光。"

李全兴明亮有神的眼中放出的光彩，让吴国忠看到了希望。他顺势拉回正题道："那你先不要辞职，再干一届，就干这一届，如何？镇里需要你，山泉村几千乡亲更需要你，这是你的舞台。你想想，乡亲们如果知道你要走，那该多伤心、多难过，你又于心何忍呢？至于万事兴集团的发展，的确面临着现实难题，我也理解你的顾虑，今后的工作中，你可以将重心偏向集团，甚至回去上班都可以，但村书记的位子继续保留。你看呢？"

吴国忠的极大包容让李全兴动摇了，与此同时，村民们那一张张亲切熟悉的笑脸在眼前闪过，令他再次犹豫不决。

"来，我们先吃饭吧，聊了那么久，菜都凉了。"吴国忠不等他回复，便岔开话题，热情地招呼着，两人边吃边聊。

临走前，吴国忠紧握住李全兴的手，推心置腹地说："李书记，民之所盼，政之所向。事关山泉村的未来，希望你能认真考虑一下，我和乡亲们等你的消息。"

李全兴点点头，简洁地回道："一定。"

当晚，又是一个不眠夜，李全兴伫立在卧室窗前，望着被银白色月光笼罩的村庄，进行着最后的心理斗争。山泉村和万事兴的天平来回摇摆，集体与个体、大义与小义杂糅相交，和七八年前一样，这注定是场艰难的抉择。

月明月隐，晨曦来临，东方泛白之时，李全兴终于作出了决定：再干一届。

不料这一干，斗转星移又几年。

这几年，李全兴一如既往地"以村为家"。村委就是他的第二个家，村民们就是他的家人。但凡遇到急难险重的任务，他总是冲锋在前；但凡村民有需求，他总是想尽办法予以协调解决；但凡对村民生活有利的事情，他总是千方百计地争取。李全兴就是这样，凡事为村民考虑周到，努力呵护着自己的"家人"。2020年初，新冠肺炎疫情刚暴发时，全村上下乱糟糟，有的人不知所措，有的人不以为然。李全兴第一时间行动起来，率先安排村委采购防疫物资，并由村干部发放到每一户家庭。通过此举，他向村民传达了两点关键信息：一是现在正逢特殊时期，大家要配合国家的防疫政策，非必要不出门；二是面对这个突发状况，村委已做好应对准备，将会全力保护好村民，大家大可不必过度担忧。浮躁的民心，就这样稳定下来。类似的例子还有很多，提起李全兴，每位村民都会毫不犹豫地竖起大拇指。

这几年，村委一如既往地"劈波斩浪"。村委一改之前浮躁懒政的不良作风，精神面貌和工作热情都有了根本性地转变，所有村干部一心扑在工作上，将村委作为实现自我价值的舞台。他们及时了解掌握、认真研究琢磨上级各项相关政策，毫不畏难、主动迎难、致力克难，带领山泉村取得了一个又一个喜人成绩。粒米可满箩，积少以成多，在一次次积极作为中，山泉村也向外界展示着自己的新颜。近十几年来，特别是党的十八大以来，在村委带领下，全体村民紧紧围绕党中央关于"三农"工作的要求，稳扎稳打，实现了高质量发展，村内土地使用更加高效、村内产业规划更加合理、村级经济收入持续增长、村民们幸福感和获得感稳步攀升，幸福山泉在每位村民心中欢畅地流淌。

荏苒光阴，一晃又是村两委换届年，李全兴与吴国忠"再干一届"的君子协议如约而至。只是这一次，李全兴没有再递交辞职信，也没有在做与不做的泥淖中犹豫徘徊，他已经真正将自己融入到山泉村的乡土中，更加深刻地明白了在新时代下，自己的光荣职责和历史使命，并为之震撼、为之昂扬，决意为山泉村的美好未来鞠躬尽瘁。

不久后，山泉村两委举行换届选举，李全兴不负众望，获得了党员和村民代表 100% 的选票。100%，是何等的认可和荣耀。一张张笑脸、一份份选票就像滴水汇江河，澎湃地冲击着李全兴的内心。

山泉村党委换届选举民主推荐大会

有国家的号召,有政策的支持,有上级的鼓励,还有百姓的认可,李全兴干劲十足,无所畏惧,他有信心也有决心,与村委同志们一道,带领山泉村全体乡亲们在追求美好生活的道路上昂首向前,意气风发地奔赴绚丽的明天。

第 *21* 章

使命必达

纵观山泉村的振兴之路，不难发现有一个极为重要的核心要素贯穿始终，那就是村委班子多年来始终胸怀大势行大事，自觉与党中央保持高度一致。

近十几年来，每年的中央一号文件都是山泉村必读必研究的重要资料。村党委带领全体村民不断从党和国家的最新政策中捕获信号、寻找方向、增强信心。往往越钻研分析、越深入了解，村委越能体会到一种同频共振的舒畅感，越是感到自信与自豪。

2017 年，山泉村来到了新的历史节点，村党委也被赋予了新的神圣使命。10 月 18 日上午，中国共产党第十九次全国代表大会在人

中国共产党第十九次全国代表大会

民大会堂开幕。习近平总书记代表第十八届中央委员会向大会作了题为《决胜全面建成小康社会　夺取新时代中国特色社会主义伟大胜利》的报告。报告指出，农业农村农民问题是关系国计民生的根本性问题，必须始终把解决好"三农"问题作为全党工作的重中之重，实施乡村振兴战略。

"乡村振兴战略！"正与村两委班子在会议室共同观看直播的李全兴闻之一震，顿觉热血沸腾。从那一刻起，李全兴就有了预感，山泉村的明日之路将与"乡村振兴"这四个字紧紧地捆绑在一起。

党的十九大闭幕后，党中央、国务院围绕乡村振兴战略，密集地出台了一系列指导意见和具体举措。2018 年中央一号文件《关于实施乡村振兴战略的意见》明确提出"实施乡村振兴战略，是党的十九大作出的重大决策部署，是决胜全面建成小康社会、全面建设社会主义现代化国家的重大历史任务，是新时代'三农'工作的总抓手"的论断。

2020 年，"十三五"计划圆满收官，党的十九大提出的乡村振兴战略取得了阶段性进展。当年 10 月，党的十九届五中全会审议通过了《中共中央关于制定国民经济和社会发展第十四个五年规划和二〇三五年远景目标的建议》，对下一阶段的乡村振兴工作提出了指导性意见。其中明确提及要"优先发展农业农村，全面推进乡村振兴"，并列出"提高农业质量效益和竞争力，实施乡村建设行动，深化农村改革，实现巩固拓展脱贫攻坚成果同乡村振兴有效衔接"等四项具体指导意见。

2021 年 12 月，在中央农村工作会议上，习近平总书记再次作出重要讲话，吹响了乡村振兴的新号角。2022 年 2 月底，中央"一号文件"《中共中央国务院关于做好 2022 年全面推进乡村振兴重点工作的意见》正式发布。

……

乡村振兴的大潮挟裹着厚重的使命感滚滚而来,山泉村也已做好了准备,决心以规划的生活区、生产区、生态区为支撑,通过高质量发展逐步落地,去撬动振兴山泉村这盘大局,从而投身这磅礴的时代大潮之中。

只是,精彩的事业往往迂回曲折,正如当年建设作为"生活区"核心举措的山泉新村遇到的政策难题一样,村委在生产区和生态区的建设上,同样体会到了干事创业的不易和力不从心的无奈。

按照村委最初的规划,生产区的建设主要分为两块内容,第一块是常规措施,即推进现有企业转型升级,尤其是弱、小、微、散、乱、污企业和纺织、小五金、门窗等低端产业,对它们优化产能、调整结构,通过督促设备升级和迁入标准厂房,实现绿色、低碳的发展目标。例如党的十八大后,由村委牵头,对污水处理厂进行升级,改造管道,村域内全面实施雨污分流,同时,将所有印染厂全部装上净化装置。为了根治污染,村委还下定决心,不惜成本,把村内工厂现有的 35 台锅炉全部拆除,替换为天然气清洁能源。这些都是村委的自选动作,大都超出了上级部门的现行要求,可谓是扎扎实实的"走在前列"之举,虽然花费了大量的精力财力,却为村庄的长远发展赢得了更广阔的空间,也得到了村民们的一致认可。值得一提的是,通过几年的磨合与验证,如今的村民们对村委给予百分百的信任。一位村民代表就曾在表决时毫不犹豫地高举起手,坦率地说:

"只要是村委提议的，那一定是为村里好、为我们大家好，我们都坚决无条件支持。"感动之余，让村干部们更觉责任重大。

相对于第一条举措，第二块内容生产区建设的推行情况就坎坷复杂得多。企业的经营发展需要水、电、气、网等多种要素和污水净化、废气排放、固废处理等多种设施需求，尽管从 2009 年起，村委就斥资修建了标准厂房、对净化设施进行提档升级，努力为企业入驻和发展提供便利，但由于驻村企业逐渐增多，且分布零散，厂房和村内设施难免覆盖不到，故实际上不少企业仍游离在外，无法享受到这项实惠。同时，受当初村级经济实力有限等因素限制，这些配套设施无法都以最高标准来落地，随着时间推移，自然也会跟不上时代和形势的新要求。因此，在党的十八大提出"把生态文明建设放在突出地位"后，村委就决定以此为切入点，开始探索对驻村企业的管理新路径。

经过几次外出调研、学习观摩和一段时间的潜心思索，村委集思广益，制定了一份关于生产区的高质量蓝图，即规划一片区域，参照苏州工业园区的成功经验，高标准、高品质地打造位于山泉村的全新工业园区，所有企业发展需要的资源要素全部配齐，一方面对现有驻村企业和低端产业进行重新梳理，对照绿色、低碳、环保的发展要求，敦促传统产业减排、能耗企业降碳，并鼓励高端企业进行数字化改革，努力做到大规模企业更强、小规模企业更精；另一方面，通过工业园区的建设，吸引周边甚至外地的优质企业入驻，同时也可为有创业意愿的人员提供平台和机遇，降低创业成本，提高创业成功率，以实现园区和企业的良性互动。

不过，就同山泉新村建设遇到的情况一样，工业园区的建设同样横亘着不可调和的矛盾，由于土地性质的限定，村委选中的这片区域被市里划为副城中心，属于管控区，村委没有权力调配，更不用谈规划成工业园区了。当初打造生活区时，村委借了"三置换"的东风，虽有挫折，但结果还算圆满。可是这一次，尽管村委依然有信心，着实还是吃尽了苦头。

每当回想起这段经历，李全兴总是深叹口气。几年的时间，他不知多少次向上级做汇报、讲规划、要政策，但均无济于事。涉及土地性质的问题，没有哪个部门敢随意拍板。也因为此，致使几年来，生产区的建设几乎没有实质性的进展，就像一位优秀的裁缝望着面前成堆上好的布料，却无法将其缝制成衣，那种焦灼，对真心想干事的人来说，简直就是一种无法忍受的折磨。眼看宝贵的时间竟如此奢侈地流逝，李全兴常常仰天哀叹，痛心之余却无计可施。

好在，李全兴的执着与努力并没有被辜负，最终得到了令人欣喜的回应。

为进一步贯彻落实党中央的指示精神，2021 年 5 月 8 日，江阴市委召开常委会，审议通过了《江阴市工业园区升级改造大会战三年行动实施方案》《江阴市工业园区升级改造大会战 2021 年度重点任务计划安排》《江阴市工业园区升级改造实施细则》《关于成立江阴市工业园区升级改造领导小组的建议》等文件。会议专门强调，要强化组织领导，工业园区升级改造领导小组要在顶层设计上切实发挥作用，各专项工作组要尽快到位，做到实体化、专班化运作。要压紧压实责任，分工明确、通力合作，各专项工作组要做好路径设计、后勤保障、资源整合等工作，各镇街要建强前线指挥部，各村社区要当好主力军，各相关部门要充分发挥专业特长，挺进一线，形成合力，确保此战必胜。

在随后的 5 月 14 日，江阴市又召开了全市工业园区升级改造大会战三年行动动员大会。会议强调，全市上下要以超常的意志、超常的举措、超常的付出，啃下工业园区升级改造这块"硬骨头"，改出一番新天地，再造一个新江阴，攀上发展新高峰。

忽如一夜春风来，千树万树梨花开。对李全兴来说，这不仅是暖意熏人的"春风"，更是雪中送炭的"东风"。

李全兴拿到关于工业园区改造的几份文件后，只觉一股热潮涌上心头，顿时喜极而泣。他立刻安排办公室复印了十几份，发给每位村干部人手一份，要求大家认真学习消化，并在短时间内密集地召开村委扩大会进行商讨，众人合力，从文件中挖掘探索出有助于山泉新村生产区规划建设的政策表述。有既定的目标方向，有新增的政策支撑，接下来需要的，就是具体的实际行动了。

机遇难得，才愈显弥足珍贵。李全兴丝毫不敢耽搁，立刻跑到镇里与镇领导沟通，如实告知村委的想法和谋划。镇领导目睹了山泉村十余年来划出的优美上升曲线，对村委的提议方案自然全力支持，对于一些重点环节，还亲自出面帮助协调。于是，不久后，一份以周庄镇名义上报的《关于申请建设江苏周庄绿色生态智创园的报告》就交到了江阴市人民政府办公室，轰轰烈烈拉开了周庄镇和山泉村推行"工改"的大幕。

建设绿色生态智创园自然是李全兴的主意，但这并不是他心血来潮、临时起意，而是筹谋良久的想法。刚回村里时，李全兴就发现村内的印染企业及相关的高排放工厂数量占比太大，有着极强环保意识和持续发展观念的他对此深感忧虑。他相信，随着国家对环保、对节能、对减排等工作的重视，这些企业的未来一定要另寻出路，否则只有死路一条。只是，他当时将全部精力都放在山泉新村的建设上，这个想法便被暂时搁置起来。不料由于事务太多，这一耽搁，近十年就转瞬而过。一晃眼到了 2018 年，李全兴终于腾出精力，正式启动此事。他带领村委班子多次到广东、浙江等地考察学习，借鉴先进的污染企业转型升级经验，探索高端印染之路，并结合山泉村的特有实际，经过一段时期的酝酿，形成了打造绿色产业园的初步思路。恰逢周庄镇当时也提出了"打造千亿纺织产业"的发展定位，两者一拍即合，很快达成一致。

为解决周庄绿色生态智创园前期建设所需要的巨额资金，镇、村两级领导商议后，决定新成立一家股份制公司，专门负责智创园的投资、运营、维护和管理。由于理念新颖、前景看好，这个项目很快吸引来了众多投资。经过筹备，由江阴热电有限公司、山泉村经济实业发展集团公司、江苏万事兴集团公司、周庄镇投资发展公司及社会自然人共同参股的江苏澄能科技有限公司在万众瞩目中闪亮登场。总目标筹资 68 亿元，因项目前景光明，首期建设预算所需资金很快落实到位。

江阴市领导对于这一创新做法给予了高度关注和认可，申请建设智创园的报告上交不久，江阴市就下发了《市政府办公室关于申请建设江苏周庄绿色生态智创园的函复》，批定了园区的选址范围，共 2300 亩，并对智创园寄予期待，要求"着力打造江阴纺织印染产业转型升级、集约集聚和高质量发展的先行示范区"。

数月后，又一份意义重大的文件送到了周庄镇政府，紧接着又向山泉村而去。李全兴双手紧紧攥住文件，惹得泪花飞舞，恰如当年拿到"三置换"试点的批复文件那样。这是江阴市工业园区升级改造领导小组办公室下发的《关于印发〈江阴市镇（街）工业园区四至范围〉的通知》，里面明确了周庄镇辖区内的三个重点工业园区和一个特色工业园区的地域范围，山泉村生产区赫然身处重点工业园区之列。

多少个日夜的魂萦梦牵，这项政策终于降临身边，山泉村望穿秋水的生产区发展问题终于得到解决，周庄绿色生态智创园现身在触手可及的前方，村委可以甩开膀子大干一场了。这一身份的重大转变，也同步开启了山泉村通向未来的敞亮大门。

时代大潮奔涌前行，蝶变之路历历在目。党的十八大以来，山泉村党委紧跟党中央的决策部署，在前几年打下的坚实基础上，埋头苦干、奋勇前进，带领全体村民不断创造着新辉煌。十年砥砺奋进，在新时代的神州大地上，这片尺寸之地绘就出了乡村振兴的壮丽画卷。

2022 年 10 月 16 日，秋高气爽，晴空万里。金色的阳光洒向天安门广场，世界的目光聚焦新时代中国，又是一个神圣的历史性节点，中国共产党第二十次全国代表大会在北京隆重开幕。习近平总书记代表第十九届中央委员会向大会作了题为《高举中国特色社会主义伟大旗帜　为全面建设社会主义现代化国家而团结奋斗》的报告，铿锵有力地指出："中国共产党第二十次全国代表大会，是在全党全国各族人民迈上全面建设社会主义现代化国家新征程、向第二个百年奋斗目标进军的关键时刻召开的一次十分重要的大会。"一向紧跟党中央步伐、紧贴时代发展脉搏的李全兴以高亢的热情，组织村两委、党员干部、村民代表、企业家代表等共计 100 余人在山泉会议中心共

村委组织收看党的
二十大开幕式直播

同收看了大会直播。

党的二十大闭幕会不久，10 月 25 日，山泉村党委就召开了贯彻落实党的二十大精神专题学习会。会前，村委还统一制作了党的二十大报告学习手册，发至每个党支部。

会上，李全兴带领大家学习完手册内容后，只觉意犹未尽，情绪高涨。他放下笔记本，兴奋道："我再多说两句自己的感想。习近平总书记在二十大开幕会上强调，从现在起，中国共产党的中心任务就是团结带领全国各族人民全面建成社会主义现代化强国、实现第二个百年奋斗目标，以中国式现代化全面推进中华民族伟大复兴。这是多么振奋人心的宣言，多么宏伟广阔的目标。作为山泉村来说，这就是我们今后的奋斗方向。村子虽小，但能量很大，村子人少，但重任在肩。总书记也说了，全面建设社会主义现代化国家，最艰巨最繁重的任务仍然在农村。因此，乡村振兴是一项长期而又艰巨的任务，在座各位的担子依然不轻。"他目光柔和地环视会场，而后透过明亮的玻璃投向窗外，感慨道，"前几年，我们大家团结一心，做了不少工作，克服了不少困难，也受了不少委屈，我都看在眼里、记在心里。但见到山泉村今天的模样，村委赢得了尊重、村民赢得了尊严，我想每个人都不会为过去的付出后悔，起码我是这样想的。如今，新的历史时刻又开始了，宏伟的蓝图也已然展开，闪亮的梦想正在召唤着我们，大家切忌懈怠自满。总书记要求全党要坚持全心全意为人民服务的根本宗旨，那么落到山泉村，我们就要坚持一切为了村民的宗旨，爬坡过坎，永不改变。"

专程列席学习会的镇党委委员渠立岗听了李全兴的发言，备受启发，直言道："李书记的讲话接地气、有生气，让我很受触动，回想起山泉村这一路走来的艰辛，也让我非常感动。李书记有着丰富的基层工作经验，所以他对二十大报告的理解，具有更多的生活气息、烟火味道。党的二十大报告为我们勾勒出了未来的美好蓝图，这些蓝图、这些梦想的实现，最终还是要靠基层，靠大家的共同努力。有李书记的带领，有在座各位的协同，有村民们的团结，我对山泉村未来的发展充满期待。"

山泉村学习贯彻党的二十大精神的举措受到社会广泛关注，江苏省广电总台、《无锡日报》、《江阴日报》、江阴电视台等媒体纷纷前往报道。接受采访时，李全兴激动地表示，习近平总书记在报告中提到全面推进乡村振兴，坚持农业农村优先发展，听了以后令我们备感振奋、深受鼓舞。这十年来，山泉村的环境越来越好、越来越美，人民生活越来越幸福，矛盾越来越少，笑容越来越多，这都是党领导我们取得的看得到摸得着的成果。下一步，我们要把学习贯彻党的二十大精神作为首要政治任务，以党的建设引领乡村振兴，把山泉村建设得更加美好、更加文明。我们将按照习近平总书记指引的方向，带领大家继续推进乡村产业提质增效，夯实农民增收致富基础，让乡亲们的幸福指数不断提升。我坚信，在我们山泉村，乡村振兴的画卷一定会越来越壮美！

深入贯彻党的二十大精神，山泉村并不是停留在口号上，而是已经迅速地行动起来。结合中国式现代化的丰富内涵，村委决心一鼓作气，继续加快推进生产区建设，其中的重点，便是周庄绿色生态智创园项目。

依照现有的规划方案，打造周庄绿色生态智创园的目的是破解入驻企业在推进高质量、可持续发展中遇到的用地、节能、降碳、减排等方面的难点、痛点和矛盾点，使这些企业加快转型升级，尤其是推动它们在"产业更高端"方面取得突破性进展，更好地助力全市工改大局。围绕这项任务，智创园将以全面贯彻新发展理念为遵循，以现有产业为基础，以实现"绿色低碳、智云工厂、资源循环、集约绿岛"为目标，致力于打造"空间布局合理化、资源利用科学化、功能设置配套化、项目建设标准化、企业服务一体化"的高质量发展先行示范区。结合发展现状和企业的普遍需求，规划方案还有针对性地提出了"坚持绿色低碳，推动印染产业高端高质；建设智云工厂，打造产工贸一体化平台；实施资源循环，推动减污降碳协同增效；打造集约绿岛，实现经济环境效益双赢"四个方面的具体任务，并附上了形象简明的"现状与战略分析简图"和"绿岛建设示意图"。在村委的深思熟虑下，一幅立足未来的现代气派的工业园区图卷宛若实景地呈现在人们眼前，让人忍不住心生赞叹。

根据山泉村委的描绘，无论是江阴市还是周庄镇领导，都非常清楚地知道，智创园一旦建成，不仅将对全镇、全市产业发展格局起到积极地推动作用，即使放眼全省、全国，也可能会产生广泛而积极的影响，因此，各级领导对园区建设都极为关注。为了让周庄智创园与江阴市工业园区的改革举措更务实、效果更快显现出来，市里多次出面牵线搭桥，畅通政企沟通渠道，及时了解企业面临的实际困难，予以研究反馈，以图破解工改过程中的瓶颈和难题。

在与市领导的沟通中，李全兴多次表态："市委推出的工改是乡村振兴战略的重要一环，而乡村振兴事业，根子在乡村。全兴与振兴联在一起，使命必达。我是从乡村走出来的，对村子有感情，对村民也有感情，我愿意投身乡村、奉献乡村，从最基层的工作做起，与山泉村全体乡亲们一起，在乡村振兴的时代大潮中破浪前行，用自己的双手创造明天，为全市的乡村振兴事业作出山泉贡献。"

奋进新征程，建功新时代。山泉村将以永不懈怠的精神状态和一往无前的奋斗姿态，高标准贯彻党的二十大精神，高质量推进中国式农业农村现代化建设和经济社会事业发展，携手乡亲们创造高品质的幸福生活，不断把人民对美好生活的向往变成温暖的现实。

对此，每个人都深信不疑。

第 **22** 章
未来乡村先导区

乡村，是每一位从中走出的游子心中的温柔故乡，像蚕丝般柔软细腻，如甘泉般清澈甜蜜。在游子眼里，它往往经过了时间的沉淀、承受了岁月的磨炼，恰如陈酒，历久弥香。

中华民族有着悠久的农耕文明，无论是党的十八大提出的壮阔的"美丽中国"概念，还是党的十九大提出的宏大的"乡村振兴"战略，农村都注定是人们无法忽视的落脚点。而谈起乡村，余光中先生笔下的乡愁便会从每个人的心底汩汩流淌而出。

对于从小就外出闯荡的李全兴来说，乡愁也成了他温馨的牵挂。虽然后来工作和生活的地方在地理概念上看，距离他出生的赵家浜村并不远，但由于日常事务繁忙，加之原村领导对万事兴集团及他本人的刻意发难，使得这短短的几公里路程，竟成了一道无形的屏障，阻隔了李全兴与故乡的亲近。他能够做的，只是在逢年过节时，短暂地回村看望孤寡老人及困难群体，再送上自己的微薄心意。

这一切，直到 2009 年才有了转机。那一年，李全兴临危受命回村主持工作，并用短短三年时间建成了山泉新村，率先打造了宜居的生活区，实现了自己对乡亲们的承诺，将自己的乡愁注入这片沧桑的土地中。

在生活区的筹备过程中，李全兴带领村委班子同步规划着生产区和生活区的发展蓝图。在村委会上，他拿出村域图，在上面画了三个圈，解释着自己的思路："我的想法是这样，这块区域是正在分期建设的山泉新村，也就是生活区。这块区域是生产区，以后，我们要逐步将村里的所有企业都集中到这里，新建厂房，提供配套设施，实行统一标准化管理。至于这一块区域，大约有500亩，具体的规划方向我还没有考虑好，因为水系较多，没有大块连片的土地，所以情况比较复杂。不过，将土地分类集中起来达到一定规模后，总是能发挥些用途的。"

既然暂时没有思路，李全兴也没有过多纠结，将重心全部放在了山泉新村的建设上。直到一个偶然契机，让他茅塞顿开，这片土地的用途也在他脑中逐渐成形。

那日晨，他来到办公室，按惯例打开电脑浏览新闻，却被一张摄于江西婺源的照片吸引了目光。照片内容很简单，在一座古桥上，一位披蓑衣戴草帽的农民牵着牛从上面经过，桥两侧树木葱茏，桥下流水淙淙，图片下方配了一段文字："最美乡村婺源，属水多桥多的地方。很多古村落的村口，溪流潺潺，石桥清幽，古树苍劲，这个地方，是被称为'树养人丁水养财'的水口。古桥流水暮牛归，田园牧歌短笛声，人们理想中的意境画面，在这里重现。老人着蓑衣，肩拉犁耙，手牵着老牛，从古桥走过。细浪溪边起，枯树风摇枝。牛归天色晚，荷锄日已西。恬静唯美的画面，是否能让你想起童年乡村的记忆？"

李全兴眼前一亮，忽觉灵光突降，周身澎湃。他激动地握紧拳头，喃喃自语："太棒了，就是这个感觉。"他立刻把村域图翻出来，兴奋地用笔在上面勾勾画画。笔端行走间，他对村庄满腔的热情也随之注入五彩的图纸内。

有了久违的方向，李全兴顿觉干劲十足。他开足马力、夜以继日地思考琢磨、征求班子意见，很快，"特色田园综合体"的构想渐渐浮现出来。

"田园综合体"的概念雏形源于 20 世纪初英国"花园城市"之父霍华德的著作《明日的田园城市》，他认为应从健康、生活及产业三者整合的视角，建设一种融合城市和乡村优点的田园城市。

党的十八大后，"美丽中国""美丽乡村"成了热门词，如何"大力推进生态文明建设"，将党中央的号召落到实处，也成为各级党委政府研究的一项重要任务。许多专家学者围绕这个课题，纷纷做出了有益思考和探索。

2013 年 3 月 5 日，无锡市惠山区阳山镇拾房村迎来了一批专业团队，领头人是田园东方投资有限公司总裁张诚，他们的任务是让此地"旧貌换新颜"。张诚同前来勘场的设计师们说："这里未来将是田园东方项目的示范区"，并提出了"田园综合体"这一全新的概念。至于为何叫"田园综合体"，张诚解释道："因为我过去从事商业地产工作，那时搞的叫'城市综合体'，基于提炼其中的商业模式逻辑和业态经营逻辑的角度，就起了'田园综合体'这个名字。"两个多月后，《经济信息时报》刊登了中国工程院院士陈剑平的研究文章《"现代农业示范区"可改农业综合体》，从另一个角度对田园综合体作出了阐述和构想。

确定总体构思后，张诚和他的团队开始了潜心设计、精心规划、细心打造，顺利建成中国首个"田园综合体"项目——无锡阳山田园东方。2016 年 9 月，中央农办对该项目进行了考察，考察组充分肯定了这种创新的发展模式。当年底，鉴于田园东方的成功实践，该项目所在的阳山镇被住建部评为第四批"全国美丽宜居小镇"，"田园综合体"的探索实践开始在多地迅速起步。2017 年，"田园综合体"作为乡村新型产业发展的亮点，被写入"中央一号文件"，明确"支持有条件的乡村建设以农民合作社为主要载体、让农民充分参与和受益，集循环农业、创意农业、农事体验于一体的田园综合体，通过农业综合开发、农村综合改革转移支付等渠道开展试点示范。"随后，财政部下发了《关于开展田园综合体建设试点工作的通知》，确定在 18 个省份开展田园综合体建设试点，至此，田园综合体建设在我国大范围拉开了帷幕。

李全兴最初萌生出规划生态区的想法时，是在 2010 年秋季。那时，还没有明确的"田园综合体"的概念和提法，只是因为来源于生活的触动，让他有了这种向往。村民们搬入新居后，村内腾出了一大片空间，他时常眺望那里，思索着这片土地的未来。一次，他带领村委班子到现场谋划布局，无意间走到一块荒地，那里杂草丛生、四处干裂，如同无数被抛弃的土地。有股似曾相识的熟悉感撩动了他的记忆，仔细辨认方位后，他恍然惊醒，这不就是他从小生活的赵家浜村所在地吗？他不由想起小时候清澈的水塘水沟，茂盛的花草树木，他和伙伴们就在这条坑洼起伏的道路上追逐嬉戏、欢声笑语。而如今，那些充满生命力的景色，早已不见了踪迹，绿色变成土黄，连同周边的色彩一并黯淡下去。于是，他冒出炽烈的念头，要拯救这片土地，高标准规划、高质量落地，将此处打造成实用性、观赏性、参考性和交流性兼备的生态旅游片区。

　　沿着这条思路，几年来，李全兴和村委班子成员继续深挖，进行扩充和完善，确定了更具体的方向：首先，要以流动的水为载体，发挥流水造型的优势，充分挖掘自然形成的坡、沟、渠、塘、河、湖等地势特点，构建江南水乡独有的韵律。其次，在连片的空地中，根据生态区整体和谐构图的需求，不同时节种植不同的农作物，将这些农作物每个阶段的生长形态甚至呈现色彩都融入预期规划中，力争形成浑然一体的自然乡景图。为了筛选出最合适的农作物，村委先后召开了两场座谈会，专门邀请本村 70 周岁以上的老人参加，相比年轻人，他们对农耕传统和风俗更为了解。通过两场专题座谈会，村委找准了各个时节应播种的农作物品类，甚至对于每种农作物的菜品做法都进行了研究，以保证种出的作物能够走入厨房、进入餐厅。最后，站在更高的层面，将大自然的风霜雨雪、日月雷电等天地资源吸收进生态区的规划中。例如，设定一个赏月点，到了每年的中秋夜晚，人们只要站在这个点上，随手一拍，就是一张震撼唯美的照片，上有圆魄寒空，下有水雾朦胧，天、地、人相映成趣，丝毫不逊于摄影名家的构图。类似的点位可以有很多，如观日的、赏月的、披露的、听雨的，均可自成一体、各有特色。

　　有了这些比较完善和具体的想法，村委很快找了业内知名的设计单位进一步沟通，请他们帮助起草系统方案。

　　对于生态区的前景，李全兴是非常看好的。他坚信，沿着这条思路，一定能在山泉村打造出别具一格、良性循环的特色田园综合体。

不料，当设计单位拿出设计方案时，他彻底傻眼了。不可否认，设计方案中呈现出的规划效果图确实很美，绿树荫浓、波纹荡漾、楼阁亭榭、山水湖光，像是身处花的海洋、水的世界，尽是美的享受。但在李全兴看来，那不是田园，而是公园，尤其令他吃惊的是，在预算方案中，仅前三个月的建设运营及维护费用就高达上千万元。

他叹口气，问设计团队的负责人："按照这种模式，这片区域每年预计能带来多少收入？"

对方想了想，回道："应该能有 50 万元左右。"

李全兴忍不住笑了，说："让我先算笔账，这块面积大约有 500 亩，如果按照这个规划落地实施，再算上管理、运营和维护，应该需要大量的工作人员吧。我暂且算 100 人，每人每年 3 万元，已经很低了，这就是 300 万元，其他的投入还没有算。也就是说，每年最少 300 万元的投入，却只有 50 万元的产出，是这个意思吗？"

对方没想到李全兴会这样问，略显得有些不自在，尴尬道："李书记，你不能这样算，产出并不是最主要的，全国各地很多类似项目，都有当地政府专门的资金保证，没有哪个地方指望靠这种模式盈利。"

李全兴表示理解，解释说："你说的情况我知道，政府机构的主要出发点是惠民，让老百姓都有美的享受，所以有专项资金支持，不会以经济效益为主导。但我们不一样，村一级没有专门的财政资金兜底。山泉村的所有钱都是乡亲们的，作为村委来说，不能仅仅为了好看，就拿着这些钱去做亏本的买卖，那样会被村民骂的。"他手指着规划图，继续道，"可能之前的沟通并不是特别到位，所以没有让你们真正理解我们的需求。其实，山泉村打造特色田园综合体是有具体考量的，一是发展生态旅游的需要，这就要求整体环境美，能够吸引人，游客愿意来。当然，现在全国类似的地方多如牛毛，我们也要进行差异化竞争。我们琢磨着，在每位游客游玩结束后，都可以带走一份当季的蔬菜水果，以留纪念。二是维持种地生产的需要，这片土地不能仅仅为了好看去种一些五颜六色的花草，而要真正去种能填饱肚子的粮食。这个比方也许不恰当，但退一万步说，假如外界突然发生了未知灾害或灾难，那么这些土地产出的粮食要足以能够让本村老百姓活下去。我认为，这也是习近平总书记之所以强调'中国人的饭碗任何时候都要牢牢端在自己手上'的深意所在。三是村民日常生活的需要，有的乡亲们特别是年纪稍微偏长的人，一辈子劳作习惯了，根本闲不下来，有块地能让他们继续耕种，对他们来说，也是一种寄托。况且有村民打理农作物，还节省了聘用工作人员的钱。四是延续农本文化的需要。我们中国自古以来是农业大国、农业社会，农本耕种的传统绵延几千年，我觉得这里面有我们中华民族的特有基因，有我们老祖宗的大智慧。虽然现在全国都在推进现代化建设，但我认为这些传统应该要继承下来，最起码要让我们的下一代了解掌握农本的基础知识，比如二十四节气，比如基本农作物的播种和收获时节等，继承传统和推进现代化并不冲突。第五点也是最主要的，田园综合体建成以后，不说指望它能产生多少效益，最起码每年的投入和产出要基本持衡。其实我们村委的考虑，无外乎就这五点。"

听完李全兴眉飞色舞的介绍，设计单位负责人也笑了。他坦诚道："李书记，我和你说两句实话。第一句，我很钦佩你，无论是你的想法构思，还是做事魄力，都令人赞叹。特别是你刚刚关于山泉村生态区打造田园综合体的独到见解令人惊叹。尽管我之前做过很多类似的项目，但听你说完还是眼前一亮，今天我受教了，感谢你。"

李全兴连连摆手，谦虚道："过奖了，不敢当，你才是专家，我只是随口说说自己的一些想法。"

对方微笑着说下去："第二句实话，可能不太中听，希望你不要介意。"

"嗯?"李全兴向前倾了倾，"没关系，你尽管说。"

对方悠悠道："根据我的了解，按照你刚刚的设想和几点要求，在全国范围内，起码是我所知晓的范围内，目前没有一家设计院能够做得出来。"他忍不住感慨一声道，"主要是你的想法太超前了。"

对方毫无征兆的断言令李全兴心中一惊，他神色凝重起来，隐隐感觉道，这可不是一件好事情。

果然，正如那个设计单位负责人所言，村委后来又陆续联系了几家设计单位，无一例外，都是信心十足地来，但在和李全兴进一步沟通后，纷纷打起了退堂鼓，又陆陆续续地婉拒离开了。

几番下来，李全兴有些灰心了。令他沮丧的并不是别人对他想法

山泉村全域规划
鸟瞰图

的不理解、不看好，而是由于想法无法落地得到检验所带来的苦闷。他手里拿着几份设计方案反复比对，最终心一横，决定自力更生。他坚信自己的想法一定不会是空中楼阁，既然没有设计单位能够按照构想设计出来，那干脆就自己设计这个生态区，顺便可以将生活区、生产区两部分统筹考虑，再嵌入自己的最新体会和心得，制订出新的更加完善新颖的"三生合一"规划草案，然后再请人做成效果图。

经过几个月冥思苦想，一部凝聚着李全兴心血的《江阴市周庄镇山泉村乡村规划展示》图册火热出炉了。图册以"产业发展示范区、未来乡村先导区"为定位，以致力于"探索新阶段、新格局、新理念下中国农村发展的新模式"为己任，按照生活区、生产区、生态区的功能区域划分，囊括了包括共建中心、共享中心、共创中心、共富中心、沿街商业带、物流中心、乡村美学中心、田园综合体等在内的诸多新鲜元素。

其中，共建中心的目标是科学规划构建美丽家园新格局，精心打造江南水乡特色的美丽乡村，让村民享受高品质生活；共享中心的目标是以便民服务为核心，提供公共服务的共享空间，丰富村级文化环境、打造完善的村级配套中心；共创中心的目标是布局科技创新、产业升级的新型创新工业集聚地，打造高端印染全生态链，提高山泉产业的环境友好度和产业创新价值；共富中心的目标是依托现代数字技术、网络科技，建设新型公共产销平台，帮助企业对接更大市场，最终实现区域共同富裕；沿街商业带的目标是通过商业中心组织区域内的商业经济活动，充分发挥各区域的经济优势，改善区域经济结构，为民众提供活力街区；物流中心的目标是集中存储，提高物流调节水平，有机衔接，加快物流速度，缩短流通时间，降低流通费用，提高经济效益；乡村美学中心的目标是面向田园综合体布局乡村特色商业，以传统院落空间为核心，组织建筑布局，以有序生长衍生的形式，建设乡村振兴特色聚落。同时，面向田园综合体布局商务区，以院落为核心，组织建筑布局，从组团的有序生长衍生，逐步发展生成有机多样的聚落形态；田园综合体的目标细分为五谷丰登、金桂飘香的"沟·渠"，莲池满地、万木葱茏的"塘"，桃红柳绿、春色满园的"湖"，等等。

规划出炉后，迅速被竞相传播，瞬间技惊四座，仿佛大石投江，激起百丈波澜，在全国范围内都引发了不小的轰动。2022 年 5 月，北京大学乡村振兴研究院的专家来到山泉村，实地考察了山泉村的功能区设置后，惊叹道："真震撼啊！我们现在正在做乡村振兴的课题，即便是做先期的可行性理论研究，都还没有研究到这个地步，你们竟然都已经将构想落地了。"

"每代人有每代人的使命，我们这代人、我们这届村两委的使命，就是带领全体山泉村民埋头苦干、勇毅前行，建设一个在全面推进乡村振兴和实现共同富裕方面走在江苏乃至全国前列的山泉村，建设一个村民获得感、幸福感、安全感爆棚的山泉村。"这是党的十九大后，李全兴频繁挂在嘴边的话。他经常望着规划中的生态区，眼中闪烁着亮光，陷入遐想，虽然相比另外两个区，那里还没有实质性的变化，但大家都相信，在乡村振兴的道路上，山泉村有了打造生活区的成功经验，有了建设生产区的阶段进展，生态区的土地一定充满着无限希望。

第 **23** 章
画卷在大地上展开

经过十几年的艰辛拼搏，山泉村委带领全体村民筚路蓝缕、砥砺前行，坚守乡村振兴之路，从一穷二白的破落村庄蜕变为充满时代气息的现代小区，取得了振奋人心的瞩目成就，交出了光耀闪亮的优质答卷，在一定程度上实现了中央提出的社会主义新农村建设要达到的"生产发展，生活宽裕，乡风文明，村容整洁，管理民主"的目标要求。

昔日洼地辉煌重现，幸福山泉汩汩流淌，山泉村实现振兴的愿景正逐步走进现实。

若放眼望去，便可见一幅"强富美高"的乡村振兴生动画卷在山泉村徐徐展开——

农工商贸各业兴旺。2021 年末，全村完成工商开票销售 42 亿元，工业开票 38.2 亿元，村级收入 7800 余万元，村资金平台实现收益 800 万元，入驻企业达 90 多家，年度上缴税收超过 1 亿元。村集体净资产由 2009 年的 3004 万元，积累到近 6 亿元，人均达 18.5 万元，连续十年位列无锡市村级收入第一方阵。

村民收入水平和福利待遇逐年提高。2021 年村民人均可支配收

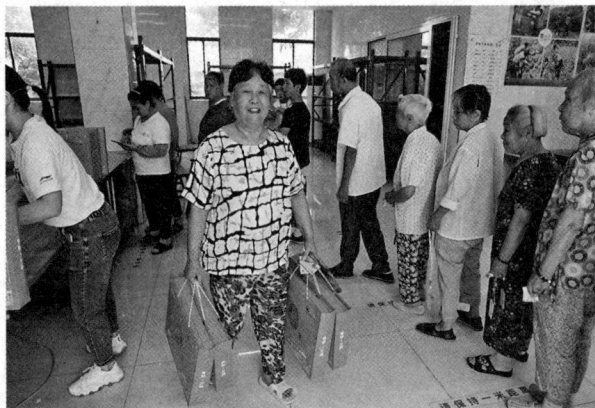

为村民发放节日福利

入超过 9 万元，比十余年前增长了 5 倍，远超江阴市农村居民人均 6.76 万元的收入水平，全年为村民发放各类福利共计 2190 万元。全村村民均按城镇职工标准办理了养老保险与医疗保险，村民从集体经济组织获得的收益由十年前的 600 元提高到 2021 年的 3000 元。村民每人每年享受集体分红数千元，特困户年终享有额外的补助金。村民子女在义务教育阶段的书本费、服装费、接送费、保险费等各类费用均由村集体承担，子女考上大学再一次性奖励 2000—3000 元。全村女性 55 周岁、男性 60 周岁以上村民，每人每年再发放养老福利金。

立足当下观望，从历史中走来的山泉村已抖落尘埃，正华冠丽服、落落大方地站在新的发展节点上，自信优雅地向外界展示着自己的曼妙姿态。洋溢着水乡风韵的民居里有着种种现代生活的内容及便利，精神文明与物质文明在这里珠璧交辉，传统文化与时尚新风在这里相映成趣。

且看今日之山泉村，幸福如同阳光洒满乡村，惠及全体村民。村里已搭建起社区卫生服务站、社区综合服务中心和行政事业服务中心等场所，涉及社保、广电、水电、保险、电信等民生琐事的诸多需求，老百姓足不出村便可以顺利办妥相关事项。此外，村委高规格建设了老年活动中心、多功能活动室、工业会馆、村民活动广场和小区健身场等场所，满足不同人群需求，方便了村民休闲娱乐活动、村委文化普及活动、文化单位文艺惠民活动等各类活动的开展；高品质设立幼儿园，为幼儿提供良好的学前教育，解决村民的后顾之忧；独创校外辅导站，为中小学学生放学后活动和晚餐提供场所，解决了双职工村民无法照顾子女的实际困难；高起点建成商业街，配有门类齐全的商业、金融、服务、娱乐、养生等门面房；每年为村民发放猪肉、时令物资和农副产品；新建成的农民会所，为举办红白喜事提供场所，消除了村民们的思想负担；在砂山林区里建造安放亡灵遗骸的安息堂与供奉菩萨的楞严寺，成为满足村民各种宗教信仰需求的传统文化区，为村民祭奠先祖、佛教徒进行法事与修持提供便利……

荣耀重现的山泉新村，全面实现了道路硬化、河道净化、村庄绿化、环境美化、民居公寓化，所有村民都按照自己的选择，住进了面积 140 至 450 平方米不等的新居。村庄绿化覆盖率达到 34.7%，卫厕普及率达到 100%，可再生能源入户率达到 94.2%。家家实行垃圾分类，户户使用清洁能源，人人尽享安居乐业，个个参与文体活动。

"如今，看病体检不用出村，重阳节有尊老金，年底还分红、发大礼包，我女儿在村里的幼儿园上班，每年工资有 10 万元呢！我住在老年公寓，出行很方便。平时，就去村老年活动中心听听书、喝喝茶，日子真是太幸福了！"每每谈到现在的多彩生活，村民李阿姨的脸上总是洋溢着笑容。

这种盈盈不绝的幸福感如今充满了整个村庄。

住在这样的乡村里，人不分男女老少，个个能过得舒心惬意；事不论大小新旧，件件均办得方便快捷。教育、卫生、养老等基本公共服务应有尽有，许多服务标准甚至超过苏南城区。家家住新房，户户做实业，人人有保障。与城市的新型社区相比，山泉村毫不逊色，甚至相比之下，它的环境更美、配套更好、功能更全、人民群众的认可度更高，大有超越之势。

慢步在蝶变新生的山泉村，欣赏着一座座建筑沿着碧波荡漾、两岸桃红柳绿的河流依次排开，一股关于美的情愫油然而生。目之所及，青砖黛瓦古韵新姿，流水淙淙婉约清新，更有曲径通幽暗香隐，鸟语悠扬生活宁，处处呈现出江南水乡的勃勃生机，不觉间，心中的惬意便会轻轻淡淡弥散开去。高品质生活的"幸福山泉"，洋溢在村民脸上，流淌在村民心里，成为令人向往的江南福地。

合抱之木，生于毫末；九层之台，起于累土。十几年来，为实现共同目标而披星戴月、呕心沥血的创业经历，使村干部们凝聚起高度

山泉村掠影

共识，即山泉村的新生像是平地起高楼，扎实的地基尤为重要，否则，再宏伟的大厦也必将摇曳于风中。

地基是什么？从近几年的基层治理实践中，山泉村委有着深刻的体悟，那就是服务。管理要建在服务上，抱着服务的心态去管理。李全兴经常在村委会上叮嘱，如果没有深厚的为民情怀，没有正确的服务态度，那村委与村民之间的纽带一定是冰冷脆弱的。它既无法传递组织的暖意，更经受不起管理的压力，极易破损折断，导致两败俱伤。

思虑再三，为了让这个纽带更有温度、更具韧性，村委在如何做好服务的问题上花费了大量心思钻研，甚至潜心雕琢细节。在村干部中流传着这样一种很有代表性的观点：对于合理诉求，村民想到并提出的，我们一定要办到；村民想到但没有提出的，我们要替村民办到；村民暂时还没有想到的，我们要替村民想到。竭诚为民的服务态度，在这通俗易懂的口口相授中一览无余。

村干部有这样的认知，也就不用惊奇山泉村的老百姓为何能有如此满满馥郁芬芳的幸福感、获得感，曾经满斥怨声载道的村庄为何能呈现今日国泰民安的祥和模样，这与村委的行事理念有着密不可分的直接关系。

想当初，新一届村委秉持着洗心革面的决心与毅力，在启动了《村规民约》修订工作后，又接连妙招频出，通过几项重磅举措，将口号中悬浮的服务承诺落入现实，使久违失散的关怀结结实实地印入村民们心底最柔弱的角落，让长期遭贫受弱的乡亲们对本届村委产生了最质朴的感激。万丈大厦的坚固根基，就这样一点点酝酿于地平面之下。

其中一件比较有代表性的举措，便是安息堂的动议与建设。

安息堂，顾名思义，是缅怀亲人驾鹤西去的特殊场所。依照以往惯例，每当村民家中有人辞世，家人们都会在村口或路边摆上几天灵棚以寄哀思，这本是传统文化的一部分，无可厚非，但村委却对此做过专题讨论，认为此种风俗习惯实在弊大于利。一则搭建灵棚占用公共资源，除了给人突兀不适的观感，更会造成其他村民出行不便；二则灵棚内往往哀乐声震天响，加之亲属时常哭天喊地，给他人的正常生活带去极大干扰。

只是，这毕竟是传统，"逝者为大"的基因在血脉中流淌了几千年，已然成为一种精神标识。作为文化的被动继承者，村民们能做的只有敬畏与维护。在他人沉浸在失去亲人的痛苦中时，妄议已属大不敬，更不用谈去改变或制止了。况且，谁家能避得开白事？种种因素叠加下，村干部不好插手，村民们也只能在苦不堪言中强迫自己习以为常。

那时，谁也没想到，即便有着种种顾虑，村委还是"下手"了。

当改变殡葬管理形式的议题被提出时，着实引发了震惊与哗然。好在经过一场激烈的讨论，村委内部还是形成了初步统一意见，认为尊重传统却不能囿于传统，更不能让传统成为桎梏。尽管没有村民明确提出此项要求，但他们的表情中分明写着改变现状的渴望。这让村委愈加相信，一定有不少人不堪其扰，却碍于风俗、碍于情面，或有其他因素的牵绊，不便开口。

村民的合理诉求对村委来说就是指令。讨论成熟后，村委即刻召开了村民代表大会，公开讨论此项事宜。

放眼中华大地，无论在哪里，这都是个极度敏感的话题。李全兴话音刚落，现场便骚动四起。他坦然解释着村委的考虑："摆灵棚是我们中华民族的传统，是对死者的尊重，也是每家每户都必然会面临的情况。改变殡葬形式，并不是说要取消和制止，只是请大家想想，我们是不是可以采取另一种更文明、更便捷的方式。村委对此专门讨论过，初步想法是在后山空地上建一座安息堂，由村委全额出资，高规格、高标准设计装修，作为今后乡亲们办白事的集中地点，需要使用的家庭只需交一些简单的维护费即可。相对于各家各户自己搭建灵棚，这种方式规格更高、费用更低、更为体面和便捷，最重要的是，其他人丝毫不会受到影响。"

听完介绍，代表们面露讶异之情，立刻互相间商讨起来。毕竟在自己的村子里建设"安息堂"，不仅闻所未闻，而且想也没想过，这可是新鲜尝试。

李全兴安静自信地等着。他相信村委的判断，村民们一定都有类似诉求，只是没有人愿意去踩这个雷。既然如此，那就由村委来办，即便可能有逆传统，被人指责也在所不辞。

少顷，李全兴开始征求意见："现在进行表决，同意的请举手。"说完，村委班子成员默契地率先把手高高举起。果然，几乎没有等待间隙，村民代表们的手也齐刷刷地都扬了起来。

提议通过后，工程很快进入具体实施环节。不多久，安息堂就建设完毕，点亮了村委关爱村民生命全周期的最后一环。村委也凭借此举，成功攻克了基层社会治理中普遍存在的一大难题，被广为称道。

安息堂之外，类似的事情还有很多。

一次，村委组织入户走访时，恰逢村里有户人家的女儿即将出嫁，得知消息的李全兴兴致冲冲地带着村干部登门祝贺。可奇怪的是，现实场景竟与预想氛围背道而驰。大喜当前，尽管老人们也忙着迎客致谢，但表情中分明透射出与婚礼极不相符的忧郁，似有股浓密的乌云缠扰在两人身边，这让李全兴心生疑惑、大为不解。他将此事记在心里，待对方喜事办妥后，再次专程拜访，方才了解了原委。

原来，根据山泉村赓续已久的传统，但凡村里出嫁的女性，都必须在结婚之日起六个月内将户口迁出山泉村，并随之丧失在村内的一切权利及福利。如若有人不愿意迁走或因事耽搁超过时限，只要半年期满，同样不再被视为本村居民。

李全兴礼貌地点头表示认可。他知道这条风俗，从小就听过，因为是村里长期保留下来的老规矩，故而没有多想。何况，俗话常戏说"嫁鸡随鸡，嫁狗随狗"，要求女子结婚后将户口迁出，他也并未觉得有何不妥。

他坦诚地问道："老人家，实话说，我真的不太明白。这条风俗并不是这几年新定的，都几十年过去了，有什么问题吗？"

老人们如实回道："李书记，请恕我们直言，你家里是个儿子，可能理解不了我们这些独女家庭的心情。以前都说嫁出去的女儿像泼出去的水，但现在毕竟时代变了，有的人家女儿还是想留在父母身边，像我家就是。但是按照村里的规定，女儿结婚了就一定要把户口迁走，这不是变相把女儿硬生生地向外赶吗？她们结婚有错吗？谁家的女儿还不是父母的心头肉啊！我们也不是重男轻女，可为什么偏偏女儿在这方面就要多受一份委屈？换做哪个家长心里能舒坦呢？我也知道，这是村里的规矩，其他人家都老老实实地遵守，我们也不可能例外。"老人说着，难过地抹起了眼泪，"我再讲句带情绪的话，我们老两口之所以只有一个女儿，那也是当年积极响应政府计划生育的号召。可为什么到老了，连自己唯一的孩子都没法留在身边呢?"

李全兴惊得张大了嘴巴，老人一番推心置腹的话对他触动很大。他万分震惊，从未想过这条风俗会给特定村民群体带去如此大的伤害。他向对方深鞠一躬，惭愧地作出检讨:"老人家，对不起，这事是我们疏忽了。谢谢你给我的提醒，村委会认真考虑的。"

老人叹口气，失落地摇摇头:"我也不指望什么，毕竟是这么多年的习惯，也不是哪个人制定的，没有那么好改的。"

李全兴拉住老人沟壑满布的手，重复道:"你放心，我们一定会认真考虑的。"

在次日召开的村委会上，李全兴严肃痛心地提出了这一现实问题，语气坚定地说:"充分保障每位乡亲的基本权利，这是对村委工作最基本的要求，绝对不能以任何理由剥夺。如果连乡亲们最简单的家人团聚心愿都实现不了，那我们村委存在的意义何在?"

事不宜迟，经过商议，村委达成统一共识后，旋即召开村民代表大会。李全兴代表村委提出建议，在《村规民约》中增加一条:独生子女家庭的女儿自出嫁之日起，在六个月内有户口选择权，可自行决定留在本村或迁出。选择留在本村的，配偶户口也可随迁至山泉村，作为正式村民，享受同等权利及福利……

巨石入海，浪花四溅。话还未完，几位代表就突然举起手，庄重神圣地行使着表决权。有的老人眼睛霎时红了，眼眶里滚动着晶莹的热泪，惹得李全兴也不由鼻子一酸，忙以袖拭面。

滴水以汇江、聚沙以成塔，在这一件件看似细小的琐事背后，是村委在为山泉村的蜕变串珠成线、布局谋篇。

　　"人民对美好生活的向往，就是我们的奋斗目标。"习近平总书记的这一话语，始终铭刻在村干部心头。作为村庄领路人，李全兴更是牢记共产党人的初心与使命，并以此作为自己的不竭动力，带领村委全体人员，不负韶华，只争朝夕，全面推进新农村建设迈上新台阶，全力描画乡村振兴的美好蓝图。

　　在全国乡村振兴大潮如火如荼开展之际，在各处新农村建设遍地开花结果之时，山泉村走过的略显传奇式的振兴之路无疑是一道亮丽的风景线，如珍宝般吸引着诸多专家学者的注意，纷纷希望在具象的实践里抽离出具有普适性的理论元素。

　　无锡市农村经济学会与江阴市委农工办曾联合到山泉村调研，经过深入考察了解后，从山泉村的振兴之路中总结出了五大经验，向全市推广。分别是：

　　"美丽山泉村，幸福山泉人。"山泉村对全村山河、田地、村庄和工厂所作的高标准规划和重新布局，对生态环境的大力修复，对经济发展环境的大力优化，对村民居住条件、生活环境的大力改善，生动体现了新型城镇化和新农村建设的丰富内涵，体现了"中国梦"中亿万农民的"农民梦"所追求的方向。

　　"民主促民生，幸福山泉人。"山泉村依法治村、民主管村、村民自治的做法，是广大农民在富裕起来后，在政治上要求当家作主的内在要求。这不仅对化解农村矛盾有着基础性作用，也是新形势下改善民生，增加农民幸福感、自豪感的必由之路，对改善党群关系、干群关系亦起着关键性作用。

　　"共建共创，共享共荣。"山泉村把全村村民团结起来，把分散的群众智慧、精力和财力集中起来、组织起来，形成了建设新农村、管理新农村的空前积极性和强大推动力，对稳定农村经济社会，加快新农村建设无疑起着决定性作用，是在工业化、城市化、市场化的背景下，农民们追求"共同富裕""共同幸福"的充分表现。

"股份合作，市场运作。"山泉村经营管理村级资产乃至新农村建设项目的运作模式，强化了产权意识、经济核算和资本运作，为实现农村集体资产的保值增值、村级集体经济的持续健康发展提供了参考途径，有效地保护了农民利益，让农民分享了改革开放，尤其是工业化、城市化的发展成果。

"悠悠山泉，村民为大。"山泉村村干部的这种自我定位，并由此引发出的能力、作风、效率和责任心的大改变，党群关系、干群关系大改善，无疑是最宝贵的经验，值得所有的党员干部和其他乡村学习与效仿。

有人还将李全兴治理山泉村的做法总结为严格推行"四项制度"，保障农民"四大权利"。具体来说，一是实行村务公开制，让农民享有知情权。提高村委工作透明度，对村务、财务和重大事务进行全方位、多途径、全过程公开，接受全体村民的监督。二是实行村民议事制，让村民享有决策权。成立村民代表团，突出村民主体，议兴村大事；突出村民自律，议治村难事；突出村民满意，议贴身实事，确保了村民的事由村民议、村民定。三是实行民主理财制，让农民享有管理权。建立健全民主理财小组，通过清家底、理旧账、建新规、堵漏洞，参与制定财务管理制度和财务计划，参加重要经济财务活动，开展多种民主理财活动。四是实行民主监督制，让农民享有监督权。村党委、村委会通过村务公开、向村民代表大会报告工作等方式，接受村民的责任监督、效能监督、实绩监督，推动民主监督由事后监督向全过程监督转变。通过这"四项制度""四大权利"，真正做到"混事官"过不了述职关，"糊涂官"过不了评议关，"平庸官"过不了考核关，村委班子的执行力得到极大提升，面貌焕然一新。

山泉村春华秋实的累累硕果，与拥有完善的制度并严格执行不可分割，然而，村委深刻感到，铁的纪律固然是村庄立身之本，比如《村规民约》及相关规章制度等，白纸黑字的明文规定在最初重塑村委威信时起到了不可替代的重要作用。但制度本身是锋利的，有时难免会伤人于无形，这并不是村委的初衷，特别是当村庄进入良性循环轨道后，这种副作用就显得更不合时宜。为了缓和这一矛盾，村委努力将规章制度与精神文明建设相融合，创新地探索打造了"五风工程"，即党员要守好为民本色，发挥好模范带头作用，严肃党风；村干部要以身作则、秉公做事，修炼作风；村民代表要体恤民意、为民发声，筑牢民风；村民家庭要和谐相处、尊长爱幼，温馨家风；通过以上措施，最终实现山泉新村风清气正、积极向上、持续奋斗的正气村风。有了"五风"的相伴，制度便有了"风轻云淡"的柔和一面，显得更加人性化，也更加温暖、更有温度。

全国政协有位领导看了城乡统筹发展研究中心关于山泉村新农村建设的调研报告后，备受感动，作出如下批示："农业强、农民富、农村美是'三农'发展的总基调。江苏山泉村以基层民主建设为突破口，以民主促民生，以改革促发展，驶入迅速发展快车道，是践行中国梦的鲜活案例，具有典型意义。"

中央政策研究室一位领导指出，山泉村以造福村民为主线、服务村民为首要任务，不断加强和创新村级社会管理，让全体村民在参与村级管理的过程中共建共享社会主义新农村建设的成果，有效破解了农村工作中的矛盾和难题，促进了村级经济的发展和农村社会的和谐，形成了新时期村级社会管理的"幸福样本"。

还有位领导干部参观了山泉村后，兴奋地对村干部说："我要为山泉村写一首诗。"经过整夜的酝酿，一首优美的藏头诗跃然而出："山河是处荡春风，泉涧逢时洗碧空。村女欢声门对户，好花缀络紫复红。"该诗藏头"山泉村好"，这是领导的认同和期许，更是每一位村民的切身感受。大家都从心底发出这样的夸赞：现在的时代好、村庄好、生活好、村干部好！

李全兴作为村子的"导航员""父母官"，山泉村的成功就是他最大的骄傲。

有人这样概括他：李全兴有不徇私情、不谋私利的正气，有求进思变、进取担当的勇气，有自强不息、开放包容的大气，从而打造出山泉村班子明公硬气、干部一身正气、村民连枝同气的崭新气象。

江阴电视台著名的《非常道》栏目在对话李全兴时，有一段编导感言：人民的利益高于一切！这是李全兴书记治村的核心理念。这位农民企业家秉着公开、公平、公正的原则，始终把农民的尊严与权利放在首位，真正做到了还政于民，利用民众的智慧与力量建设起了一个民主开放、幸福和谐的新山泉。李全兴用他那非比寻常的胆识和魄力、担当与执着，追逐着他回村的最初梦想。他曾表示："从政是为了赢得口碑，带山泉村致富。希望在我年老的时候，村里的父老乡亲都能认识我，对我笑。"

现在，李全兴已实现了这个梦想。如今的山泉村，幸福荡漾在村民的生活中，喜乐流淌在村民心头上。无论何时何地，也无论男女老幼，村民们看到他，总是会尊重地喊一声："李书记好！"携带着发自肺腑的感激与认可。不论李全兴来到哪一户村民家，对方总会热情地将他请进屋，泡壶好茶，唠唠家常。时至今日，李全兴还会经常想起，2009年他刚上任村主任一个月，在春节团拜会上，村民们对他爱理不理的情形，再对比如今的团拜会，俨然换了春光，几百位村民会不约而同地提前到场等候，就为了能够给李全兴送上新春的第一声祝福……

　　每谈及此，情到深处，李全兴总会泪光频现。他与村民的感情在一次次深谋远虑的布局中积淀，在一件件微不足道的小事里升华，就像墨汁入水，心绪相融，浑然一体，难分难舍。对他来说，这才是最大的收获。

　　四面八方涌入的赞扬声，并没有让李全兴迷失在过去的成绩中，相反，他愈加清醒。与外界交流时，他经常说："你说好，他说好，群众说好才真好；这管用，那管用，法治德治最管用；这先进，那先

大年初一村两委
慰问老年人

进，乡村振兴才先进；千条理，万条理，发展才是硬道理。"他向大家豪迈地表示，自己将坚决听从党中央发出的乡村振兴新号令，用己所能，拼己全力，正如之前对村民承诺的那样，努力建设一个为村民谋幸福的领导班子，建立一套可持续发展的动力机制，建成一个社会主义现代化的山泉村。

第 *24* 章
至高荣誉归于村民

如果严格算起来，从 2009 年开始，其实山泉村仅用了短短三年时间，到 2012 年初，就实现了村容村貌的巨大改善和村民生活水平的大幅跃升。改头换面的山泉新村仿佛天空中一颗横空出世的闪亮明星，让社会各界为之聚焦、为之入迷，参观交流队伍络绎不绝，各级各类媒体也都将其作为新农村建设的先进典型，连篇累牍、不吝笔墨地予以报道。

在山泉村的光环映照下，李全兴作为领路人，自然而然地站到了聚光灯下。

2013 年 9 月，中组部、中宣部、民政部等部委联合中央电视台，历时数月，通过媒体推荐、实地调研、组织审查和网络投票等环节，评选出了 10 位"全国最美村官"，李全兴光荣地名列其中。

得知消息后，李全兴着实感到意外和惊喜。

的确，从全国 300 多万名村官中脱颖而出，任谁都深知这其中的不易。不过，相对于这份荣誉，真正让李全兴骄傲的却另有其事。

那天，央视制作团队在对候选村官进行实地考察时造访山泉村，忽觉眼前一亮，像是见到了世外桃源。考察组负责人望着静谧优雅的村庄，激动地向队员说："这不就是我们一直在寻找的地方吗？"原来，团队当时正在制作"全国最美村官"的宣传片，可片中的背景素材还一直没有着落。他们到过许多地点，拍摄了大量镜头，可都觉得不甚满意。每段美轮美奂的场景中，似乎总感觉少了一些不可言说的韵味。直到这次，他们置身山泉村，满目映射着水光村景，满耳荡漾着鸟语虫鸣，看到村内居民的幸福满溢，体现传统的文化标识深嵌村中，彰显时代的工业厂区高端大气，和谐共存的生态丽景环绕四周……他们立刻意识到，这正是苦寻已久的鲜活素材。制作组的燃眉之急，就在美不胜收的山泉村里，被圆满化解。他们记住了，在江苏省无锡市，有一个地方叫山泉村。

不久，李全兴接到组委会通知，飞往北京参加颁奖典礼。为了使活动更接地气，主办方将颁奖仪式选在北京市房山区的一个露天广场举行。

活动当日，李全兴大步流星走上领奖台时，主持人白岩松眼前一亮，不由得打量着他：一米八左右的个头，身着笔挺的深蓝色西装，方正的脸庞，乌黑的头发，炯炯有神的眼睛，正气相伴，风度凛然，浑身焕发出坚毅的力量。

"飒气！不愧是现代村官的形象！"白岩松情不自禁地暗自赞叹着，并深情宣读了颁奖词：

"民心为舵，民意为桨，这位就是让幸福在村庄流淌的现代村官——李全兴。"

在一片热烈掌声中，李全兴得体地向大家微笑致意。

这次颁奖与以往不同，融入了一个特别的创意，就是由各村村民给自己的村官颁奖。在礼仪人员引导下，山泉村村民代表赵林宝走到李全兴面前，接过奖杯递给他，沧桑的面庞中透着质朴的敬意。他望着李全兴，由衷地说："李书记，这些年你辛苦了。山泉村幸亏有你，乡亲们幸亏有你，大家都让我捎句话，真的谢谢你。"说完，他退后一步，向眼前这位尊敬的父母官深深鞠躬。

普通的话语，简单的动作，却让这位面对困难毫不动容、流血流汗不流泪的男子汉内心风起云涌，泪珠翻腾，李全兴拉住赵林宝的手，紧紧攥着，感慨地说："与大家相识，我深感荣幸。我更要感谢乡亲们，让我实现了人生价值。"

这一幕动人至深，全场爆发出热烈的掌声。

在随后接受白岩松现场采访时，李全兴的眼眶还透着微红。他抹了抹眼睛，深吸口气，豪气道："这个奖不是我一个人的，它属于山泉村全体村民，我只是其中的一分子。今后，我不仅要继续干好本职工作，珍惜最美村官的荣誉，更要努力让山泉村也成为最美村庄，让村民都成为最美村民，真正地建成社会主义新农村。"

从北京载誉归来的李全兴并没有居功自傲，很快又全身心投入琐碎的日常工作中。有不少村干部好意提议，想为他隆重庆祝一番，被他婉言拒绝了。他解释道："谢谢大家的好意，即使要庆祝也不是为我庆祝，而是庆祝山泉村的振兴大业取得了阶段性成果。不过，现在还不是时候，我们依然在披荆斩棘的征途中，还处在攀峰登顶的道路上。待有朝一日，山泉村真正成为现代化村庄，真正实现了振兴目标，成为全市乃至全省全国的闪亮名片，那时我们再举杯共庆。"

没几日，无锡市委书记黄莉新亲临山泉村，看望捧回全国荣誉的李全兴，送上组织的祝贺和慰问。特别是对李全兴刚入党不久，就能把党员的先锋模范作用发挥得如此出色大加赞赏。

李全兴谦虚地道谢。趁此机会，他将黄书记带到村内新建的党建馆，参观了功能齐全的学习室、活动室、电教室等场所，生动详细地汇报了山泉村几年来坚持抓党建、亮身份、作表率的一系列举措。

李全兴动情地介绍道："我活了几十年，但却像经历了上千年，身边的变化实在太大了，我知道，这是只有在共产党领导下才能创造的世界奇迹。所以这几年来，村党委始终高度重视党建工作，坚持以党建带村建。从2009年开始，我们就为每名党员包括村民代表制作胸牌，敦促和倒逼他们亮明身份、主动作为，自觉地帮助村民解决遇到的困难。"说到这儿，他的脸上满是自豪之情，"我可以说，现在的村两委班子，乃至村里几乎所有的党员干部都在全心全意成为公仆，一心一意当好物业，真心真意做好义工。"

黄莉新了解情况后极为惊讶，忍不住连声赞叹："李书记，你太了不起了，太厉害了。我们很多区县的党建工作都做不到这种程度，但你们却在一个小小的村庄里实现了，并且成果如此丰硕。"

李全兴笑着说："黄书记，不瞒你说，入党是我曾经的夙愿，所以作为党员我备感珍惜。我的前半辈子，从未因自己做生意赚了钱而骄傲，但我却因自己是一名共产党员，因自己改变了山泉村而骄傲。今后，我将继续牢记使命，发挥好党员的模范带头作用和党组织的战斗堡垒作用，为把山泉村建成真正的社会主义新农村不懈奋斗，为实现山泉村的再度振兴持续努力。"

这番话源自肺腑，铿锵有力，折射着李全兴朴实的信念和坚定的追求。在场的每个人都深受感染，用掌声表达着对李全兴深深的钦佩。

对李全兴来说，人生不过就是爬坡过坎之事，在山泉村这几年亲力亲为的实践，正是这个过程的直观显现。他不断地遇到挑战，不断地化解危机，不断地消除问题，不断地展现成绩。这一步步、一节节的路途中，李全兴的眼界胸襟、治理能力都得到了全方位强化，山泉村已脱胎换骨，他个人的人生价值和信念也在蝶变的山泉村中实现了升华。

荣获"全国最美村官"殊荣后，李全兴并没有在光辉的页面多做停留，而是以"老黄牛""拓荒牛""孺子牛"的追求和坚守，将荣誉存入历史，把精力投向未来，带领村两委班子和全体村民一起，继续深耕山泉这片热土，令小小的村庄在新农村建设的事业中挥洒热情，在乡村振兴的道路上光耀夺目。

可以说，彼时的山泉村已进入了闪光时刻，它所蕴含的规划思路、发展成绩、建设成果等，每个方面单列出来都是一部鲜活的素材，供人借鉴、惹人钦佩。更难得的是，在新一届村两委的带领下，山泉村的发展紧随时代，步伐始终如一，引领潮头，从未停止。时隔八年后，坚持率先发展的山泉村再次刷新历史，进入新的篇章。

2021年，建党百年，一个意义重大的年份。

百年历史，改变了中国人民的前途命运，开辟了中华民族伟大复兴的正确道路，展示了马克思主义的强大生命力，影响了世界历史进程，锻造了有自我革命精神的中国共产党。可以说，党的百年历史对于中国人民、中华民族都有着重大意义。

为庆祝建党百年，全国各地都陆续举行了一系列主题活动，热烈而庄重的氛围笼罩了神州大地。在这个特殊的时间节点，流淌着幸福的山泉村以一种特殊的方式，参与到了这段宏阔的历史进程中。

2021 年 2 月，中共中央办公厅印发《关于做好"七一勋章"提名和全国"两优一先"推荐工作的通知》。《通知》指出，党中央决定，在中国共产党成立 100 周年之际，以中共中央名义首次颁授"七一勋章"，表彰全国优秀共产党员、全国优秀党务工作者和全国先进基层党组织，并明确了"七一勋章"提名人选和全国"两优一先"推荐人选的数量、基本条件和提名（推荐）办法，要求严格按照相关党内法规规定的标准、条件和程序进行，全面考察提名人选和推荐对象的一贯表现，以实际贡献作为评判标准，充分发扬民主，广泛听取各方面意见，充分体现先进性、代表性和时代性。

经历过跌宕起伏、满载着发展成果、镌刻着时代气息的山泉村自然而然成为各级党委政府关注的对象。经过层层推荐、申报、评审等一系列严格细致的规定程序，3 月 1 日，全国"两优一先"推荐对象名单正式发布，山泉村党委荣耀上榜，被列为全国先进基层党组织拟表彰对象，并于 5 月底至 6 月初面向全国公示。

尽管山泉村已满载荣誉，但能够得到党中央的表彰与肯定，注定意义非凡，这可是全国最高等级的荣誉。李全兴以前想也不敢想的事，竟做梦般恍然又真切地发生在自己身上。

从知道山泉村党委被列入拟表彰对象，到李全兴接到通知前往北京领奖，期间有三个多月的间隔。这段时间正如历史上无数文人墨客对光阴的感慨一样，它亦长亦短，亦浓亦淡，每个人都有不同的体会，仿佛一个弹性区间。山泉村收获了铺天盖地的祝贺信息，迎来了潮水涌动般的拜访人群，仿佛有绚烂的烟花在山泉村四周接连绽放，让村民们在骄傲的同时喜不自禁，扬眉吐气。但对于"领头羊"李全兴来说，他的情绪在短暂波动后，将兴奋之意悉数消化，再将其归

"全国先进基层党组织"证书

为平淡。他的心里有着清醒而深刻的认知："做好本职工作才是立身之本，任何时候都不能躺在功劳簿上。当下的山泉村好比一张证书，正面写着溢美之词，但已是过去，背面一片空白，无限可能，那才是未来。"

就这样，在公示结束后，心怀未来的李全兴已然将自己"归零"，把全部心思都放在下一阶段山泉村生活区的改造、生产区的推进和生态区的建设上，以厚重的责任感自加压力，力争做出更多的实绩回馈村民和社会。

孰料，公示后不久，李全兴就接到一项重大任务，打乱了他的生活节奏，也开启了他人生中一段极为辉煌的难忘之旅。

那天上午，李全兴接到电话，是周庄镇党委的组织委员打来的。他在通话中难掩激动地问："李书记，你在哪儿？我现在马上就去找你。"

李全兴颇觉好奇，本能地回道："什么事这么紧迫？"

对方不愿透露过多信息，只是简单地解释说："电话里不方便说，我们见面详细谈。"

李全兴道："那行，我在村里，不过不麻烦你跑了，我去镇里找你。"

对方坚持道："不行不行，我过去找你，吴书记特意嘱咐的。"

李全兴虽不知何事，但镇党委吴广书记作了专门指示，说明此事非同一般。商量好时间后，他带着疑惑来到村会议中心等候。

不多久，两人见了面，组织委员再次对山泉村表示祝贺，紧接着切入了正题："李书记，我这次来，主要是转告你一件事，请你做好准备到北京领奖，具体时间会另行通知。这是省委组织部下发的文件，请你看看。"说完，他将一份复印件递到李全兴手上。

李全兴认真逐句翻看了文件后，有些不可思议道："还要去北京领奖？我以为公示完就结束了呢。"

组织委员笑道："安排在建党百年颁奖，说明中央领导对这次表彰相当看重，这可是我们的至高荣誉。所以吴广书记也非常重视，一定要安排我来当面和你沟通，你代表山泉村到首都领奖，这同样是我们周庄镇的骄傲。到时一定会有许多媒体记者关注采访，请你务必要提前做好准备，展现我们周庄人民的风采。"

李全兴客气道："过奖了，请转告吴书记，让他放心，我一定调整好状态，以饱满的精气神到北京，不辜负镇党委和吴书记的嘱托。"

那日后，李全兴心中又多了一件牵盼之事。难得空闲时，他会站在办公室窗前，望着天上云卷云舒，畅想着即将到来的北京之行。对于从小吃尽苦头，摸爬滚打成长起来的他来说，何曾会想到，竟然有一天有机会到北京接受党中央的表彰，这真可谓是一场奇幻之旅。

眼看着台历一张张翻过，距离"七一"越来越近，李全兴的心情竟有些紧张起来，像是即将面对一场未知的惊喜，期待中又隐藏着些许忐忑。

　　经过约半个月的调整，让李全兴心心念念的通知终于来了，意味着这场荣耀之行也正式拉开了帷幕，每一个时间节点都印证着一段非凡的历程。

　　6月24日，李全兴从无锡到南京集中，与全省其他50多名代表一起，受到了中共江苏省委书记娄勤俭的接见。短暂的休整后，由省委组织部领导带队，近60人的团队意气风发地奔赴北京，开始了紧锣密鼓的光荣之旅。

　　6月28日，全国"两优一先"表彰大会在人民大会堂举行，为受表彰的个人和集体代表颁奖。中央政治局常委、中央书记处书记王沪宁出席大会并讲话，他表示，党的十八大以来，习近平总书记高度重视"两优一先"评选表彰工作，对发挥党员作用和加强基层党组织建设作出一系列重要指示，为我们指明了努力方向。广大党员和基层党组织要以先进典型为榜样，锤炼坚强党性，牢记初心使命，忠诚履职尽责，勇于自我革命，更好发挥先锋模范作用和战斗堡垒作用。

　　中央组织部部长陈希宣读了《中共中央关于表彰全国优秀共产党员、全国优秀党务工作者和全国先进基层党组织的决定》，指出，这次受表彰的优秀个人和先进集体，是各条战线中的优秀代表。他们的先进事迹和崇高精神，鲜明昭示了党的理想信念宗旨，继承发扬了党的光荣传统，充分展示了党的事业和党的建设取得的丰硕成果，生动彰显了新时代共产党人的先锋形象。

　　李全兴心潮澎湃地端坐在台下，认真聆听着中央领导的亲切叮

李全兴在全国"两优一先"表彰大会现场

嘱，不停地受着震撼和感动，心中的责任感和荣誉感愈加沉甸殷实。

当晚，根据行程安排，团队前往国家体育场，现场同约 2 万名观众一起观看庆祝中国共产党成立 100 周年大型情景史诗《伟大征程》，共同回顾中国共产党成立 100 年来波澜壮阔的光辉历程，共同祝福伟大的党带领中国人民迈进新征程、奋进新时代。

夜幕下的奥林匹克中心区流光溢彩、美轮美奂，喜庆的中国结灯饰、醒目的庆祝活动标识、多彩的盘龙式花柱，表达着对中国共产党百年华诞的喜庆祝福。金光映射中的国家体育场"鸟巢"，与深蓝色的国家游泳中心"水立方"遥相呼应。

国家体育场内，灯光璀璨。中央舞台的巨型屏幕上，金色党徽在红色幕布的衬托下熠熠生辉，两侧分别书写着"1921"和"2021"金色字样。舞台最高处，100 名礼号手身姿挺拔，两侧旋转布景中，战士的群像岿然屹立。英姿勃发的青年手捧红色花束，汇聚在舞台中央。

随着激昂深情的歌声响起，绚烂的焰火升腾出"100"字样，盛放在国家体育场上空。舞台上，点点星火汇聚成党徽的图案，拉开演出帷幕……

恢宏壮阔的场景让李全兴沉浸其中。随着"浴火前行""风雨无阻""激流勇进""锦绣前程"四个篇章循序推进，李全兴沉浸其中，不由联想起自己几十年来所亲身感受的生活变迁和社会巨变，回忆起山泉村几起几落的跌宕轨迹和如今的盛世光景，当舞台演绎和人生经历碰撞到一起时，激荡出的情绪便如同奔涌大江，澎湃不息，李全兴深深地与之共鸣，为之感染，不经意间，眼眶也变得红润了。

6月29日上午，最激动人心的时刻到来了，中共中央总书记、国家主席、中央军委主席习近平等党和国家领导人在人民大会堂会见了包括李全兴在内的全国"两优一先"表彰对象，并同大家合影留念。随后，被表彰对象在金色大厅现场观看了"七一勋章"颁授仪式。

7月1日上午，庆祝中国共产党成立100周年大会在北京天安门广场隆重举行，各界代表7万余人以盛大仪式欢庆中国共产党百年华诞。李全兴自豪地身处其中，向四周缓缓环视着，抬头深情仰望着。

百年征程波澜壮阔，百年初心历久弥坚。天安门城楼庄严雄伟，城楼红墙正中悬挂着毛泽东同志的巨幅彩色画像。天安门广场上，人民英雄纪念碑巍然矗立。纪念碑北侧，高7.1米、宽7.1米的中国共产党党徽和"1921""2021"字标格外醒目。广场东西两侧，100面红旗迎风招展。天安门广场"巨轮启航"造型宏伟壮观，正乘风破浪、扬帆奋进，驶向中华民族伟大复兴的光辉未来。

习近平总书记发表重要讲话时，李全兴耳不旁听、目不别视，跟随着总书记铿锵有力的话语，回顾中国共产党百年奋斗的光辉历程，展望中华民族伟大复兴的光明前景。总书记的一字一句似乎蕴含着无穷的能量，让他精神饱满，充满了对未来的无限渴望。

庆祝大会结束后，李全兴怀揣着尚未平复的亢奋心情，愉快地接受了《文汇报》记者的采访。面对镜头，他侃侃而言，胸中有千言万语喷薄欲出，惹得记者频频点头称是。当晚，"文汇客户端"就刊出《巍巍巨轮，领航中国》一文，其中写道："永远保持同人民群众的血肉联系，始终同人民想在一起、干在一起……"习近平总书记的话回荡在全国最美村官、江苏省江阴市周庄镇山泉村党委书记李全兴耳畔。6 月 28 日，他作为山泉村带头人，在全国"两优一先"表彰大会上，接过了授予该村党委全国先进基层党组织称号的证书，受到习近平总书记的亲切接见。今天，他又戴着奖章和大红花参加了天安门广场的盛典。他激动地说："十多年间，村民们家家户户住进了新房，2020 年，山泉村荣获'全国文明村'。这背后正是党员干部和乡亲们想在了一起，干在了一起。人民群众内心有一杆秤，谁代表他们的利益，他们就跟着谁撸起袖子加油干。我作为村两委班子的一员，只是履行了自己的承诺，在生我养我的土地上，尽了一份心，流了一些汗，出了一点力。"

7 月 3 日上午，根据党中央安排，全国优秀共产党员、优秀党务工作者、先进基层党组织代表庆祝中国共产党成立 100 周年座谈会在北京人民大会堂召开，陈希部长出席会议并讲话，指出习近平总书记在庆祝大会上的重要讲话统揽伟大斗争、伟大工程、伟大事业、伟大梦想，对全党继承发扬伟大建党精神，以史为鉴、开创未来提出了明确要求，是指引我们走好新时代长征路的纲领性文献。各级党组织和广大党员、干部要深入学习领会，切实把思想和行动统一到讲话精神上来。要以受到表彰的先进集体和个人为榜样，赓续红色血脉、争做坚定信仰信念的模范，始终对党忠诚、争做践行"两个维护"的模范，牢记党的宗旨、争做联系服务群众的模范，坚持真抓实干、争做担当奉献的模范，弘扬优良作风、争做崇德力行的模范，更好地发挥战斗堡垒作用和先锋模范作用，创造无愧于党、无愧于人民、无愧于时代的业绩，努力为党和人民争取更大光荣。

座谈会结束后，意味着李全兴的北京之行圆满画上了句号。离开入住的中国职工之家饭店时，李全兴站在毗邻的真武庙路上，仰望着身旁的高楼，向同行人感慨道："要走了，真的像做梦一样。"

坐在呼啸穿行的高铁中，李全兴后靠在椅背上，闭目沉思。他不停品味咀嚼着这 11 天来的所见所闻，耳畔始终萦绕着习近平总书记的亲切话语。党中央给予山泉村的肯定，让他更加坚定了走好当前发展之路的决心，更加坚定了为村民谋幸福的信念。山泉村近期的工作安排，他已胸有成竹，中长期的工作思路及方向，也在他脑中逐渐具化成形。

出了无锡东高铁站，他看到镇党委书记吴广带着镇领导班子全体成员正在出站口等候，急忙快步迎上去。两双手紧紧握在一起，毋须多言，笑容四溢。

登上考斯特，吴广将李全兴拉到自己身边坐下来，迫切地询问着这趟北京之行的具体情况。李全兴将全部经过一五一十地向吴广作了汇报，连同自己的所思所想、所感所悟一并倾囊相告。

吴广时而凑前凝听，时而点头沉思，整个过程不言一语。待李全兴讲完，他才若有所思地开口道："李书记，刚刚听了你的介绍，我觉得不管是行程经历还是你的个人体悟，都非常有代表性。就此事来说，得到党中央的表彰，受到习近平总书记的接见，这本身就是一件大事要事喜事，我们要进行广泛深入持久地宣传，让山泉村这个典型的影响更广泛、意义更深厚、内涵更浓郁。正好十天后，江阴要举行全市村（社区）书记雅集活动，我已向市里作了汇报，计划把这次活动就放在山泉村举行，届时再请你代表我们镇作交流发言，主要就讲讲你到北京的感想和收获。你看怎么样？"

"没问题！"李全兴没有推辞，痛快地答应下来。

载誉归来的李全兴自然成为各级领导、各个村庄和各类单位关注的焦点，络绎不绝的看望慰问、交流演讲等活动邀请纷至沓来，把李全兴的时间挤得满满当当，再加上还需要筹备雅集活动，有时觉得一天24小时都不够用。他原本计划着还想抽出几天整块时间好好准备一下发言材料，无奈身不由己，时间的掌控权已然从他手中剥离出去，他只能被动地疲惫着去应对。但尽管事务繁忙，他还是挤出时间，召开了一次村两委扩大会，传达学习习近平总书记的讲话精神。

眼看距离雅集活动开办日期越来越近，发言材料却还只字未动，李全兴心急如焚。当晚，他硬着头皮推掉了一场接待活动，把自己锁在办公室，泡上一杯茶，点上一根烟，再次回顾起那段撼人心弦的北京之行。习近平总书记的接见、王沪宁的指示、陈希的讲话以及震撼的演出、厚重的中国共产党历史展览馆等内容再次触动着他的神经，使他在回忆中流连忘返。情到深处，笔墨自来，当十几天的经历再次浓缩显现在脑中，一股表达的欲望便抑制不住地喷涌而出，他拿起笔，唰唰地写下了八个标题和提纲，随后根据提纲，扩充成了一篇完

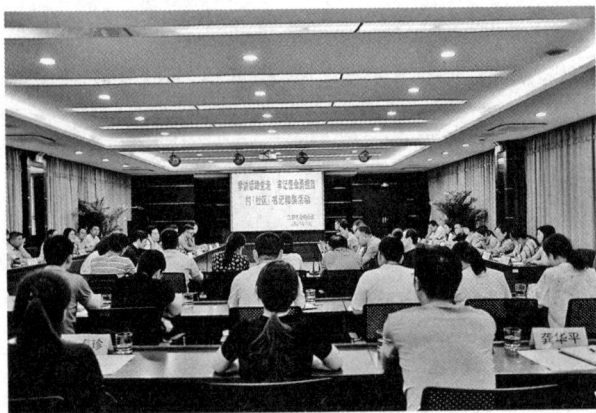

江阴市村（社区）
书记雅集活动

整的稿件。

　　7月15日，江阴市"学讲话跟党走，牢记使命勇担当"村（社区）书记雅集活动在山泉村如期举行，李全兴按照既定议程，向参会者分享了自己的心得感悟。

　　他声音洪亮地介绍道："在中国共产党百年庆典之际，我赴京参加一系列庆祝表彰活动，至今一幕幕画面仍历历在目，尤其是总书记的讲话仍在耳畔。这是我们山泉村全体共产党员、全体村民的光荣时刻，至高荣誉归于村民，当然也是江阴全市各党组织和共产党员的光荣时刻。"紧接着，他用"获得了一份至高的荣誉、受到了一场至尊的礼遇、结识了一批至优的模范、强大了一种至坚的信念、得到了一次至深的感染、表达了一个至诚的心声、展望了一些至远的目标、思考了一些至实的举措"八个切入点作了精彩的交流发言。

　　面向端坐聆听的领导和同行，感受着大家期待的目光，李全兴毫无保留地分享着自己的触动和体会。他说："通过这次赴京之行，让我对中国共产党的认识有了一个全新的提升，没有共产党就没有新中国，就没有中华民族的伟大复兴，就没有中国人民的幸福生活。庆祝中国共产党成立 100 周年大会，不仅仅是一场大会，也是一堂大课。这是一堂公开课，也是一堂党史课。这是一堂思政课，也是一堂动员课。总书记在庆祝大会上的讲话传递出重磅信息，我理解为'七个伟大'：一个伟大奇迹，庄严宣告我国全面建成小康社会，创造了地球上最大的政治奇迹；一种伟大精神，就是坚持真理、坚守理想，践行初心、担当使命，不怕牺牲、英勇斗争，对党忠诚、不负人民的建党精神；一个伟大定论，中国共产党领导是中国特色社会主义最本质的特征，是中国特色社会主义制度的最大优势；一个伟大真理，江山就是人民，人民就是江山。打江山、守江山，守的是人民的心；一个伟大构想，必须团结带领中国人民不断为美好生活而奋斗等'九个必须'；一个伟大气节，中国发展进步的命运牢牢掌握在自己手中，捍卫国家主权、安全、发展利益的态度坚定不移；一个伟大号召，对全体共产党员发出了牢记初心使命，坚定理想信念，践行党的宗旨的伟大号召。"

李全兴眼前又浮现出当日的场景，面带微笑继续说道："这次党中央的表彰，对山泉村来说，对我个人来说，是一次精神的大洗礼，也是一次境界的大升华，是一次出征的冲锋号，更是一次坐标的新定位。在京期间，我聆听总书记的重要讲话，学习中央领导的指示精神，分享先进单位的成功经验，同时也对山泉村未来的发展作了更多更深更远更宏观的思考。回来后，我们再次组织了村两委班子和党员干部学习讨论，思考荣誉面前怎么干、先进样子怎么树、未来山泉怎么办、我为山泉做什么等一系列实打实的问题。经过大家的热烈讨论，现在全村上下已经基本形成了共识，即，未来的山泉村，必须追求更高水准的生活富裕富足、精神自信自强、环境宜居宜业、事业共建共享、社会和谐和睦、服务普及普惠、创新五风五全，以实现人的全面发展和社会全面进步，不断增强全体村民的获得感、幸福感、安全感、归属感、认同感。村民们理想中的山泉村模样应该是高质量建设高地、现代化农业示范、新时代文明典范、老百姓幸福标杆、安全感首选之地、可持续发展样板、党组织坚强堡垒。"

　　跟随着发言的节奏，李全兴已完全沉浸到山泉村的未来发展中，声音中充满着坚定与自信："要实现山泉村的美好愿景，我们已经有了具体谋划，将抓好五个方面的重点工作：一是实施产业振兴。着力推进建设绿色生态智能园，实施碳排放、碳达峰、碳中和山泉村行动，打好工业园区改造硬仗，优化空间布局，让原来的'工业锈带'成为未来的'工业秀带'，'产出低洼地'变成'发展新空间'。二是建设美好家园。坚持全村域布局、全形态建设、全体系保障、全要素配置、全生命周期关怀。塑造注重人情味、体现高颜值、充满亲切感、洋溢文艺范的山泉表情，让山泉这一美丽乡村更有温度、更为雅致、更具韵味。三是推动乡村善治。坚持村务与村民共商、规约与村民共立、事业与村民共创、矛盾与村民共解、成果与村民共享，建立人人有责、人人尽责、人人享有的社会治理共同体。四是提升幸福指数。幸福山泉不仅是物质上的富裕，还要有精神上的富足。我们要给山泉幸福感更多地贴上'凡人情、泥土香、书卷气、烟火味、安逸感'的标签，渲染幸福氛围。五是强化党建引领。高质量做好党建工作，擦亮五风工程党建特色品牌，通过做实党建发展生产力，做强党建提升竞争力，做细党建增加凝聚力，在习总书记重要讲话精神的指引下，推动山泉村各项事业行稳致远，征途如虹。"

　　李全兴的精彩演讲博得了如潮般的掌声，他用自己的豪情壮语给全国先进基层党组织这项至高的荣誉增添了生动的注脚。的确，十余年的时间，从一个名不见经传的破败小村庄到全国闻名的明星村，从百人喊打千人唾弃的村委摇身变为全国先进基层党组织，这中间的跨越，足以赢得无数的赞美之词。

北京之行的涟漪还在不断扩散，《中国应急管理报》《新华日报》先后发表题为《江苏江阴市山泉村开创乡村安全发展新格局——培养稳稳的安全感收获满满的幸福感》《旗帜引航，美丽山泉村流淌"幸福泉"——记全国先进基层党组织江阴市周庄镇山泉村党委》等文章，将山泉经验源源不断地向外输送。为研究总结和推广山泉经验，中共江苏省委党校专门成立了联合调研组，深入山泉村采访调研，形成了题为《苏南富民强村新地标——江阴市山泉村创新实践对推进共同富裕的启示》的书面报告。报告系统总结了山泉村近十年创新发展的显著成效和做法经验，总结出了山泉村令人瞩目的"五张成绩单"：村民富足大幅领先，优势产业稳步发展，村容村貌焕然一新，文明风尚基本形成，社区治理和谐有序；归纳出山泉村非同一般的十年创新实践：改革开路，激活富民强村动力源。产业发展，做实富民强村钱袋子。服务优化，增强富民强村幸福感。善治安民，筑牢富民强村压舱石。党建引领，增强富民强村凝聚力；提炼出对共同富裕的四条有益启示：必须持续深化农村改革，必须选准用好农村带头人，必须实行市场化专业化运作，必须充分尊重村民自治权。中共江苏省委常委、宣传部部长张爱军在阅后作了重要批示："该调研报告总结的山泉村富民强村的几方面的经验很有价值，值得宣传，对全省面上乡村振兴工作也有典型意义，值得持续关注。"

接受采访时，李全兴动情地表示："党的十九大提出了乡村振兴战略，我认为，这是一个新的发展阶段，与之相应的，就要有新的发展理念和格局。对于每个村来说，乡村振兴都是一次历史性的机遇，这个机遇深切贴合了农业农村农民的实际需求。如何推进乡村振兴，这是时代赋予我们的重任。作为全国先进基层党组织，我们不仅要去做，而且与总书记对江苏发展的要求一样，要争当表率、争做示范、走在前列，高质量地推动乡村振兴，最终实现共同富裕。这，就是山泉村党委的决心。"

第 **25** 章
正在路上

有一篇介绍山泉村的文章，开头这样描写道：

> 一条小河清澈蜿蜒，白墙灰瓦倒映其中，烟波浩渺，绿萍点荡，山泉村如一帧写意水墨画，携带着雅致温润的气息，映入眼帘。江南水乡的婉约与清丽，古雅与秀美，在江苏省江阴市周庄镇山泉村得到完整展现。

李全兴常常会用这样的开场白向第一次到山泉村的客人作介绍：

"你们对山泉村印象如何？"

"美。"

"美是它的外在，大家不妨再深入地了解，山泉村为什么美？它美丽的内涵是什么？"

就如同一位秀外慧中的女子，不仅仅满足于外貌得到赞赏，更希望真善美的性格为人赏识一样，李全兴也期待着，人们能够跃过山泉村外观的美丽，直达其内在的灵魂，并给予认可，引发共鸣。

凭借着这份卓越的坚守和执着，山泉村获奖累累，李全兴也是荣誉等身。自2009年以来，山泉村先后被评为全国文明村、全国民主

各级领导参观山泉村

法治示范村、全国敬老文明号、全国农村幸福社区建设示范村、江苏省文明标兵村、江苏省社会主义新农村建设先进村、江苏省管理民主示范村、江苏省生态村、江苏省民主法治示范村、江苏省康居示范村、江苏省"新农村新家庭计划"示范村、江苏省水美乡村、江苏省健康村、江苏省美丽乡村、无锡市社会主义现代化新农村建设幸福村、无锡市社会管理先进单位等，建党百年之际，还被评为"全国先进基层党组织"。李全兴也先后荣获全国孝亲敬老之星、全国最美村官、江苏省劳动模范、江苏省道德模范、江苏省最美基层干部、江苏省优秀党务工作者、江苏省首批"百名师范"村书记、江苏省十大法治人物、无锡市乡村振兴带头人、无锡市光彩之星等多项荣誉称号。

乡村振兴，是一个时代命题，懂得乡村，才能振兴乡村。习近平总书记从大历史观角度提出了"民族要复兴，乡村必振兴"的重要论断，把乡村振兴的使命上升到中华民族伟大复兴的宏伟高度。

"村委当前的各项工作及努力方向，与党和国家的要求基本吻合，每年我们都会研究最新政策，落实具体举措。我们的使命，就是努力通过山泉村的小振兴，服务于中华民族的大复兴。"在接受采访时，李全兴气概豪迈地向媒体表示，"这一点上，完全值得我们骄傲。"从万事兴集团到山泉村，从关注工业政策到聚焦农业措施，不仅体现着李全兴身份的转变，更反映了他对山泉村建设发自内心的投入。

在山泉村的振兴道路上，思路很关键，蓝图很重要。2009 年初，村委通过调研、规划，就初步形成了新农村建设的整体构思，后经过村民代表广泛参与评议和总计 12 次的专题讨论，对方案进行了修改完善，最终确定将全村土地规划为生活区、生产区、生态区三个功能区域，各个区块精准定位、功能明确，确定了一次规划、分期实施、滚动开发、逐步完善的建设思路。村委与全体村民一道，矢志不渝，沿着这条道路踏踏实实地走下去，打赢了这场漂亮的翻身仗。

近十几年的岁月中，村委紧抓不懈致力于山泉新村的建设，打造了高质量的生活区，社会主义新农村的面貌愈加清晰，村民们的"幸福感"和"获得感"由此扎下了繁盛的根脉。在为乡亲们的幸福生活保驾护航的同时，按照"建设新农村、培育新农民、发展新产业"的思路，村委同步考虑着生产区和生态区的建设，并付诸了许多积极的实践。

在生产区建设方面，村委及时调整发展思路，果断从大兴大办企业的传统思维中抽离出来，变发展企业为提供保障服务。如今，经过多年持续的身份转换，村里已没有一家村办企业，从而更好地将所有工作重心全部转移到对传统产业进行提档升级、对原有厂区进行重新布局、为企业发展提供资源要素等事项上。十年前，村委就统一规划，着手对原有厂区进行适度改造，新建大规模的标准厂房，村域范围内所有企业全部对号入座、各入其园，内部所有道路均实现硬化，水电气供应、污水处理、员工宿舍等配套设施一应俱全，有效实现了产业发展的规模化、集约化，供水供电供气、污水处理、网络通信等功能配套集中统一，真正达到了"拎包入住"，极大优化了产业发展环境，降低了企业的经营成本。

同时，针对村内企业产业结构相对单一的特征，加快引导企业转型升级，通过筑巢引凤，引进了一批新兴产业，优化了整体产业结构，主导产业由传统的纺织、印染、机械制造为主，转变为汽车零配件、医疗器械、电子化工、纺织染整、机械制造、金属制品等六大产业协同并进，大幅增加了村级经济收入。如今，在村里扎根的企业已有90多家，其中每年实现销售额一千万元以上的规模企业有10多家，另外还培育出了1家上市公司。2021年工业开票近40亿元，相比对2008年的7.5亿元，增加了五倍多。

在生态区建设方面，村委也有了前瞻性的思考，各项实际措施正在推进中。村委牢牢立足村庄的农耕属性，围绕乡村美学这一概念，将农耕与景观有机融合，以保障山泉村七千多位村民（含外来人口）的粮食供应为立足点，将基本农田集中播种，并划分为不同区块，以破解碎片化耕种带来的人力物力过度消耗的弊端，村内有效农田面积翻了一番，并规划建设集有机蔬菜种植、果品苗木培养、农耕文化体验于一体的生态高效农业基地。耕种中，充分尊重每一种农作物的自然生长规律，科学统筹，实现每个片区内土地不断耕，以达到最大化的土地利用效率，不仅为全村村民提供了源源不断的无公害副食品，更让现代农业的生态涵养功能、休闲观光功能得到了充分发挥。

此外，耕地集中化也为提升农业现代化水平奠定了良好的基础。村委在此条件上，以"生态宜居"为目标，进一步发掘集约化、规模化农田带来的视觉美感，优化林田河道布局，重构全村生态系统，充分挖掘农耕景观所独有的特色，打造出传统与现代交相辉映、生活与生态相得益彰的特色田园乡村，让耕地群摇身变成旅游大道，作为今后发展旅游业的重要基础。在农产品的销售上，村委结合互联网社会的发展特点，致力于探索网上销售、定点配送等模式。通过这一系列途径，实现第一、第二、第三产业的深度融合，不断丰富生态区的内涵，提升附加值。

……

山泉村，山泉梦。村委的积极作为充分激发了村民们创造美好生活的热情和动力，让村民们在山泉村这块古老的土地上敢于梦想、追逐梦想、实现梦想，在城乡一体化发展的道路上迈出更加坚实的步伐，昂首挺胸迈向建设"民富、村强、景美"幸福示范村的康庄大道。

在历史的长河中，也许有的人，有的事，会以不为察觉的方式彼

山泉村掠影

此镶嵌，照亮某个节点，或成为一片风景。但当它被历史选中时，它所承载的，就不再是个体命运的沉浮，而是整个时代的缩影。

山泉村的振兴之路何尝不是这样。一部山泉村的介绍短片中有这样的结语：从历史的角度看，山泉人偶尔搅动的一片涟漪，偶尔激起的一朵泉涌，正是造就一条大河的源流。或许，山泉人今天所担当的责任，会成就一个时代的伟大工程。

着眼于党的十九大提出的乡村振兴的时代大势，有人曾把乡村的使命与价值概括为五个方面：乡村是新时代的新空间、新载体，这是它的高度；乡村是中华文明兴衰的底线，这是它的深度；乡村是生态文明建设的主战场，这是它的未来；乡村是文化和智慧的宝库，这是它的时代价值；乡村承载着中华文明的记忆和历史，这是它的永恒价值。对此，山泉村委深以为然。

下一步，村委将继续遵照乡村振兴的战略部署，认真贯彻落实党的十九大、二十大及江苏省十四次党代会精神，紧扣"农业农村现代化取得重要进展、农业基础更加稳固、脱贫攻坚成果巩固拓展、农村生产生活方式绿色转型取得积极进展、乡村建设行动取得明显成效"等方面的目标任务，围绕"全力抓好粮食生产和重要农产品供给、强化现代农业基础支撑、坚决守住不发生规模性返贫底线、聚焦产业促进乡村发展、扎实稳妥推进乡村建设、突出实效改进乡村治理、加大政策保障和体制机制创新力度、坚持和加强党对'三农'工作的全面领导"等各项具体要求，努力促进农业高质高效、乡村宜居宜业、农民富裕富足。通过对各项资源使用集中规划布局，在满足人居环境用地前提下，重点调整更多土地助力产业发展，科学布局村域 3230 亩土地（生活区 420 亩，生产区 2300 亩，生态区 510 亩），统筹现代产业、村民生活、生态环境等新需求，做到生活区、生产区、生态区"三生同步"，使山泉村在乡村振兴的大潮中破浪前行。

生活区建设上，一是推进村民"共享中心"落成运营，进一步满足村民们对美好生活的向往。"共享中心"将秉持"人人可用、人人能用、人人享用"的原则，最大限度地贴近村民生活需求，提供酒席宴请、超市购物，甚至人防避难等服务，通过批量化推行，降低运营成本，让村民能以最实惠的价格获得最一流的服务，不断提升村民的获得感、幸福感和安全感。共享中心还将延续江南水乡的建筑风格，与山泉新村遥相呼应，使其成为显著的新地标。二是完成"共建中心"提档升级，提升村庄"颜值"，打造宜居环境，满足村民人居新体验；加大对公共设施建设的投入，实施新村健康步道建设和景观改造工程，将新村内所有绿化景点和休闲场所串珠成链。三是推动"智慧山泉"平台搭建，牢牢把握数字化进程带来的强劲推动力，追求现代化的村庄治理模式，努力建设以"创新、绿色、宜居、安全、韧性"为亮点的"智慧山泉",旨在建成全市首个包含全村域、全体系、全形态、全要素、全生命周期的村级数字化平台,打造数字治理的"山泉样板"。四是做好常态化应急处突规划,坚持未雨绸缪,按照不同等级的应急事件,制订了相应的应急规划及工作预案。一方面,做好应急物资储备,依托农产品发放站,建立应急仓库,储备物资。依托山泉清水厂,提高技术处理能力和标准,保证应急水源。计划配备应急柴油发电机组,满足村民突发情况的用电需要。另一方面,做好人防、物防、技防等公共安全设施的配备,加强应急知识宣传和应急演练,组建以联防队、民兵预备役为主要力量的应急救援队伍,切实保障村民的生活安全。

生产区建设上,一是实施智创园(共创中心)规划建设,旨在完整、全面、准确地贯彻新发展理念、构建新发展格局,这也是着力解决镇域、村域范围内,制约印染企业高质量发展难点与痛点的破局之举。作为江阴市批准规划建设的四个印染产业园之一,智创园将以现有印染产业为基础,以实现"绿色低碳、智云工厂、资源循环、集约绿岛"为目标,逐步落实园区建设,推进智能化标准厂房、5G覆盖、外工宿舍等公辅设施落地,以新组建的澄能公司作为园区运营管理主体,重点扩大现有泉能公司一般固废处理的能力,并同步规划建设物流中心,满足未来智创园内各大企业仓储物流的发展需要。二是推进预处理和污水处理升级改造工程,使废水达标排放,实现水资源的循环利用,破解减排难题,从而服务于智创园的规划建设。通过增投排放废水分层调质深度再处理设施,将传统污水处理排放方式转换为中水循环回用方式,通过优化工艺处置方案,压降处理成本,预期可达到80%的回用率。此举能有效为企业减缓投入,争取利润空间，增加集体收益。同时，提升污水处理厂管理水平，进一步健全完善岗位职责，加强污水源头管控，强化污水处理设施及工艺管控，严把原辅材料和升级质量检测关。三是落实"共富中心云工厂"规划建设，打造汇集商务办公、产品展示、实时交易结算等功能于一体的智云工厂，推动工业企业数字化转型进程，力促村内印染企业"上云"，帮助印染企业实现数字经济和实体经济的融合发展。目前，已构思将安徽、苏北地区的产能接入，带动村民创业富业，加快实现共同富裕步伐，实现印染产业的高质量发展。四是以山泉路西侧商住房建设为抓手，与路东侧商住房形成呼应，形成山泉路南北贯通的顺畅格局，在美化村庄外貌的基础上，实现商住房功能的多样化，提升土地利用效率。

生态区规划上，一是持续推进水生态田园综合体规划落地，科学合理地规划设计方案，全面融入乡村美学、平衡生态理念，更好地传承传统农耕文化，探索现代农业发展新模式，满足村民对农产品及乡村景观的需求。同步规划并完善万泉路沿线房屋的美学设计，确保实现商用价值的同时与田园综合体形成互相辉映的格局。着眼于农产品周边产品的挖掘开发，最终实现一、二、三产业的融合发展。二是推动全村域低碳绿色发展，积极响应国家"碳中和、碳达峰"目标，坚持新发展理念，致力于构建乡村发展低碳模式，实现乡村地区资源环境与经济社会的可持续发展，达到经济效益、社会效益和环境效益统一协调。通过更新《村规民约》倡导低碳出行、节约资源、垃圾分类、绿色消费等低碳生活理念。有效利用新村生活区居民屋顶闲置的 1 万平方米面积，建成全省首个兆瓦级分布式农村屋顶光伏电站，擦亮美丽乡村的"绿色底色"。

……

有宏观畅想，有微观举措，山泉村未来的振兴之路，在村委高瞻远瞩、运筹帷幄的精密谋划中逐渐成形。

历史照亮未来。站在新阶段的起点上，山泉村今后的路怎么走？如何把"争当表率、争做示范、走在前列"的要求体现在具体实践中？村委也已胸有成竹。

按照规划，村委将以抓铁有痕、踏石留印的实干精神，按照党中央关于振兴乡村的新战略、新部署、新要求，结合乡村发展的实际情况，为山泉村绘制新的发展宏图，在乡村振兴五大战略中，实现"五个全"的新一轮建设：

——全村域。注重前期规划的科学性、前瞻性、可行性和实施性，统筹现代产业、村民生活、生态环境等众多新因素，进行整治整合，合理布局全村生活区、生产区、生态区，促进生活、生产、生态"三生同步"，一、二、三产业"三产融合"，产业、文化、旅游"三位一体"，以产业支撑规划，以文化重塑农耕，以美学疏导山水，以新形态展现新乡村。

——全形态。既融入现代城市要素，也保留原有乡村景观。在尊重自然、修复自然的前提下，改造自然、提升自然，把乡村生产生活和山、水、湖、塘、丘、岸、坡作为共同体进行综合规划、治理、保护和利用，让农村看得见山、望得到水、记得住乡愁。

——全要素。充分满足村民对美好生活的向往，在精神上，引领村民增强"四个意识"，坚定"四个自信"，做到"两个维护"，以新时代文明实践站、学习强国平台、道德讲堂为依托，开展各类学习教育活动和文化娱乐活动，塑造村民的社会主义核心价值观，持续推进精神文明建设。在物质上，不断完善生活、生产、生态各方面公共设施配套建设，如学校、超市、农贸市场、文化活动中心、健身场所、卫生服务站、政务服务中心等，给村民提供全方位、多功能、快捷式服务。

——全体系。在不断改善硬件设施的同时，建立完善服务体系，提升政务服务、生活服务、医疗防疫服务、居家养老服务的能力与水平；通过将数据化、物联网引入村务管理，构建起科学完善的自治体系，打造现代化、信息化、智能化的智慧村庄；深化推进自治、法治、德治"三治"融合，更新治理手段，创新治理模式，从"自治时代"向"智治时代"迈进，提高治理水平；探索创建发展体系，以前瞻性眼光和思维，就村庄建设、产业结构、发展布局进行中长期规划，预留发展空间，满足不同发展阶段的需求，打实发展基础。

——全生命周期。村委将村庄的内涵放大至整个社会，从怀中婴儿到耄耋老人，从生前到逝后，努力创造条件，打通各个节点，点亮各个环节，做到幼有善育、学有优教、劳有厚得、病有良医、住有宜居、老有颐养、弱有众扶，致力于满足不同年龄段人对生活的不同需求，使全村村民真正过上美好的生活，让幸福之泉永远流淌在山泉村。

征程正未有穷期，不待扬鞭自奋蹄。山泉村委班子正怀揣着初心与使命，许下新的诺言，迈开新的步履，带领全体村民胸中有火、眼里有光，奋进在振兴乡村、建设社会主义现代化新农村的征程上！

镜头再转回现在，山泉村显现出的是一幅雅致温润的江南水墨图。远山含黛，白墙灰瓦，芳草鲜美，落英缤纷。

"江南有个山泉村。山上总有林，泉中总有影；村美千般好，家

远眺山泉村

和万事兴。实实在在谋幸福，新时代有新农村……"远处一首《山泉之歌》适时响起，蓝天白云下，上百位村民正倾力合唱，举手投足、字里行间透着"美丽山泉村、幸福山泉人"的自信与自得。

　　未来已来，希望在望。振兴乡村，正在路上。

后　记

　　对于文学创作特别是报告文学（纪实文学）的创作来说，题材很重要。我甚至认为，找到好的题材，相当于作品成功了一半。近些年来，我创作的《故宫三部曲》《大江之上》《世纪江村》等几部纪实文学作品，都是题材先行的尝试与实践，《振兴路上》同样如此。2020 年，当《世纪江村》出版发行后，我便开始构思下一步作品的题材选择。在这过程中，党的十九大提出的乡村振兴战略给了我极大的启发。我想到，《世纪江村》是献礼全面小康的主题创作，那么小康之后，便是振兴，乡村振兴同样也是我国全面开启现代化建设的重要内容。故而，我开始思索创作乡村振兴这一题材作品的切入点。

　　很快，我发现了江苏无锡江阴市山泉村这个很有代表性的村庄。短短几年的时间，该村庄从落后村、问题村一跃成为先进村、典型村，村级经济、村民生活、村庄面貌都发生了翻天覆地的变化，看了相关的经济数据和图片资料对比，让我备受震撼，这不正是乡村振兴的真实写照吗？于是，我在当年底到山泉村实地调研，在这过程中，我又进一步了解到山泉村领头人李全兴放下自己的百亿事业而选择回归乡村的鲜活事迹，令我极为感动，这不正是我们共产党员初心使命的生动体现吗？因此，我当场确定下来，就写山泉村，就写这位领头人，就写这个乡村的振兴之路。让我振奋和惊喜的是，在建党百年之际，山泉村受到了中共中央的表彰，被授予"全国先进基层党组织"荣誉称号，该村党委书记李全兴还受到了习近平总书记的接见。这让我更加坚定了创作乡村振兴题材作品的决心，也更加坚定了将山泉村作为创作对象的选择。

为了真实、详细地了解山泉村的振兴之路，尽可能多地掌握第一手资料，我先后四次前往山泉村调研座谈，数次约李全兴书记到南京当面交流，并翻阅了大量山泉村经验交流和新闻报道资料。我虽然出生成长在农村，但对于当下农村的治理难点与热点了解得却不是十分透彻。采访的过程，既是学习的过程，也是认识深化的过程。通过山泉村的乡村振兴实践，我真切感受到了党和国家推行乡村振兴战略的深远内涵，也越发觉得这个题材确实很有现实意义。后经过一年多的潜心打磨，这部长篇报告文学《振兴路上》得以呈现在读者面前。

　　值得一提的是，这部作品是我和孟昱共同完成的。在首轮为期三年的江苏文艺"名师带徒"计划中，孟昱是我的徒弟。他之前以创作小说为主，也曾出版和发表过一些作品，但"名师带徒"计划启动后，我经过综合考虑，还是决定将他引向报告文学（纪实文学）这条道路。三年里，我出版了《大江之上》《世纪江村》两部作品，孟昱则一直跟着我观摩学习，经历了报告文学（纪实文学）作品创作的全过程。学习之余，他也动手实践，顺利出版了长篇纪实文学作品《钟山星火》。对此，我深感欣慰，这是他努力的回馈，也是"名师带徒"计划的可喜成果。至于这部《振兴路上》，可以说是我们师徒合作的一次尝试，也是向首轮"名师带徒"计划交出的又一份答卷。

　　一部文学作品的创作和出版，并不仅仅是作者个人的事情，它承载了许多人的辛勤付出，是大家共同努力的结晶。江苏人民出版社与江阴市、周庄镇相关部门都对本书的创作出版给予了很大的帮助，尤其是李全兴书记与山泉村，多次无条件地配合我们的采访和创作工作，在此深表谢意。

乡村振兴，呼应着人民群众的憧憬；振兴路上，承载着中华民族的梦想。乡村振兴是伟大时代所赋予的伟大命题，我们相信，在党的坚强领导下，随着我国现代化建设的不断推进和深入，一定会有越来越多精彩的乡村振兴故事在中华大地火热上演。这便是这部作品的出发点和立足点，也是我们面对现代化大潮所应有的底气和自信。

章剑华

2022 年 12 月